一凡教授

杜青钢　著

海天出版社
HAITIAN PUBLISHING HOUSE
·深圳·

图书在版编目（CIP）数据

一凡教授 / 杜青钢著. — 深圳 : 海天出版社,
2021.7
ISBN 978-7-5507-3158-5

Ⅰ.①一… Ⅱ.①杜… Ⅲ.①长篇小说－中国－当代
Ⅳ.①I247.5

中国版本图书馆CIP数据核字(2021)第081310号

一凡教授
YIFAN JIAOSHOU

出 品 人	聂雄前
责任编辑	岑诗楠
责任校对	万妮霞
责任技编	梁立新
插　　图	杜青钢
封面设计	蒙丹广告

出版发行	海天出版社
地　　址	深圳市彩田南路海天综合大厦（518033）
网　　址	www.htph.com.cn
订购电话	0755-83460239（邮购、团购）
设计制作	深圳市龙瀚文化传播有限公司 0755-33133493
印　　刷	深圳市新联美术印刷有限公司
开　　本	787mm×1092mm　1/16
印　　张	20
字　　数	241千
版　　次	2021年7月第1版
印　　次	2021年7月第1次
定　　价	58.00元

目 录

1

新来乍到

千禧年差三天，刘一凡来到江都大学，旁随妻子向丽。走一程，抵达报刊亭，一凡掏出硬币，拨了个电话，通了，没人接。隔一会儿再打，还是没人接，一连空了五响。向丽脸色微微一沉，柔声嘀咕："说好下午三点见的，咋回事呢？不会有变吧？"一凡宽慰："一院之长，总有个急应。老顾能耐大，一言九鼎。面包会有的，牛奶就在嘴边。"抬头看看道丰山，又说，"江大你第一次来，顺便，我们登高瞧一瞧校园。"妻子倚望丈夫，扬几缕娇媚，微微一笑，薄云的天空展出几片淡蓝。

两人走向白石梯，爬一会儿，登上中腰平台，半个校区尽收眼底。树丛间，缀出一座座大厦。黄顶是教学楼，蓝顶标行政，红顶显住宅，道路黑白交错，气韵生动。向东但见一汪水，那是吉安湖，绕一圈三十六公里。江大临湖绕山而建，东窄西宽，占地六千余亩。那山高二百八十米，盘两条环山道，下端文明，中腰玄静，上方满满初心，既粗又野。山体内，怀了一个大溶洞，经常出怪象。苏轼、米芾、朱熹等名家在半山腰住过，高大的银杏拉出了历史悠长的身影。

向丽高吟：

"江大啊，真美！"

丈夫贴一句：

"骏马，四条腿！"

随即反向提醒："这里风景卓绝，气候却丑，冬天冷，夏天暴热，你得有个心理准备。"向丽不以为然："武汉的冰与火，我都经历过。有了钱，装上空调，气候就顺畅了，关键的关键，要有一个好窝。"

一凡微微笑，气定神闲。

向丽凝视行政大楼，庄严地说："最近几个月，我一直在关注，我们选定的江都大学独秀一方，它的历史、哲学、出版、建筑、水力、印刷等专业名列国内前三甲，有七个院士，虽走了一个，还有五个资深教授，老顾是其一。外语学科有两个博士点，其中法语最强。当年考研，我本来报江大英语系的，后来去了兰州大学，如今回来，也算缘分。你去的文学院，实力超级雄厚，一旦拿到博士点，半个跟斗，立马蹦上天。"

一凡柔情揶揄："你在中学混，对高校，比我还熟，狗咬耗子，精神可嘉。差不多了，下去吧。"两人抄近道下山，身后盘飞一黄一蓝两只鸟。小时候，一凡常来山里，对沟沟坎坎都熟，在东山头，他曾救过一条蛇，那是一条不凡的蛇。顶头的大榕树又茂了几蓬，看上去，像一把天伞。几十年前，这里还曾有座庙。南中腰掩隐一个咖啡店，过去叫茶舍，牵出几条路，岁月用心走过，留下许多典故和传说。比如说，朱熹第一次来道丰山，茶舍老板给他安排了两个漂亮姑娘，俗称小妾，大学者一时兴起，美美享受了。回家后却透了风声，被夫人骂了三天，脸上挖出两道红杠杠。再来道丰山，朱熹仁立茶舍前，喊出那震撼九州的名句："存天理，灭人欲。"一瞬之间，山上的银杏全黄了，金灿一如当前。

一凡再拨电话，终于接通了。

"这会儿在哪？"

"邮局报刊亭。"

"天涯咫尺，往东走一百米就是，我再报一遍，中三区五栋，301号。"

几分钟后，按开了门，顾院长热情吆喝，发现有个女的，便问："是小向吧？"向丽急说："是的，一凡的事让您费心了。"老顾半头银发，满脸笑，朗朗道："哪里话，一凡来，是我们的荣耀，我内人才退休，临时随她开个会，拖了半天，让你们久等了。"关了门又说，"一凡啊，早听说你有个漂亮媳妇，今儿一见果然若天仙，好福气。"正寒暄，师母走出来，欣欣嚷："坐，快坐，我泡茶去。"一凡急挡："师母别麻烦，我们报个到，坐一会儿就走。"老顾笑曰："相逢不饮空归去，洞口桃花也笑人。"

一凡搁下背包，同妻子一道坐在沙发上，院长进书房，一凡环顾一眼，得觑大体，顾居五室两厅，布设古香古色，到处摆着石头，或单置，或与盆景巧配，辅以字画，极有品位。热茶端出来，向丽赶紧起身，接过壶，柔声道："师母坐，余下的，我来。"刚刚分了杯，顾院拿来六套钥匙，向丽郑重接过，轻手放入手包，情不自禁，嘴角直往上翘。

师母道："第一眼，我就觉出小向很贤惠，是个好当家。"一凡憨憨一笑，院长落座对面，闲聊几句，切入正题："今晚我还有个会，饭局去不了。六点左右，周主任去找你们，用个便餐，你们的房是他招呼打整的。下周一办入职手续，小向直接去江大附中报到，幼儿园也谈妥了，容儿进本部的大班，具体哪个老师过几天再说。等安顿好了，院里再给你们洗尘，安家挺脏的。"

一凡会心一笑，师母评说："你们的房在东山区，位置极好，原来住的院士，离附中和幼儿园都很近，一凡去上课只需十来分钟。往下是商业区，啥子都有，生活很方便，门号写在钥匙牌上了。初来乍到，缺什么，给我说一声，家里好多闲置的器物，你们或许用得上。小向工作上有什么困难，打个招呼，我才退休，在附中做了十二年校长，上下都熟，千万别客气。"

向丽由衷感动，或想到父母，一时语阻，一凡接过话头："顾院，离放假还有三四周，我咋安排？"院长摸一摸桌上的石头，沉缓答："已接到正式通知，明年十月，要新增博士授权点，我院将报现当代文学。你来江大的首要任务是申博，这也是全校的头等大事，先熟悉环境，再花些力气摸一摸有关学校的底，主攻即将申博的单位。行业大，要知己知彼。"

"遵命，我争取做细一点，用数据说话。"

"这样更好。下学期，以当代作家为底本，你给研究生开一门文本分析课，每周三节，这课你在西北大学上过，学生的喝彩，我在江大都听到了。我建议，把我们当年在剑桥学的都用上。"

一凡连连点头，庄严应承。提起西北大学，却五味杂陈，在那儿，他待了十二年，带领所在专业成功获取博士点，已带出两个博士。上方曾荐举他当副校长，他婉言谢绝了，口碑更清亮。然而天有不测风云，一年前，岳父母出车祸，双双离去，向丽悲痛欲绝，执意离开伤心地。家乡这边，老顾盛情招揽，三个月不到，办好了调动手续。挪个窝，淡散了阴影，一凡松了一口气。

顾院长喝几口茶，接着说："做大事要打提前量，三月底，开始填表，院里决定由你领衔。学科建设，关键在人才，你来，我有底气了。你四十出头，在江大一定更有作为，还有许多头衔等着你，比如吉安教授、跨世纪人才、道丰英杰、资深教授，等等，等等。该晦的晦，该争的要争。"

一凡油然感动，坦诚说："在大师手下奋斗，我很荣幸，感谢首长信任，我会尽心尽力。当然也想到了最坏，万一申不下来，我踏实教书，安心码字，过好小日子。"顾院感慨："我们又想到一起去了，申博是一项系统工程，错综复杂，竞争激烈，谁都没有十足把握，这一次若破不了那个魔咒般的零，我立刻辞职。西风败苟药，地有好生之德，到时候，我们再去他山咖啡，专心论学问。归落之前，却要搏他一把。"一凡欣欣说："要得，我听学长的。"

顾院和一凡高谈阔论时，向丽与师母拉起家常，讲的是成都话。师母欣然曰："我和小向有缘，都是成都人，我十八岁离开，她大学毕业才去兰州。她读的川大，是我的故里。还有一合，我们都教中学英语，爱吃肥肠粉。哦，肥肠粉，那个巴适喔！还有冒节子。"

天色渐渐暗暮，向丽提醒丈夫："我们打扰好一阵，院长晚上有会，我们该走了。"一凡放下茶杯，拿起背包，喃喃道："不成敬意，带了点土特产，都是野生的。"说着他取出三袋枸杞、两罐茶叶，放在茶几上。

师母说："不是外人，还客气。"一凡又拿出一个精美礼盒，交与老顾："我在野外捡的，您酷爱石头，区区琐物，希望歪打正着。"

老顾打开木盒，取出一块猪腰形白石，石面透现一个蓝色的"吉"字。他拿在手里，足足把玩了三分钟，激动问："这宝贝，从哪得来的？"

"上个月，在祁连山下捡的，一个生点。"

"这是一块老山玉，色透，体润，属于上上品，最最珍贵的是这个'吉'，野生颜体，一丝不苟，卓然大气。内蓝极少见。这块玉石太珍贵，我拿不得。"

一凡恳言："玉讲缘分，于我，只是一块石头，跟你却是归属，'吉'是你的名（顾院长全名顾长吉），梵我合一。还有一奇，我一共捡了两块，相距二三米。"

又从包里掏出一块白石，形态与第一块几乎一样。院长接过，细看几眼，惊叫："啊，神奇，大妙！"第二块玉石上透出一个蓝色的"凡"，也是颜体，笔势相同，大小类似，仿佛一对双。

顾院长欣然嚷："寂寞沙洲冷，玉石杨华英，我调你来江大，看来是天意，吉凡是我俩的名，相合奏祥音。唐诗曰：'吉凡望长安，东方吐祥云。'这是科举中榜的名句，古人都发了话，我们的博士点大有希望了。吉玉我收下，凡你留好，得手之后，我们再来聚一聚。"

院长紧攥玉石，脸绯红，两眼炯炯。师母说："老顾很久没这么高兴了，谢谢你们的石头。"顾院挥手送客，物我两忘，六亲不认。一凡窃窃一笑，向师母拱拱手，告了别。

两人直奔东山区，步履轻盈，神情舒朗。向丽像喜鹊，叽叽喳喳，一路说个不停："新到一地，窝最重要，安了床，就有了家。"一凡在想如何摸清别家的根底，又不愿败老婆的兴，随口敷衍："你说得对，我们要买个好床。"向丽挑逗："那你说，买床做什么？"一凡坏坏一笑："和你睡觉觉啊。"向丽挽起丈夫的手，依偎着，向东走去，约莫一刻钟，来到新六栋。向丽停住脚，看一会儿，欢声叫："这栋楼挺新的，背靠山，面对吉安湖，门前开阔，你懂行，你说两句。"

一凡道："这是一块难得的旺地，一定是老顾精心挑选的。"

"刚才，他啥也没说哩。"

"有些话，不说更好，堪舆称之保气。知者不言，万物并作。

老顾精通风水，会相地，境界高。你知道的，听说我要挪动，好多学校都拉我，包括武大，我选江大是冲着老顾来的。"

向丽急催："我们先看房，再谈老顾。"一凡瞧瞧表，直摆手："《阳宅秘考》上说，逢吉宜缓，祥时而入。别急。我们在楼外停一会儿，稳稳三泰。此刻五点二十，我喜欢六，我们五点三十六分进入。"

妻子柔语："听你的，尽管玄乎。"

两人在路边石凳上坐下，继续闲聊。

"顾院长挺儒雅的，动辄引诗诵词。"

"他主攻唐宋文学，在这一领域，是国内数一数二的名家。博士跟北大季镇淮读的，高我三届，英语棒，精通拉丁语。豁达，智慧，人特好。我们1983年在剑桥大学熟识，同学一年半。"

"一分为二，说说缺点。"

一凡笑笑说："对他的石头，莫乱说，说岔了，他像孩子一样，跟你昏天黑地，没完没了。"

"实体的，也透两句。"

"学术权威这个名头，他很看重，这块石头别去碰，动了，他会跟你翻江倒海，或失度，或变形。只不过在整个中南，目前还没人动得了这块石头，所以，老顾总一脸慈祥。"

向丽闪闪眼，又问："他高你三届，应该是师兄弟啊。"一凡笑说："有点小复杂，他导师教过我导师，他长我二十来岁，还给我们上过几节课，不好意思叫师兄。激动的时候，我喊他学长。"

太阳西沉，鸟语声声。一凡再看表，已到时，与妻爬到三楼，接过钥匙，打开门。向丽惊叫："哇，好漂亮，比兰州的还大！"一凡两眼闪烁，连连搓手。这套房三室二厅，一百三十六平米，已简装，可拎包入住。一南一北，还有两个大阳台。向丽走过去，又叫："可以看到吉安湖耶，还是湖景房，货真价实的湖景。"说完抱着丈夫，久久地吻，两舌交合，搅走了开初的一抹阴霾。又开大壁柜，一个个地看。钥匙分别找到下家，只有一把没着落。

厅中放着一条长凳，两人坐下沉静一会儿。窗后是大名鼎鼎的道丰山，向丽看片刻，再叫："哎，哎，坡上好像有个狐狸耶。"两人轻轻走向后阳台，二十米开外，果然蹲着一只红尾狐。向丽挥挥手，狐狸摆摆尾，显然在回应。向丽急说："你稳住它，我下去买点食品。"正要转身，下来一只小白狗，红狐拱拱手，一溜烟跑了，向丽只好停步。向远处瞭望，一凡瞧见一个山洞，闪过一道红光，定眼看，又昏黑一团，便说："可能还有大神异，宇宙无边，空对空不等于零。"末了独自嘀咕，"很可能，他来了。"

朝山的窗户大敞着，房内飘落几片银杏叶，向丽欲收拾，一凡摸摸实木地板，阻止道："地面洁净，落几片黄叶更有诗意。"说完伸开手脚，往地板上一躺。向丽高声点赞："这个'大'生动恢宏。"一凡说："我摆的是'太'，有一点，太太的'太'，暗示爱老婆。"向丽想了想，骂道："流氓！"一凡朗朗一笑，正言道："汉字博大精深，奥妙无穷，用好了，可以顶天立地。我来江大，除了申博，最大的作为可能在笔墨之间。筹划调动时，老顾曾鼓动我做做院长，我坦明心迹，只想在创作和学术上发真力。很高兴，我的力有了坚实的托点，地球烟波浩渺，这套房是我们的航空母舰。"

向丽就地坐下，拿手抚着丈夫的头，温情定夺："这个北间给你做书房。"顿一会儿又说："集体做靠山，家族当港湾，还要活好个体，麻婆豆腐是一道主菜。"说完心底一亮：刚才摆的那个"大"或"太"也透露了丈夫的某些秉性。这家伙表皮儒雅，暗中自"大"，狷介之士，常常说，宇宙无边，地表上的人与事最多算个点。顺势抚摸丈夫的脸，手到嘴处，一凡突兀冒一句："博士点也是一个点。"随后并合手脚，身体变为"一"。向丽心头又一动，却没吱声。这个"一"，她读研时探究过，意蕴丰味道浓，所指因人而异，只能在后端时间里分个显影。

有人敲门，打开一看，是周主任，背个包，手卷一份杂志，进门便嚷："条件有限，请多多包涵。"向丽说："我们很满意，感谢您了，请教一句，这把钥匙做啥子用的？"周主任看了看说："是下面储藏室的。"

"还有储藏室？"

"对呀，在一楼，也叫杂物间，有十五六个平米呢，我引你们去看看。"

向丽跟了下去，回来赞不绝口，中心思想只一个：江大想得周到，人文情怀高，我们来对了。接下来，三人一道去附近餐馆吃个便饭。说是便饭，其实很丰盛，有六菜一汤。一凡不沾烈酒，用黑啤意思一下。主任说："我代表顾院和杨书记，因陋就简，给两位接个风。"三人碰了杯，开心聊起来。周主任详细介绍了文学院，重点说了一个长句："文学院是江大的根，历时九十二年，最早可上溯到北宋，古代文学久负盛名，显著全国，却鬼使神差，错过了博士点，老顾复出又一村，近几年，现当代文学最强。"

结尾却说："还有一爿阴暗面，院里表面和气，背地常搞小动作，怪相频频，关节点啥事都做得出。对此刘教授要有一个心理准备。"一凡诚谢："这是贴心话，一句顶一万句，我尽量做减法，努力举重若轻。"

周主任拿出搁在椅上的刊物，是《小说月报》1999年第12期，上面转载了一凡的一个中篇，周主任说："顺路买的，我好好拜读，常听说，你故事讲得好，你来了，一定有更精彩的故事。"一凡连连谦和。

吃了半小时，谈了两刻钟，天已大黑，周主任打开紧紧随身的黑包，缓缓说："房子到手，该花钱了，按顾院的指示，我们提取了五万安家费，您签个字。六万科研经费，凭票报销，因是启动金，使用范围比较宽泛，可以买家具。"这一手超出了一凡夫妇的预料，向丽接钱时，手有点儿抖，这是两人至此经手的最大一笔现金。他们仅有三千存款。那年的五万，相当于眼下的五十万，是个大数目。临近八点，一小伙子进入："周主任，车停在门口。"他朝客人点个头，退去。周主任说："慢慢吃，回青山的车，我安排好了。"两人同时放下筷子，险些落泪。分手时，一凡送了周主任两袋野生枸杞。

回到工人村，已晚上九点，容儿见了兴奋叫："妈妈，快来，奶奶在讲故事，很精彩。"向丽放下包，直去里间。爷爷闭了电视，关切问："房子分到手了？"儿媳举起钥匙："已经看了，三室两厅，一百三十多平米，设计好，很满意。"凡母欣说："住房定了，比么事都重要。"一凡接："院里想得很周到，提前给了安家费，我们不用借钱了，后天去买家具。"老爷子建议："让老三一起去，他有车，懂行，地方又熟。明天两兄弟都要来。"

容儿嘻嘻叫："爷爷今天钓了好多鱼。"说着下了床，趿拖鞋跑向厨房，一瞬端来一个大铝盆。一凡低头一瞧，有两条鳊鱼，三条大白刁，足有七八斤，便问父亲："哪里钓的？"答："江边河汊口，老地方，那里的鱼最好吃，一般人钓不到。"一凡对妻解释："鳊鱼就是武昌鱼，毛主席当年吃过的。"妻子说："我知道，老人家吃高兴了，还写了一首诗，'才饮长沙水，又食武昌鱼'。这是全世界最响亮的一句广告。"

提起伟大领袖，老爷子起了兴："毛主席吃的鳊鱼，十三根半刺，外头都说是樊口的，他们不懂行，老赵知根底，河汊口上通红塔水库，下接长江，水清得很。老赵是鸿宾楼的大师傅，毛主席当年吃的鱼就是他做的，他亲口说，那条鳊鱼是从河汊口打来的。"

一凡好奇地问："赵德江是湖北的头号大厨，您家么样认识的？"老爷子呵呵一笑，自豪地说："你在兰州，好多事冇跟你说，去年，赵德江的大儿赵普跟我练武，两家好得很。还有一件事，报纸上冇说，毛主席吃了老赵的鱼，说做得好，把了他一包中华的烟。老赵舍不得吃，锁在柜子里，供了二十五年。前不久，开了包，赵普死乞白赖，找他老子谋了两根，我抽一根，几个徒弟分一根。"

向丽问："放了那么久，好抽吗？"老爷子如实答："发霉了，还是有味，毛主席把的烟，再霉也有味道。烟纸盒老赵留着在，找他要个内胆，死活不把。"凡母笑："你的脸皮有城墙厚，恁金贵的东西，也好意思找人家要。还记得不？那一年，我们单位的皮劳模跟毛主席握了手，半年舍不得洗，我们排起队跟他握。"向丽给丈夫眨眨眼，两人会心一笑，不敢再提毛主席。

凡母接着说："老头子退休十几年，就做三件事，种菜，练武，钓鱼。走到哪，种到哪。收了五个徒弟，神气得很，黑头最能干，赵娃最贴心。"容儿接话："爸妈，爷爷说了，要教我练武，我要好好学，打遍天下无敌手。"爷爷摸摸孙女的头，和蔼道："练武的先不讲打，武德第一。"向丽笑阻："女孩子家，不能打打杀杀的。"一凡却说："女娃学点功夫是好事，以后找了婆家，我们少操好多心。"向丽谲谲一笑："那好，我也学，我和容儿一起学。"一凡憨憨一笑。

母亲提醒："大凡，钱莫乱放，那一带不像以前，人杂了，好多是临时户，晒在外头的花生都有人偷，把钱锁好。"向丽立马去办，回来时，拿了几个红蛇果，那是大西北的特产。

听到蛇，容儿想起初衷，回溯道："妈妈，刚才奶奶讲的故事可好听了。"向丽问："讲的什么？"容儿答："从前有个小孩，叫象，他救了一条小蛇。小蛇长大了，很大很大，还有魔力。小孩也长大了。大蛇对象说：'你救过我，我可以满足你的三个心愿。'有一天，一个大财主的女儿得了怪病，要用蛇肝作药，答应给象很多钱。象就对蛇说：'我要割你的一块肝。'大蛇知道很痛，还是把口张开了，象走进去，割了一块。大蛇忍住了。象用蛇肝发了一笔财，他很贪心，还要蛇的肝。大蛇没办法，又张开了嘴，象又割了更大一块，走到牙齿那里，大蛇太痛，忍不住，一咬，象就死了。这个故事叫，人心不足蛇吞象。"

一凡笑说："这是大湾熊的保留节目。爸爸小时候，在湾里长大，外婆也给我讲过这个故事，讲了好多遍，有几个版本。另一个是个宰相的相，官很大，不知足，也被吃了。"

又聊了一阵，奶奶说："不早了，你们跑了一天，早点休息。容儿跟我们睡，她还要听故事。"

向丽笑着警告："奶奶也要休息，不要缠得太晚哦。"

"知道。"

夫妻俩回到自己的房，打水洗脸洗脚。大套间位于工人村五街，三室一厅，一百二十平米，带厨房，屋外还有一个透空走廊。上下两层，老爷子住一楼，没有卫生间，整栋楼里都没有。隔一会儿，向丽轻叫：

"凡凡，好黑，陪我去一趟厕所。"

一凡立马去找手电。

厕所离宅楼两百多米，四周树影婆娑。一凡拿了手电，陪出了门，向丽却来了闲兴。

"这里近农村，靠长江，晚上空气清新，我们绕个圈，溜达一小会儿。"俄顷又说，"你家住得挺气派的，为什么没有卫生间呢？"

一凡答："七八十年代，这是一冶的干部房，住了十几位处长，谢峰他爸是老总，原来也住在楼上，四室两厅，最大。关于厕所，有个完整故事。设计的时候带了卫生间，主管是个老八路，小山村来的，救过朱德，大伙都让他三分。主管看了图纸，两眼圆瞪，大发雷霆：'咋搞的，把茅坑放在家里，挨着饭厅，这饭还吃得进去吗？'"向丽扑哧笑，一凡续说，"后来硬把卫生间挪到外面去了，而今成了公司的一号笑话。父亲去年搬来，很荣耀，这里只有他一个工人。半年后，在任家路盖了带茅坑的新楼，除了张主席，干部们都搬走了，此地成了过渡房。"

夜色柔怀灯火，浓了沧桑。这五街曾经是青山工人村的心脏，主要住武钢和一冶的职工，有如当今的高档小区。那几年发年货，武钢员工可得二十来样，一冶发十七八种。除了鱼肉蛋米油，还有虾仁、海参、蜇皮、银耳、腐竹、蜂蜜等，而别的单位只有四五样。这里现在被规划为后备企业区，餐馆一一撤离，商店冷清，电影院空荡，街道之间杂草丛生，只有干部楼四周还幸存几团人气。正可谓，三十年河东，三十年河西。再过几十年，不知这条河会拐到哪里去。总体却该乐观，弯弯再多，也会注入长江、流入太平洋。

走走谈谈想想，不觉来到公厕旁，里面的灯又坏了，黢麻黑。向丽说："嘟个办？"一凡递去手电："我在门口等。""你别走远喔。""知道。"天高星光寒，树动鸟儿叫。隔了一会儿，茅坑里叽叽响动，光束乱晃，旋即，向丽冲了出来。急急说："好恐怖，坑里的老鼠比猫还大，一大群，我们快快回去。"

临近家门口，却发现老爷子借助屋内的灯光在门外拔草，已拔了一小堆。正要招呼，老人回了屋。向丽停下，看看光坦的门口，感动地说："你爸心真细，我和容儿初来，他怕我们绊脚，把所有的大草都清除了。"

母亲给儿子铺了电热毯，临子夜，家人已入睡。向丽依偎在丈夫怀里，抚摸着，聊谈着，未几，一凡的手往下探去。妻子阻拦："等一会儿，他们还没睡熟。"又私语两刻，被子里开始蠕动，渐渐地，响起沉闷的呻吟。收官后，妻子快乐展望："有了自己的窝就好了，孩子上幼儿园，我们可以随意走，尽情地叫。"一凡说："快睡吧，明天两家要来，不能起得太晚。"

太阳张开脸，奶奶买来豆浆油条热干面。三人过了早，一同去菜园，就在屋东头，几步路。老爷子已忙活许久，容儿高喊："爷爷，我还要拔萝卜。""好的，你拔，赶大的拔。"菜地不大也不小，有一百五十多平米，围了竹栅栏。老爷子心底极善，为人大度，常对邻居说："你们要吃菜，打个招呼，随便摘。"许多住户都有地，认真回应的只有几个单职工。拿了菜，他们常会送一瓶汽水或两根冰棒，或者，专程说一声"谢谢"。老爷子便沾沾自喜，仿佛为全人类做了一项重大贡献。

菜园分割成六小块，泾渭分明。肥料全有机，一般不打农药。园正中有个小水坑，冒着地泉水。东角挖了沤肥池。南面一长溜，搭了两排竹架，用来种丝瓜之类的爬藤作物。向丽感叹："老人家把种菜当成了一项伟大事业。"一凡说："的确如此，地里的有机肥是他一担一担从附近农村挑来的，七十过六，还像拼命三郎。收获也大，旺季靠卖菜，一月可挣六七百块。老爷子的产品的确不同凡响，口感柔和，带回甜，卖得贵，还供不应求。人会说谎，地不欺人。用了心，味道更佳。黑头还给老人家揽了十来个大款固定客户。"

菜园的南面空出一块水泥地，拆了屋的遗迹，那是老爷子授徒练武的场所，两旁做了石凳，中间画了一个太极图。还有几丝文缘，站在场中央可以望见道丰山，仿佛在暗喻，家族与学府相连，如同国与家。我们的地球布满网，点线牵连，互相呼应。那是太极生的八卦，不断衍化人间的家长里短、酸甜苦辣。

上午十点，两个弟弟举家到，一阵寒暄，满屋欢喜。两小侄儿最活跃，上蹿下跳，叽叽喳喳。耗子已上二年级，德德刚发蒙。三个先前见过，容儿高声嚷："哥哥，走，看水虫去。""在哪？""菜地里。""好！"孩儿们飞也去了。一大早，老爷子煨了萝卜排骨汤，弟弟们又带了拿手菜，此刻赶紧下厨，奶奶打帮手，其他人在客厅摆家常。

二凡："拐子（哥哥），学校的事，都搞灵醒了冇？"

一凡："全到位，明天去置家当。"

三凡："一起去，有车快当。"

向丽："不用兴师动众，现在都送货上门。"

二弟媳小梅："安个家，杂七杂八，总要几个帮手，他两个自己在做，时间灵活。"

二凡："我在徐东开了个古玩店，附带卖点画，自己也画两笔，发不了大财，温饱不成问题。"

三弟媳小萍："大哥回来，二哥收敛了，不吹你的宝贝了。"

二凡笑了笑："先礼后兵，用盗墓的话说，先磕头后动锹，该我出马，绝不嘴软。不是我吹，我那几件古董，随便脱一件，就是千万富翁，有可能上亿。"

小梅："哪天你卖个小的，弄个七八万，让我和耗子开个眼。"

二凡："东方已经发红，这一刻即将到来。"

众人欢笑，小萍续茶。

一凡："老三还在做铁花？"

三凡："那一行做穿了，才转行，拉个队伍搞装修，都比铁饭碗强。留在单位的兄弟一个月才二三百块，还不够我请一次客。"

小梅："莫扯野棉花，说具体，这两天大哥大嫂么样安排？"

向丽："明天上午买家具，下午采购电器。"

二凡："一天紧了点，我建议，今天下午把家具定了。就去余家头，上百家店，各个档都有，离江大又近。"

向丽："好。"

小萍："锅碗瓢盆杯、砧板刀扫把，暂时不用买，兄弟两个给你们准备了一全套，两大箱，档次比较高。先用到，以后慢慢添。"

向丽："让你们破费了。"

二凡："一家人莫说两家话。"

一凡："我和向丽合计了一下，当务之急，是要给老头老娘安个电话。"

三凡："对头，大伙出几个钱，今天就办了它。"

向丽："钱，一凡出，我问过，只要一千块。学校给了一笔安家费，比较充裕，用组织的经费孝敬父母是人间正道。"

小梅："那说定，吃了饭，你们去家具城，我和萍萍留工人村，我负责安电话。"

饭菜端上桌，奶奶喊几声，三个小的立刻蹿回，容儿进门便嚷："我们看到很多小青蛙，五颜六色，耗子哥还教了我武功。"一凡问："哥哥教的什么？"容儿便站在厅中央，收腹，马步，有模有样比画起来。爷爷暗中一惊：小家伙出手不凡，是块好料子。便说："打得好，打得好，下午，我们正式开练。"依二凡之令，两侄儿表演了一套刘家拳，最后两式齐声唱："三分天下，一统江山。"

开席了，老爷子举杯高唱："欢迎老大一家回来，大家吃好，喝好。"向丽尝一块鱼，连连称赞。老二说："清蒸鳊鱼是刘家门的看家菜，远近有名，与赵大师做的有一拼。"向丽接："说起刘家门，我想问一句，一凡经常说，你们是刘伯温的后代，细问，他又遮遮掩掩，具体是咋回事？"

老爷子头一昂，如数家珍："兄弟三个是刘伯温的第二十六代传人，从长子刘琏那里接下来的。"向丽又问："刚才打拳，最后喊两句，是个啥讲究？"提起八字高言，老人家突然文雅，娓娓道："刘伯温是大明王朝的二号功臣，神机妙算，运筹帷幄，又会写书，后人拼出一句话，'三分天下诸葛亮，一统江山刘伯温'，意思是说我们的祖先比诸葛亮还傲。最后吼两句是对先人的纪念。刘家拳是刘伯温的九世孙刘瑜发明的，中间隔了一百七十年。"

三凡道："姑妈经常说，我们的祖先是蛇神，小时候去刘家湾，见了蛇都绕道走，还要行个礼。"老二解释："祖宗刘伯温创大业，也是长虫引的路。"德德急催："二伯，这个故事没听过，说细一点。"二凡喝几口汤，娓娓道来："有一天，年轻的刘伯温在崖壁下读书，突然一声响，身后的石壁打开了，冒出一个大洞，里面怪怪地响。过一会儿，蹿出一条红顶蛇，在祖先的腿边绕一圈，直往洞里爬。祖先跟在后头，进入一间空屋，顶头一道光，石壁上刻了六个字'卯金刀，持石敲'，卯金刀，是繁体的刘（劉），祖先会意，捡一块石头，往壁上敲几下。石壁开了，露出一个石匣，里面放着四本兵书，祖先读后成就了大业。"

孩儿们欢呼："精彩，刺激，霸道！"

吃一轮，聊一阵，话题落到一凡头上。小梅自豪说："大哥已经是名人了，你的那本小说《过》，涉及盗墓，我们那条街的老板都在看，都说写得好。二凡把你跟他的合影放大一张，贴在店门口，写了一行字，'东走西游，刘一凡是我亲哥'，生意一下好了，上个月，营业额翻了一倍。拐子好好写，我们靠你发财。"

母亲欣喜道："祖宗很早就发了话，说他的后人，第九代要出一个人物，结果出了个刘瑜，打出了刘家拳，得了个伯爵。说第二十六代，就是你们这一代，还要出人物。你们发点力，争取光宗耀祖。"

向丽笑曰："我终于明白一凡为什么喜欢六了，不只是喜欢，已接近癫狂。学生给他起了个外号，叫'一加三'。很巧妙，'一'的上面加一点，下面加两点，是个'六'。也是对一凡的夸奖，他的课上得好，一人顶三个。"容儿接："上个月我陪爸爸去校医院看病，医生给他开了五针，他不干，非要加一针。"

哄堂大笑，家宴收尾。

老爷子庄严说："今天三个小的到齐了，我给你们写几个字，鼓个劲。"奶奶拿来文房四宝，老爷子磨开墨，拿笔往空中一挥，郑重写起来。第一幅：勤有功，戏无益。第二幅：扬名声，显父母。第三幅还是六个字：幼不学，老何为。全是《三字经》的名句。向丽惊赞："好漂亮，正宗的颜体。"老爷子欢欢一笑，语重心长："爷爷书没读好，就会写几个字，只做了木匠，你们三个好好学，以后干大事。"

约三点，小梅从电信局回来，跟着一个工人。倒了茶，上了烟，师傅忙碌起来，仅用半小时，装好了电话。爷爷午睡起床，见了座机，兴奋不已，朝内间喊道："熊婀，把号码拿来。"熊婀是老爷子对奶奶的昵称，激动时用。婀，相当于"儿"。

凡母拿来一个硬纸壳，上面记满了电话号码。老爷子兴上加奋，拿出一包高档烟，拆开，取一支递给师傅："来来来，辛苦了，吃根烟。"师傅惊叹："哟，是精品云烟呢！放在过去，只有部级干部才抽得到，您家好福气。"老爷子猛吸一口，轻声说："大儿带的，是教授，才调到江都大学。"师傅附和："有板眼，不简单。"吸两口烟，又说："您家打一个电话，试一试，要是冇得问题，我还要去下一家。"老爷子拨了号，亨通，打的免提。

"喂，哪位？"老爷子应答："老三，是我，电话安好了，我试一火。"老三回告："家具都买了，我们在看电器，可能要晚点回，你们先吃。"老爷子细语："莫急，晚点开饭。"高高举起话筒，往下轻轻一放，挂了。师傅羡慕："都用上大哥大了，不简单，有教授，有大款，这附近找不到第二家。"老爷子宽宽地笑，又递一根云烟。师傅离去，凡母取笑："人家再待一会儿，多说几句好话，你列包烟恐怕要把完。"

老爷子呵呵一笑，容儿催促："爷爷，你说要教我功夫的，什么时候？"爷爷脸一朗："正满在架势（现在开始）。"耗子赶忙去倒水，德德拿来地垫。茶水递上，容儿直推："我不渴。"耗子说："是给爷爷的，学刘家拳要过仪式。""怎么过？"两人争相解说，你该如此如此，你该这般这般。说完了，正儿八经操练一阵。爷爷坐上太师椅，两个孙儿并排站，手搭阴阳掌，一声不吭。容儿跪下，磕了三个头，双手将茶递上。爷爷接过，浅喝一口，庄严施令："平起，互会。"容儿站起，抱拳高唱："师兄多关照。"师兄拱手合奏："同舟共济，携手江湖。"爷爷高声宣布："刁点革除，三阳开泰。开练！"

奶奶连声夸："容儿灵醒，六岁不到，做得蛮好。"爷爷又说："还有几句话，听好！天地玄黄，世间动荡，勤练强体，以武保宁。习武之人，以德为先，勿欺弱小，不畏强暴，修齐治平。列些是祖先说的,意思是,练功要讲武德,遇到歪人莫怕,见到弱小莫欺。一般起矛盾,不要先动手。都听好了冇?"三个孩儿齐答:"听好了。"爷爷发令:"走,第一练去武场。"爷孙四个出了门,浩浩荡荡。

小梅对婆婆说:"平时,爷爷嘻嘻哈哈,一沾武,像换了个人。"婆婆解释:"这是刘家门的传统,小时候三个凡都过了仪式的。"小萍问:"大哥也会功夫?"婆婆道:"三岁开的蒙,一直练到十二岁,上了外校就断了。但是,功底还在,对付两三个,问题不大。"小梅通告:"老二老三一直在练。"小萍又问:"您家呢?还在练冇?"婆婆说:"要活动一下手脚,主要打太极拳。"

太阳落山了,云层不断变换色彩,偶尔几声鸟叫,添加了初冬的苍艳。七点过半,远出的归来。向丽进门高声嚷:"今天收获真大,一个下午,家具和电器全买了,明天都安排到位。"老三说:"我们还跑了一趟江大,蛮好个屋,钢门防盗网都有,学校蛮仗义,把旧账都结了,没有让老大出一分钱。"二凡感叹:"还是读书好,有个北大的博士,挂个教授,走到哪里都吃香。"

晚饭刚刚吃过,门外开来一辆小车,黑头来了,进门便唱:"师父好,师母安康。听说一凡哥回了,我来拜望一下。"耗子赶紧上茶,一凡起身笑迎,介绍了妻女。黑头又嚷:"大嫂,凡哥,我们一家人,今后用得着我,尽管吩咐。"老三插话:"老头几个徒弟,黑头做得最好,他开了几个沙场,势力厚,是整个青山的老大。"老爷子笑说:"你已经做起来了,莫再打打杀杀。"黑头正色道:"师父放心,练武之人,以德为先。这句话,我记到现在。江湖有道,乱来长不了,老三一直在帮我把舵。"

凡母说:"你是大忙人,还要风火火地跑来。"黑头诚情吐露:"有件事冇跟两位说,我今天是来谢恩的。九岁那年,在一小附近,我被四五个伢围着打，正要趴下，凡哥来了，挥舞树棍，三下五除二，把他们打跑了。那几个小杂种下的恶耙子，不是凡哥出手，我很可能没命了，要么，落个残。今天备了个薄礼，拐子莫嫌弃。"

说着从手包里掏出一个鼓信封，直塞过来。一凡急说："使不得，使不得。"黑头脸一黑："大哥要推，就是不把我当粮票。"老爷子定音："一片心意，先拿到，会有交往的。"一凡只好收下。黑头喝几口茶，起身告辞："不好意思，还有个重要应酬，我闪了，过些时，我们再好好聚一聚，我做东。"老三出门送客，弟媳收拾碗筷。一凡对向丽说："这钱你点一点。"向丽数过，微微一笑："都知道你喜欢六，一共六千元。"随口用英语问："一家分一千，如何？"一凡点点头。三凡回屋后，向丽高声宣布："黑头是冲爷爷来的，见者有份，有福同享，一家分一千。"大伙推辞几回合，收了。老爷子安然一笑，事后对老伴说："一凡找了个好媳妇，我们要省好多心。"

2

背　景

行过仪式，终于安了家。

出门时，老爷子再三叮嘱，"四旧"破了，该讲的还是要讲究一点。他买了个小煤炉，生了火，亲自放在小车的后备厢，谐音有火，连通好运。奶奶买了三炷高香，此刻就了绪，一凡走向南窗口，再跪三拜，口中念祷："天苍苍，野茫茫，请神灵多多关照，我们怀大尊，敬天奉地。"不一会儿，云间投下两束光，犹如龙须。容儿第一次来，超级兴奋，四处走，八方窜，进了南房高声叫："好漂亮，我能看到湖，还有山。"二凡掏出望远镜，调了调，递过去："用这个看。"容儿接了，瞭望半圈，又叫："我看到船上的人了，一清二楚，远处还有降落伞。""喜欢吗？""喜欢！""送给你了。""谢二叔！"老二朗朗说："是我复员从部队带回来的，谋了两个，军用品，比店里卖的强得多。瞧得细，望得远，还能测距离。"

已入寒冬，屋内冷飕飕，向丽关上门窗，打开空调，不一会儿，客厅暖起来。三凡唤二凡："我们下去一趟。"水开了，向丽泡了茶，又烧一壶水。两兄弟背上两个蛇皮袋，打开，全是柴米油盐酱醋茶，外加鱼肉和蔬菜。三凡解释，是两老暗中准备的，鳊鱼最珍贵，十三根半刺。向丽感动："民以食为天，靠一头真好。"

按老家的说法，搬家首日用炭火烧的茶，叫福茶，喝了可以保平安，还可聚财加官增寿。到了年关，店里忙，两兄弟喝了福茶，匆匆离去，偌大个屋顿时静下来。一凡环视一圈，轻声问："家中还剩多少钱？"向丽答："两千整，用酷了一点吧？没什么，置家不能太憋，钱是用的，后面再挣。你知道的，辅导英语高考，我是能手，口碑立了，不愁来物。"一凡顿了顿，庄重说："有件事和你商量一下，从科研经费中我想匀出两万，分给两个同事。"向丽说："大事你当家。"两人歇了手，叫上容儿，一起喝了福茶。

电话叮叮响起，一凡接了，兴奋说："谢谢。嗯，嗯，谢了，好，好，一言为定，明天下午三点在他山咖啡见。"

向丽问："有佳音了？"

一凡答："师母亲自出马，都谈定了，容儿插徐老师的班。还有十来天放假，园长建议孩子先去适应一下。哪天，我们去拜访一下园长和徐老师。"

向丽欣欣然："我早打听了，徐老师的班最俏，都在争，打破脑壳。有些事要趁热打铁，我这就去，你娃头看好娃儿。"

向丽带上礼品，直奔幼儿园。一凡暗中欢喜：老婆说四川话，心情肯定好。平时起小矛盾，只要夸夸成都，她常常破怒为笑。共同生活七八年，比较了解。向丽善良大度，通情达理，从小却娇生惯养，唯我独大，好起来像天仙，恶起来像阎王。一凡颇有自知之明，常常自警：我脑中也有黑洞，匪起来，更流氓。此话不假，这小子留过洋，却土得掉渣，坚定主张，有的事，只能州官放火，不许百姓点灯。对家内持一条宽宏律令，只要不乱妇道，能让的尽量迁让。

新居柔美温馨，明亮大气，横看竖看都像港湾。一凡酷爱蓝花壶，摆出一件宋代珍品。退几步，看一眼，异常兴奋，伸手在地上摸了好几圈。随后躺沙发，抽一支烟，再给谢峰打电话，依旧没人接，便自语："说好元旦后回的，估计又被某个巴黎女郎勾住了。"窗外的大树摇起来，容儿关上门涂鸦。接近中午，向丽提回一包食物，喜形于色："全到位，还去了附中，开学我教高一，校长知我根底，一个劲夸我是人才。"

一凡评注："酒好不怕巷子深，是金子在哪都发光。"向丽笑笑说："我还有个长处，爱持家，擅长小日子。稳定后，一如既往，你宅你的书房，杂事我打理。父母走后，我脾气不稳，气头上，你别犯我。"一凡说："金科玉律，我记住了。"妻子柔了语调："极度亢奋时，更要注意健康，刚才，你又莫名其妙摸了几次地。"一凡笑一笑："那是个小魔鬼，我叫大毛怪，时不时，他会冒个头。娘子放心，我比较强大，按得住他。"

正说着，容儿举一张纸跑出来："爸爸妈妈，看看我的画。"向丽接过，半天不语，一凡心里震惊："女儿画的比平时进了几百步，一天之内，判若两人，几乎一步登了天。"那画，用的马克笔，形体夸张，色彩玄妙，如有神助，说是毕加索的，绝无异议。画面再现容儿窗前的景象，以水做垫，重染道丰山。树间有个洞，从里拖出一条褐色长绳。

向丽问："干吗画绳子？""不是绳，是蛇。""画蛇做啥？"容儿想了想，一字一句说："我用二叔的望远镜看山，发现一个大洞，有个东西在爬，仔细看，是一条大蛇，很长，很长，还直起头看我，尾巴直摇。隔一会儿，窗前的大树猛地晃动。我头顶一热，就想画画。拿起笔，很怪，觉得手更顺了，好多以前不会画的，突然就会了。"说后半段话时，容儿灵感丰涌，两眼闪烁。一凡倏然严肃："宝贝儿，你签个名，写上日期，这幅画要留好，一定有玄机，是福音，我把它裱出来。"女儿欢欢一笑，依令而行。

新迁的齿轮一环扣一环，时辰粒粒饱满。容儿已安睡，向丽洗个澡，溜入卧室，又往对面望一眼，轻轻关上门。油汀早已打开，屋内暖融融，丈夫色眯眯靠在床头。妻子莞尔一笑，柔声道："早晨拜土地，午饭从简，下午接地气，晚上敬灶神，夜里呢？"一凡铿锵回答："拜爱神！"妻子低吟："今夜任你拜，由你摆。"于是双双蜜柔，身身浪荡，经久历长，高喊几声共入佳境，淋漓两身汗。洪峰流过，向丽感叹："真爽！真真爽！"一凡说："取阳宅风水术语，这叫暖房，是搬迁的最高礼仪。"向丽笑责："里精外怪，就你名堂多。"过一会儿又说："每次临高潮，我都头晕，几次想去医院看看，又开不了口。"一凡笑说："没什么，歇一歇再弄。"

早上起来天已大亮，妻女已出门。一凡拿起桌上的羊角包，吃几口，去找饮料。冰箱一人多高，分五六格，严格说，应该叫冰柜。一凡喜欢可乐，酷爱火龙果，此两项，家中常年储备。拉开箱门，肉品琳琅，吃食满目。一凡喝几口可乐，五味杂陈，猛然发现，他的前半生都与荤挂钩。小学恋汽水和肉，中学盼肉丝，下放渴望粉蒸肉，大学向往烤鸭，结尾是英国牛排，在法国待半年，吃腻了烧鸡腿，笼统说，都是肉，舌尖存有个体色素和时代的酸甜苦辣。

第一记忆却是一粒米饭。那是四十年前的一个傍晚，左邻右舍在纳凉，一凡坐在竹床上，奶奶守一旁。蛐蛐叫起来，幼儿低头探寻，在竹条之间发现一粒米饭，又白又胖。他拿手去抠，竹缝太小，触到了拿不出。几个来回，划破了指头，浸出的血沾上了白饭。小一凡举起手，哈哈一笑，把血染的饭粒塞入口中，唇边留下一抹红。成年后，一凡却疑惑，这一幕真是第一记忆，还是父母复述的构图。那一刻，他两岁不到。还有一痛，奶奶最爱他，不久却病故了。

二凡出生后，父母带不过来，只好把老大送给外婆照管，那是大湾熊，距武汉六十多公里。火车只到横店，坐一截路程拖拉机，还有十里山路。母亲刚病一场，抱不动儿子，拿出五毛钱雇了一个脚夫。当时的五毛可买十斤盐，不是小数目。

脚夫粗手大脚，很壮，头发乱蓬蓬的。一凡坐在他肩上，左手被拉着，右手不时摸他的头，像掏鸟窝。翻过一道岗，脚夫摸出一块黄粑粑，边走边啃。可能头皮痒，他不时用拿粑粑的手挠脑袋，黄粑粑在一凡眼前晃来晃去。再挠时，一凡猛出口，咬了个正着，却涩涩的，很粗糙，吞的时候硌喉咙。

脚夫拍拍一凡的屁股："娃子哎，不是我舍不得，这是糠粑，你太小，吃了屙不出来，列玩意，过去是喂猪的。"母亲赶忙翻包袱，摸出三块饼干。一凡吃了一块，脆生生，又甜又香，平时在家很难吃到。第二块，不知为什么，他喂给了脚夫。母亲微微一笑。脚夫嚼几口，停住，吐出大半截，揣入口袋，说要留给孙子，那饼干他头一回吃。母亲又给两块，脚夫接了，连连点头道谢，像鸡子啄米，一凡颠得像浪上的小船。这也是他今生的第一次搬迁。

性格的形成也与吃相关。一凡读小学三年级时，上学时要经过一家小书店，里面的书很单调，几乎全毛著，却有一位年轻女店员，长得秀丽，举止优雅。吃饭时，她拿勺的手的小指微微向上跷，吃白菜仿佛在吃肉。一凡心头一颤，十指酥软，通体荡漾。中午放学，他经常溜入小书店，十有八九碰见美女在用餐。一凡假装选书，偷偷看她跷小指。回去后吃什么都香。看了一个多月，一凡弃了筷子拿起勺，吃饭时，小指头微微向上跷。二凡三凡跟着学。

终于有一天，一双筷子打在老大的头顶上，父亲两眼大瞪，高声詈骂："作精作怪，男娃子吃饭跷哪门子么指头，给老子放下。"一凡只好弃勺归筷，不敢再跷，却守住了阳刚。回头一想，还有一大收获。在暴戾时代，那一跷增添了内心的温柔。至当下，一凡彬彬有礼，又不失粗犷，必要时会爆粗口，还敢打架。

就着绵绵回忆，一凡用完早餐，歇一会儿，走进书房，准备写两篇论文。第一篇写贾平凹，一凡认为，平凹承袭曹雪芹，在当代作家中，文字功底数一数二；《废都》是二十世纪的奇书，几百年后还会热读。近几年，作者却越写越沉，几乎板结，阐明个中缘由会有力推进中国当代文学的创作。还有一个设想，把贾平凹与刘震云糅一糅，或许能写出第二部《红楼梦》。第二篇写戏，一凡发现，八个样板戏中，正面人物的说辞都被忘却，反面台词却广为流传，津津乐道，比如《红灯记》里的"人不为己天诛地灭"，《智取威虎山》的土匪暗语。说起《沙家浜》，耳边立马响起阿庆嫂与刁德一的卧底对白："摆起八仙桌，铜壶煮三江，逢人开口笑，过后不思量。人一走，茶就凉。"

一凡论的题是，当年的"高大上"为何被时间冲淡，——"低小下"，而下三烂却显亮了，拔高了，常常透出生活的某个真谛。做学问，一凡信守两句座右铭：没有新见不动笔，厚积薄发。此刻随感记了一大本，相关资料很丰厚，要写好，却要费一番周折。一凡最恋写小说，但寄身高校，却要首先握好学术饭碗，初来乍到，更需亮个相，献个礼。一凡灵感丰涌，打开电脑，三小时写了四千多字，向丽回来时，浑然不觉，键盘噼啪响。妻子蹑入书房，书桌上摆着一家三口的合照，背景是她与一凡邂逅的茶馆，向丽倏然激动，从背后抱住丈夫，柔声道："有了自己的窝，真好。"

三点差一刻，一凡来到他山咖啡，选了个僻静位。寒风萧瑟，气韵却生动。他山建在道丰山东南脚，分上下两层，二楼设包间，一楼开了十几桌，不算太大。门前拓展一片空地，可摆二十余桌，天暖是绝佳的露天座，已确证左右两棵银杏树由苏东坡亲手栽，时间在1083年暮春。他山的前身叫明普茶舍，开于北宋，一度改为书院，那是江都大学的根，先前还有一个石碑。

临近三点，顾院长缓缓走来，握了手，关切问："家都安妥了？"一凡连连点头："多亏家人帮忙，更有你撑着，那笔安家费发挥了大作用。"顿一会儿，又说："老规矩，他山不言谢，举头向诗情。"

顾院柔声道："人生要有三分自留地，唐宋气象不可少。用荷尔德林的话说，叫诗意的栖居。先点饮料吧，一开口，我们又没完没了。"

一如既往，两人点了拿铁。

一凡悠悠回忆："在这里，我们喝了三杯咖啡，仿佛都在冒气。第一杯在十二年前，有句话，我记忆犹新，你说，做学问要手握一根长杆，脚踩几只船。这一句很生动，想忘都忘不了。"

顾院："如今我还守着这个理念，做大学问，要跨界，加一门外语最好。单守一，走不远，还容易钻牛角尖。"

一凡："这也是老杜的弱处，他单攻先秦文学，一意孤行，心胸越走越小。你用五年把江大的古代文学带入国内前五，老杜当了三年院长，学科塌一半。"

顾院："情况比较复杂，不能全怪老杜，巫书记要担一大半责。老一辈的过失可能更大。八十年代初，江大古代文学有一大批知名教授，成果丰硕，高名远扬，教育部主动找上门，让我们建古代文学的博士点，只用填个表。几个老教授听了，直摇头，说钢琴有键，乱弹不得，我们才带一届硕士，哪能立马上博点。几个相互串通，拒不填表，还八方游说，全力阻挠。错过这一村，便荒了十七八年。"

一凡："用武汉话说，文学院的博士点搞究了筋。你在位时没评，刚去香港大学，却铺开了，结果一败涂地。"

顾院苦苦一笑。

一凡避开博士点，续话香港："我觉得，对于学长，去港大是关键一步，早早走出内地，眼界和胸怀大不一样。"

顾院："可以说香港是我人生的转折点，缘头却在伦敦，剑桥的两年，我们学得很扎实。你比我强，还会法语，后半年，去巴黎东方语言学院当了老师，早早一脚踏了两只船。"

一凡："冒昧问一句，你去港大，第一动因是什么？我记得清楚，当年有好几家邀请你，都是名校。"

顾院坦言："是钱。那时节，许多人嚷叫，'君子不言利''毫不利己，专门利人'，都是大口号，捏着鼻子哄眼睛。我始终认为，悠悠万事，活命第一，活好是终身追求。六七年前，我在内地的工资才五百来块，在港大，每月挣八万，什么概念。干了四年，儿子娶媳妇的房子有了，女儿出国读书的费用也有了，还买了车。古人比我们实在，传曰：'仓廪实，知礼节；衣食足，知荣辱。'这才是人间正道。"

一凡："说到这个点，我很欣赏王朔，反虚伪他贡献最大，许多话传遍大江南北，比如：玩的就是心跳，我是流氓我怕谁。这世界形形色色都是太阳投下的影子，都在装，不装会打出你的脑浆。在调侃之间，王朔动摇了主流语境。"

顾院："这小子绝顶的聪明，意思都说了，你还抓不到辫子。只不过，他的文化冲击大于文字本身。写匆了一点，否则，更能抗拒时间。聪明适当笨一点，更能出大作。"

天空由灰转白，渐渐变蓝，鸟儿欢叫，风吹过，飘落一片片银杏叶，有的像唐诗，有的像宋词，其余像鲁迅的杂文。一凡取出烟，递一支给顾院，自己燃一根，吸几口，向上吐几个烟圈。室内宁静，烟圈滚许久，渐次飘散。顾院长感叹："往事并不如烟，还记得吗？第一次来，我就说，也许我们会共事的。一个生肖轮回，转的不是牛马鼠兔，而是人。"

一凡道："来到道丰山，总有亲切感，具体亲在哪，一时又说不出个所以然。这几天，我去院里转了几圈，拜访了杨书记，会了几位副院长，见了同事，外加文艺学系的主任金宇行。对文学院，我只识表皮，你觉得，我重点该注意些什么？"

顾院说："杨书记能力强，为人好，在学校方方面面都熟，关键时刻值得信赖。马原挺厚道。金宇行热心快肠，小九九也多。申报博点，关键要和老易搞好关系，他是老主任，年纪大，学问好，关系厚，人很直，学校许多领导都是他的学生。他吼一声，整个道丰山都听得到。前两届申博，都以他为学科带头人，这次换帅，他口头说好，心里多少有点梗。对老教授要多一点尊重。"

一凡说："清楚了，这是节点。还想问一句，江大我来过多次，都浮光掠影，在秉性上，不知有什么特别处。"顾院抽口烟，悠然道："江大是百年老校，学术传统淳厚，兼听博取，朗朗大气。人都说是文明的灯塔，社会的良心。到后来，独立精神渐渐弱了，经历十年'文革'，染上许多恶习，遇到一点好事，大伙相互告发，常常乌烟瘴气。你是乐天派，有些事，心里得有个数。"

后几句说得轻描淡写，依托却厚实，个个青面獠牙，一凡已知大概，经老顾点拨，绘出了道丰山的清明上河图。三年前，江大校长换届，几位副手相互咬，昏了天黑了地。上级决定另起炉灶，从院长中直线提拔。经过摸底和匿名投票，挑出两位颇得民心的候选人：第一顾长吉，第二张穆。两人是硕士同学，又是好友。名单公示后，立马鼓捣起来。针对顾长吉，传开一封五页纸的匿名信，寄出上百封，捅到教育部，闹得满城风雨。主要攻击两个点：第一，大肆宣扬封建迷信，到处给人看风水，曾在高层学习班里说，搞社会主义离不开青龙白虎朱雀玄武；第二，生活作风有问题，某年某月某日，近黄昏，有人看见顾长吉衣冠不整，陪随一个穿白色宽大连衣裙的妙龄女子从道丰山东边的密林里走出来。为清白自我，老顾专程从香港赶回。调来查去，逐渐明了：信中说的要么断章取义，要么捕风捉影，白裙只是一个虚构故事，属于文学的范畴。

那信，老顾读了六七遍，渐渐看清一个人，是巫德惠，与老顾搭过院班子的书记。两人路径不同，老顾未曾设防，说话比较随意，没想到，许多闲言罗入匿名信，有的还注明了时间地点。高层学习班的讲座是巫书记推荐的，主讲唐代选拔官员的标准，旨在古为今用，弘扬中华文化。为活跃气氛，老顾讲了几则玄乎升迁的官场故事，却成了宣扬封建迷信的证据。亏得现任的党委书记老宏当年也在场，许多污词不攻自破。

月清日朗后，宏书记约来老顾，郑重宣布："取民意，遵上方指示，学校准备上报你做校长候选人。"老顾淡淡说："感谢书记高抬，感谢学校的信任，深思熟虑后，我决定退出，继续站我的讲台。"书记惊愕不已，随后的交谈从略，只透露两句。老顾说："巫德惠不可用。"宏书记说："明白。"

在进与退之间，却有一个过渡，皇帝谁都想做，学而优则仕已熏染文人的身心。老顾不例外，一度想把一把江大的舵。折腾一阵却发现，上了大场面，他耐心太低，恒力太弱，几页纸就乱了方寸，还搅了大本营，为密林的白裙，夫人别扭了半个月。老顾退出的主因来自经济，那时刻，百万年薪稀比熊猫，远远高于校长。港大已明确表示，将延续合同，为期五年。面对暗涌的旋涡，老顾选择了明朗的实惠。张穆替补而上，做了江大的第九任校长。

虽然没有光天化日，匿名信的作者几乎人人皆知。老顾受到了沉重一击：两人搭班子时，巫书记言听计从，毕恭毕敬，为院里的学科建设做出了重要贡献。老顾也到位，该彰显书记的时候，全身后退，不遗余力。到了港大，仍然遥挺老搭档。渐渐地，形成一个定式：巫德惠是未来校党委副书记的最佳人选。马原曾经问老顾："你们相处绝佳，您当校长，他争副书记，井水不犯河水，他为什么要放您的暗箭？"老顾说："为了官，直白说，叫升官发财。那一季，高层腾出两个空位，学校提拔必须考虑学科平衡，我和巫某都在文学院，我当了校长，他肯定做不了副书记。"马原感慨："风吹草低见牛羊，一个官字不知扭曲了多少人。"

老顾退去，巫书记并未提升，顿失心态，几个月后，与杜院长公然闹翻，处处唱对台戏，私下里，还鼓动几个台柱子远走高飞。老杜毛病也多，自恃学问高，处处打压异己，导致五位名教授结伙调入南方某高校。都是顶梁柱，还带走了两个青年骨干。那时沿海地区经济发达，待遇优厚，可另做档案，挖人轻而易举。原本十七人的古代文学系立刻坍塌，暗中还在连锁波动。杜院长控制不了局面，知趣辞了职，巫书记被调到排名扫尾的艺术系，级别没变，待遇和声望差了一大截，那是官场的死胡同。用老顾的话说，偷鸡不成倒蚀三把米，这是报应，不是迷信。

急危时刻，张校长专程飞往香港，在道风山下拜见老顾。去得很及时，因为第二天老顾将在延聘合同上签字。张穆真诚地说："读起来一个音，字却两个样，香港华丽，道风山很美，它中间是个风，飘来飘去，不是老兄的久留之地。江大的山间是个丰，天地人合一，拆开是一＋一，你该回去，我俩合力接通苏东坡置下的文脉。"老顾轻声说："一竖串三才，我们道丰山见。"

校长兴叹："感谢老大哥，还要委屈一下，特殊时期，文学院只能由你担大梁。那是江大的酵母，是我们的根，寄托几代人的厚望。历史地讲，你的位置比行政大楼重要。我坚信一点，文学院不显，江大走不远。我和宏书记达成两项共识：第一，为你配一个好书记，你可以点兵点将；第二，力举你做资深教授。"老顾微笑说："待遇搁一边，先做事。兄弟太狠，把整个道丰山都压在我肩上了。"一周后，老顾返回江都大学。道丰山立刻传出一句顺口溜："顾长吉不寻常，不做校长做院长。"还有一个亮点：评选资深教授时，老顾全票通过。数年后，资深教授的待遇赶上了港大的教授。

老顾上任后做了三件事：提拔卢盛、方兴国；将老易提为校级所长，高抬空架；推出马原，再换两个系主任。随后引进八位知名教授，如女娲补天，重新撑起了文学院。引进一凡时，党政一致通过，老易却横加阻拦，找院长和杨书记忧心忡忡地说："论专业和学术声誉，一凡没得话说，政治上却有点晃，他独往独来，自由度过大，弄不好，会惹麻烦的。"又去学校人事部使绊子，借一凡小说人物的对话，到处控告："刘教授常说，温饱解决后，自由最可贵，没了它，花不红，叶不绿，天昏地暗。这不是我们曾经批判的资产阶级自由化吗？"顾院长又得四处解释，八方明辩。好在一物降一物，老易目中无人，却服老顾，他评教授，老顾帮了大忙。顾院长直白说："你的学问在业内数一数二，缺点也数二数一，口太敞，得罪人过多，已形成恶性循环。我做了充分调查，如果不换领头人，容我直说，我们的博点难有出头之日。一凡来江大，受益最大的是你，他栽树你摘果，你还想要什么？"老易沉默许久，钉板说："老院长，我听你的。"说来也是一大优点，老易的喜怒哀乐都写在脸上，明火执仗，不使暗招。随其后，他不再作梗，有时还美言几句。

故事悠悠长，浮到话面，往往只言片语。老顾重点说匿名信，只字不提老易。一凡却心知肚明，许多话已传到他耳朵里，即使未闻，也猜得七八分。老易的唯我独大与口无遮拦在学界妇孺皆知。一凡在高校待了十几年，跨过许多坎，心胸更开阔，对老易的闲言碎语早已宽宏大量。

天色渐渐暗去，霞光灿烂，一凡喝几口咖啡，沉缓道："院长说的，我都记住了。进了江大，又是一片天，该淡的淡，该忘的忘，以博点为重，海阔天空。"顿一会儿又问："马原和伊含教授都是名校的博士，伊含还在早稻田待了几年。他们来得早，没享受优待。我想从我的科研启动金中给两人各拨一万，名目是团队成员，这么做没什么不妥吧？"院长拍拍一凡的肩，道一句："我没看错人。"一凡动情收尾："感谢顾院教诲，今天谈过，我彻底搬到江都大学来了。"

3

红顶蛇

　　该去山上转转了！见了容儿的蛇画，一凡常常自语，仿佛有个什么在召唤。那日薄云，他背个简包，装本书，独自上路。出门前，抓两听可乐，拿了几个火龙果，那是吉祥物，求灵，必须带上。世态浊混，做人要信点什么。道丰山，就在屋背后。一凡低走一阵，踏上中环道，慢慢地游荡。这段路几十年没走了，最早来东山头，一凡仅八岁，随班里春游。之后，几乎每年来一回，一般在六一，因为那一天，儿童坐车不收钱。道丰山圈围十几里，野鸡常找家鸡玩，来过野猪，闹过狼，出了狐狸，有人还见过蟒。魅惑无穷，博大精深。

　　十一岁那年，一凡单独来，夏天已透熟，暴雨过后，蘑菇疯长。一凡拿着软布袋，四下探寻，已捡了许多针绒蘑。此物奇贵，大蛇爬过才长，食用绝美，又是罕见的中草药，卖给药铺八毛一斤。当时的八毛能买六碗馄饨、四十根冰棒。还有一喜，一凡那天捡的针绒蘑全带红点，属于上上品，极罕见，收购价翻五倍。

　　采得正欢，扑腾一响，前方五十米，飞起一只巨鸟，像秃鹰，利爪下擒了一条绿蛇。鹰往高空飞，在头顶盘旋。一凡弃了蘑菇，专心仰望。那蛇吊在空中，任由其拖飞，像一根绳，可怜兮兮的。

大老鹰得了意，不时扬腿。某一颠，长蛇顺势盘住鹰腿，仿佛咬了一口。老鹰猛一顿，尖叫三声，向上飞去，爪子却松了，长虫从高空坠下。一凡赶忙展开布袋，跟着去接。五十米，二十米，五米，嘭一声，接住了。

蛇躺在袋窝里，一动不动，一凡将袋儿轻轻搁入草中。蛇的中段受了伤，不重，估计没蹦过极，在空中吓着了。细一瞧，蛇头上长了一圆红点，色泽鲜亮。约莫十分钟，长虫开始蠕动，爬出袋面，滑入草中。十米开外，有个大溶洞，深不见底。蛇向洞口爬去，溜一会儿，停住，返身，仰头，弯弯点了两下。一凡惊喜：蛇也通人性。匆忙间，拿出红斑针绒蘑，丢过去。蛇嗅了嗅，一口吃了。又丢，再吃，一连吃了十几个。布袋里，所剩无几。那蛇吃了红斑菇，恢复了元气，即刻活跃，围着恩主快绕三圈，拿头在空中画个圈，再往里一蹿。一凡不懂蛇语，却想起了外婆的话：善待受伤的动物会有好报。

于是，他好事做到底，将剩下的红斑针绒蘑倒入洞旁的小坑。这一回，蛇不吃了，却用头拱动残叶，意在掩盖。一凡帮了一把。长蛇高高抬头，行了三个礼，一凡微微一笑。残阳西下，山头一抹金，红顶蛇爬进了大溶洞。洞上方，耸立一棵大榕树，荫护几亩地。天色将晚，一凡匆匆离去，过一会儿，公共汽车要收班了。

次年五月底，又落一场暴雨，下了就晴。一大早，一凡赶到道丰山，在山中腰采了许多针绒蘑，都是蓝斑的，品质平平。再去溶洞口，满目青草，遍地灌丛。一凡兜了一圈，在大榕树下，瞧见一根绿棍，一边一个小圆孔，顶头泛红。定眼看，是条蛇。一凡喜叫："是你，红顶蛇，一年不见，你长好大了。"蛇儿左右摇晃，直摆尾，嗦嗦爬过来。一凡拿出针绒蘑，丢过去。这一次，红顶蛇不为所动，径直爬过来，盘在一凡脚旁，口里吐着红信。一凡伸出左手，蛇舔其手心。一凡伸右手，蛇舔写字的指头。一瞬之间，一凡心血加热，印堂发红，上下旋舞，仿佛被人换了某个部件。玩过一阵，蛇向山林溜去，三爬一回头。一凡跟上，抵达隐石窝，那四周全是红斑针绒蘑，还有三朵大灵芝。一凡欢天喜地。

　　针绒蘑又涨价了，鲜菇一斤三块二，红蘑七块八。后来得知，针绒蘑是云南白药的主料，整个中南，只有道丰山有，从火，一年仅现三五日，没暴雨，一切免谈。那时越南战争吃紧，急需大量云南白药。红斑针绒蘑更罕见，一年仅得几百朵，用它做急救珠，可起死回生。

　　绿蛇已达三四米，粗如水杯。待过两小时，蛇儿进了洞，怎么喊，都不出来。分别时，却闻到一股檀香味。一凡打道回府，直去药店，红斑针绒蘑卖了二十块，小小的，发了一笔战争财。隐约间，勾起了童年记忆。更小的时候，听举人熊二爷说，灵蛇一生有三个节点，若得人助，会成仙。第一关是大难新生；第二关，果水交合。这句话，一凡久久不解。长大欲问究，熊二爷已作古。第三关，淡然仙飘，畅游五维。三个节点之前还有一个前提，叫桥头相望，萍水相逢。

　　回家后，出现了奇迹，一凡的记忆力猛长，《毛主席语录》看两遍，马上能背出。作文功底骤然卓越，在报上发表两篇批判文章，为一冶一小争了光。七一党过生日，区里举办背红宝书大赛，一凡一字不漏，在规定时间里背了一百零八条，获得了冠军。奖品是一支英雄牌钢笔，上面刻了一行字："山舞银蛇，原驰蜡象，数风流人物，还看今朝。"亚军背了九十九条，后续却很惨。为了超越一凡，那人废寝忘食，六亲不认，整日背语录，末尾疯球了，见人就说："妇女能顶半边天，牛鬼蛇神晒太阳"，或者"天要下雨娘要嫁，公鸡要喝苦丁茶"。

年底，武汉外语学校来招生，一冶一小推荐了刘一凡，另一位是尚品。第二年，又推荐了谢峰。那几年，凡母在一小当工人代表，专门管"臭老九"，相当于现在的党委书记。在厂里，凡母当钳工，文化不高，却保护了一批知识分子。开批斗大会，总有人挥舞皮带要抽打挨批的老师，凡母挺身而出，高喊："毛主席教导我们，对知识分子，只能触及灵魂，不能伤及身体。要文斗，不要武斗！"有不听的，她夺过皮带，猛击一掌，大声谴责："毛主席的话你都不听，你想当反革命啊！"行凶者只得乖乖就范。凡母练过武，打三五个后生不在话下。

上了外校至今，一凡又登过五次道丰山，再没见到红顶蛇，却常常闻到檀香味。前几日看了女儿的神奇变化，一凡隐隐觉得红顶蛇回来了，那蛇已具法力。此刻走在环山路上，一凡思绪万千，落点都在蛇身上。在西方，蛇乃恶之源，因为它诱使夏娃吃了禁果，犯了原罪，打开了潘多拉魔盒，随后万恶飞舞，乌烟瘴气。上帝发一场洪水，也无济于事，于是乎，人与蛇结了仇。蛇咬人的后跟，人打蛇的七寸。特殊时期，蛇还咬人的上身。早在两千五百多年前，伊索讲了一个经典故事：某农夫在雪地发现一条冻僵的蛇，好心捡起，放在怀里，暖着。蛇醒了，本能地咬了农夫一口，毒死了农夫。从此以后，蛇又成了忘恩负义的代称。

东方却发出另一种声音，三皇之首，创世神，我们的始祖伏羲是人首蛇身。造人神女娲也人首蛇身，他俩繁衍了东方儿女。国人常说，我们是龙的传人，龙是蛇，确切讲，我们都是蛇的后代。在人心不足蛇吞象的传说中，大蛇做了一件大好事，制止了人类无限膨胀的欲望。

向右看，眺见他山咖啡。八百多年前，朱熹在那儿喊出了

"存天理，灭人欲"。对这句名言，后人有些曲解，根源在于统治者，他们为我所用，篡改朱熹说这句话的本意，一如君王阉割了孔子的思想。此处说的"人欲"指的超常欲望，适度之欲却是天理。朱熹说："饮食者，天理也；山珍海味，人欲也。夫妻，天理也；三妻四妾，人欲也。"大学者不居功，主动挑明自家学说的源头："孔子所谓'克己复礼'，《中庸》所谓'致中和'，《大学》所谓'明明德'……圣贤千言万语，只是教人明天理，灭人欲。"总而言之，欲望是生命的血，是原动力，属于正能量，内含八个字：扬、顺、兴、柔、抑、控、止、灭，仿佛暗通农业八字法的土、肥、水、种、密、保、管、工。引力是地球的第一欲望，具神意，我们都在高低进退之间悲欢离合、生老病死。因地制宜为经，因人而异作纬，适度是幸福的轴心，苦难常常来源于欲望的膨胀。

思绪随风飘，一凡加快脚步，来到东中段。往下一百多米，有一片空地，比足球场还大。老顾说，那儿曾经有一座小庙，一大殿，二白塔，三排房。塔内安葬了宋代两位住持的遗骨。"文革"初期，大殿被红卫兵烧毁，塔也砸了。先前住了一位老和尚，经常练棍棒，在暗中护庙。那是一位高僧，通佛经，善书法，会画画。外表与四周的农民一模一样，既种稻，又种菜，还会做豆腐。庙被烧后，老和尚突然消失，去了哪，谁都不知道。

再走十来分钟，抵达溶洞口。此处海拔二百六十米，是个吉祥数。向南，一凡看到了自家的阳台，容儿的羽绒服在窗边飘动。突然间，洞里传来嗡嗡的响声，随即爬出一条巨蟒，粗如桶，头上亮现一顶红，拉直了，足有十五米。一凡惊呼："红顶蛇！"大蟒直起头，在空中画个圆，拿头往里一蹿，一如三十年前。尔后爬到一凡脚边，盘一团，口吐红信，面态极其温顺。一凡拨开草丛，坐在石墩上，柔柔抚蛇头。湖水多情，山头光彩夺目。

一凡拿出火龙果，正要吃，大蟒出声："福虎鱼依，乎日，木瓦芒日，芒日。"①一凡听懂了，笑一笑，举起了水果，蟒张口，手松，火龙果被吞入蟒肚。又举一个，再吞。六个火龙果都喂完了。一凡取出可乐，打开，喝一小口，大蟒又响："高高高乐，阿—布娃合，阿—布娃合。"②一凡又一笑，长长伸出手，将可乐倒入张开的蟒口。再倒一听。

紧接着，狂风大作，云间射出的金光犹如两道长长的龙须。大蟒欢叫一声，溜进溶洞，返出时，变成小小的，只有一两米，顶红闪亮，一如初见。一凡正要叫喊，蛇又发体，片刻之间，成了巨蟒，形体比刚才大一倍。而且，两侧生翅，带爪，一如红金龙。呼一声，蟒又小几轮，腾空而起，在天上飞一圈，再入林间窜一回。落下后，抓来一只秃鹰，亲切拍几下，放了。那鹰不停地叫，如歌如泣，如怨妇。一凡不识其中意，囫囵拍拍手。大蟒收了双翼，深情说："莱斯背东，莱斯背东。"一凡摊摊手，如实讲："刚才喂食，只是偶然，但我明白了'果水交合'，我们有缘。很高兴，你已成精，恭喜，恭喜。"大蛇摇摇尾，连吐信子，头在空中晃动。

一凡笑说："成名也有烦恼。阳光灿烂，江湖凶险，从今往后，你要低调，像雷锋一样，多做好事。莫去广场，那里大妈太多，嘴太碎。"大蟒直点头，仿佛在笑，最后说："热呜德嗨艾德容儿，爱丽哈部律录万。"③一凡郑重回复："你已经帮过我的女

---

① 法语"fruit, rouge, moi mange, mange"的音译，意为"红果，我要吃，要吃。"
② 法语"Coca cola, à boire, à boire"的音译，意为"可口可乐，要喝，要喝。"
③ 法语"Je voudrais aider Rong Er, elle ira plus loin"的音译，意为"我要帮帮容儿，她会走得更远。"

儿，谢谢。她还小，慢慢来，该经历的让她先经历，揠苗助长没好处。我知道精灵助人，只是发掘人的潜能，物化部分理想。但任何事，都要有个度，讲个时机。到时候，我会带她来见你的。"

大蛇连连点头，兴高采烈，分手时，又变小，柔声低语："日阿必特盎巴，翁得塞合丝巴赫度，得桑唯一特。"[1]话毕，再变小，缩到筷子长时，一凡捧起小蛇，捂一会儿，放下，道一声："保重。"蛇儿却拉直身体，高高立起，摆出一个"1"，口中连吐红信，仿佛千言万语。风吹云儿动，小蛇打个滚，遁入草丛。那个"1"却在一凡的脑中弯成几个大句号："蛇在劝我一心一意写小说？或一张一弛，注意身体？再要么，一心一德争博士点？此乃大前提，有了这个一，我才能一门心思码字，别具一格过活。此时此刻，我取第三层含义，花大力气，摸清某些高校的家底。"

一凡拍拍身上的灰，缓步下山，走几百米，看见一座五层大楼，蓝顶灰墙，四围皆银杏，那是文学院。再走半里路，来到法语系，但见一栋三层小洋楼。背后有个山洞，一半隐于灌丛，洞口正好对着谢峰的办公室，两者之间，只隔一条马路。一凡喃喃自语："知道它为什么操法语了，蛇也爱虚荣，跟博导学，再差也有三分，这个洞，我一定要探一探，明天就去买工具。"正想着，有人高喊："一凡！"三楼正中的窗开了，一头鬈发伸出来。一凡惊叫："峰头，你终于回了。"谢峰说："昨天刚到家，tout juste[2]。适才遇见老顾，知道你已安身立命，打了几个电话，夫人说你上了山，云深不知处。快，快，到我办公室坐坐。"

---

[1] 法语"j'habite en bas, on te cherche partout, descends vite"的音译，意为"我住在下面，有人找你，快下去。"
[2] 法文，"刚刚到"的意思。

一凡绕一圈，上了楼。谢峰已泡了咖啡，又拿出法国的巧克力、饼干、奶酪。一凡笑曰："你的办公室比家都齐备，又冰箱，又微波炉，还咖啡机。"老同学回应："我一个中心，两个基本点。中心是办公室，这里安藏我的核心秘密。预告一句，见了她俩，别透出去了。"一凡尝了一块饼干，笑着警告："你尝了百草，也该稳定了，点多麻烦多，麻烦多了诗意少。"谢峰呵呵一笑："昆德拉说，生活有多种可能，单一的不要。最近，又写了三首诗，有点感觉，哪天议一议。你来江大真好，我们三剑客又聚在了一起。"

一凡问："尚品也回了？"

谢峰答："他的钱挣饱了，准备读博士。"

"报哪个学校？"

"武大历史系，主攻拿破仑三世治下的作家生存空间，临时决定的，我们又多了一个共同话题。"

"图书生意他不做了？"

"鱼儿离不开水，花儿离不开日，尚品离不开书行。他在武汉开了个工作室，狡兔三窟，又在美国注册了个文化公司，最近在搞风险投资。挣钱，他最老辣。飞流直下三千尺，不是美元就是人民币，还有欧元。说是开了学回国的，到时候，咱们聚一聚。"

一凡感慨："近来忙调动，我们几个月没联系了，变化真大。回来好，三人一道，可以做点大事。"

谢峰接："大事小事，花事柳事，都可做，生活本来如花似玉，作茧自缚是罪过。"

一凡岔开花柳话题："我刚申请了一个电子邮箱，以后联系就方便了。"吃一块奶酪，再度劝导，"徐颖挺好的，或许是你的归落。"

　　谢峰淡语："骑驴看唱本，走着瞧吧。具体的花草，莱斯背东。"

　　一凡问："莱斯背东啥意思？"

　　谢峰答："是法语的laisse tomber。法国最近兴起倒装法，tomber变成bertom，属于青少年的行话，始于巴黎郊区，意思是算了，别管他，暂且放一边。"一凡"哦"了一声，没有往下说，红顶蛇为何说莱斯背东，还是个谜。却有几许自豪，除了这一句，刚才蟒蛇说的法语他都听懂了。

4

纳　入

　　秦园饭庄开在江大校园内，背靠道丰山，位居龙腰，是一块风水宝地。店内设了两个豪华包间，一个叫太乙，偏中式；另一个叫格物，取的西韵。两厅之间隔了一堵活动墙，重大时机，可合二为一，仿佛融通中西，彰显了江大特有的气度。周主任定了太乙厅，大大的圆桌可坐二十多人。内设两组沙发，屏风上，绣着道丰山景，一半写实，一半虚幻，仿佛吴道子与达利在交谈。包间左边耸立一排大书柜，内中展示江大的人文成果，理科成果在格物，每人限展两部。书柜上贴着醒目的惠牌：消费五千元赠书三本，三千送两本，籍册自选。天长日久，此地成了学者知名度的晴雨表。目前排在第一位的是顾院长，他的《苏东坡研究》月赠四十七册。校长张穆列第二，谢峰居第四。一凡的两本书也展了进去，《过》最俏，一周送出十五本，颇有后来居上之势。

　　下午六点差十分，书记带一班人马到场，院班子都来了，有管科研外事和学科建设的卢副院长，抓教学的方副院长，主行政的汤副院长，管学工的李副书记。还有系主任马原，老主任易开建，破格晋升为教授的伊舍。外加科室头目，合计十五人，声势浩大。一凡西装革履，提前五分钟抵达。顾院准点到，上茶闲聊开来。

院长："刘教授，入伙一个多月，感觉如何？"

一凡："千言万语，合成两个字，很好。道丰山人杰地灵，文学院气韵生动，大伙学问扎实，各显神通，我受益良多。"

杨书记："江大文学院有许多亮点，顾院的唐宋文学，老邓的先秦研究，老易的鲁迅新解，方院的网络语言，卢院的卡夫卡，在国内都响当当的。金宇行显于写作理论，马原和伊含异军突起，你比我清楚，就不多说了。"

一凡："书记归纳精到，在这几个点上，我觉得江大的大数据分析尤为出色，居国内的学术前沿。我们已从单一的定性评判转向定量分析，推出了一系列令人耳目一新的成果。顾院的晚唐诗人迁游图，释解了三大疑点，功高绩伟。看似几条线，却是超凡学问。"

顾院："一凡很敏锐，几句话抓住了要害。随着网络的完善，大数据研究前景无量。性质来于数量，基于量化的定性更有审美力度。一凡的《当代文脉》也得益于大数据，这个特色我们要坚持下去。"

卢副院长："我举双手赞成，下一期的《中国社会科学》将发表顾院领衔的一篇长文《李白还是杜甫》，依旧是基于大数据，可能会引起轰动。"

顾院："这个选题切入点很小，但含量巨大。李白与杜甫，到底谁更有名，过去我们说得比较随意，各自为政。为此，本院收集了唐以降三百一十七部诗选和教材，一一细捋，综合探究，得出的结论是：杜甫高于李白。但是，在民间知名度上，李白又胜过杜甫，抽样调查表明中国人最会背的三首诗分别是，李白的《静夜思》，骆宾王的《咏鹅》，李绅的《悯农》。这个选题像一个大矿，金银铜铁都有，还有钻石。拔一个大芋头，带出一窝仔。"

杨书记："为了这组数据，我院做了十万人的问卷调查，建了数据库，续研空间极大。去年又耗巨款请华文调查中心做了百万读者的普调，那个数据库更是一座丰矿。"

易教授："这个项目我们都参加了，以点带面，连带性很强。三首名诗讲的分别是月亮、飞禽、太阳。繁繁万物，为什么会是这三样？三大意象的背后又藏了什么社会取义？这里大有文章可做。以鲁迅为例，骨子里，他很悲观，写太阳比较被动，写黑夜和月光，往往更出彩。这是破解鲁迅的一个新点。"

马原："在当代文学中，太阳与月亮意味深长。'文革'期间，太阳独霸天下，指意单调，色彩只有两种，金与红。赤贫时代，人民只能在金光中暖心，虚得一安慰。之后，夕阳增多，月色柔柔，至八十年代，字间的阳光更灿烂，含义丰富，那是改革开放的折射。"

伊含："说起飞禽，我想起日本学者渡边的一项独特研究，他对唐诗宋词做了全盘统计，也是大数据。涉及动物，发现唐宋两代作家写得最多的是飞鸟，比如喜鹊、翠鸟、黄鹂、白鹭、鹰等，品类多，飞姿各异，高低不等，心态舒展。飞鸟象征自由，反映了大唐特有的气度。我接着渡边的话往下研究，到了明清，发现鸟的种类大大减少。论鸟类的活动，栖落走动的多，飞翔的少，说明专制太盛，人心已被重创，自由与心灵脱了节。"

方副院长："三大意象落到文本中，语言的结构与频率也会相应变化，说太阳的爆裂，短句用得多：写月夜，长句用得多。写夕阳，纠合对自由的向往，则长短交合。从某种意义上讲，唐诗向宋词的过渡也是文言向白话的过渡，是受约向自由的奔走。"

一凡感叹："听了各位高谈，如同开了个小型跨学科研讨会，我开了眼界，收益巨大。不约而同，大伙都用了主题学批评。我觉得，此法很适合汉语文本，前景远大。下学期给研究生上课，我想着重讲这一批评方法，强调文本分析。有主题学做支撑，大数据研究会更扎实，更绚丽，如此安排，不知妥否？"

顾院立刻点头："很好，讲细一点，这主题学很可能是沟通东西方文艺批评的首选通道。"

杨书记一看表，惊呼："光顾说话，都六点半了。"周主任霍然起身："单我早点好了，我让后台即刻上菜。"书记吆喝："各位，请上桌。顾院请上坐，神针定了，才好入席。"顾院坐了主位，书记布设其余，一凡安其右，易教授居其左，自己坐一凡旁边，其余的，按职位资历一路排开。易教授很受用，脸上浮出一抹微笑。趁排座的当儿，一凡走近易开建，轻声说："易老师，才读了你的《鲁迅新解》，钦佩，偷看一说也巧妙插了进去！"易教授欣欣然："区区二十万字，整整写了五年，缺憾也不少，请多指正。"一凡道："体会颇多，有空我们细聊。"顾院长听着，暗暗点头，眼中多了几分安详。

菜已上了六七个，斟了红酒，书记喧嚷："各位，开席了，首先，请院长讲话。"老顾和蔼一笑，朗朗说："今儿欢聚，只有一个主题，欢迎刘一凡教授。向丽临时做评委，少了一半，有点遗憾。在道丰山，守缺乃祥，也是一景。一凡的手续都办了，我们已是一家人。春节在即，我们欢聚一堂，为刘教授洗尘，也洗去旧岁的积埃，迎来更灿烂的一年。"大伙举起杯，一饮而尽，服务员续酒。一凡执杯起身，真诚回敬："为我的调动，顾院长、杨书记费了老力。易老师身体有恙，也来了。此刻院里全员出动，我受宠若惊，感激不尽。我会努力工作，争取为院里做点贡献，不周全的，还请各位多多包涵。"

顾院率先鼓掌，众人合拍，一凡干了杯中酒，几分钟后，满脸通红。汤副院长笑说："今天本来喝黄鹤楼的，院长说你怕白酒，换了红的，没想到半小杯长城就成这样了，我确信，刘教授真的不胜酒力。"一凡接："我属于高度酒精过敏，遗传型，喝一点白酒，心跳飞快，神智半迷，几近痴呆，此生有几大自卑，不善酒是其一，来自基因的，只能认了。"

屏风背后有人招手，易教授点头应答，开口说："我和一凡是老朋友了，他的为人、学识和能力都出类拔萃，在圈内有口皆碑。到了江大，一定能发挥大作用，我很高兴，对一凡的工作我会大力支持。书记知道的，今晚有个检查，一周前约的，儿子接我来了，你们慢用。"顾院说："一凡啊，今晚老易来，不寻常。平日里，校长请客，他不一定买账。"易老师动情说："老顾，博士点是几辈人的心病，我们都想出点力。"书记说："易老师，我送送你。"一凡即刻起身："我来吧。"书记点头。一凡挽着老易的手走出包间。

返回时，一凡低语："老易病得不轻，不时发抖。"书记说："肝上的毛病，体检发现的，今晚做核磁共振，老天多多保佑。"顾院感慨："老易几句话，说出了我们的心声，博点是本院的头等大事，一凡来，如虎添翼，大家要齐心协力，突破那个魔咒般的零。"一凡吃了几口菜，顿一会儿，从公文包取出几份资料，递给顾院、书记、卢副院长、马原各一份，缓缓道来："按首长的吩咐，我摸了个底，这些是相关学校的数据，自家的情况我也填了个简表，初步做了个比较，我们的实力很强，排在头一两位，据说今年要增三个点，只要不内讧，我们有百分之九十九的把握。"顾院随口提醒："但是，大意不得，后面两个地处首都，各有特色。评博点，牵涉面很广。一招不慎，会前功尽弃。还要说一句，这些数据目前属于绝密，不得外传。"

书记读了资料，感慨说：“刘教授，这是一手绝活，相当于智取威虎山的联络图，我们更有底了。壮举，高才啊。”一凡急应：“书记过奖了，都是基础活路，有心而已。”顾院庄严宣布：“现当代文学申报博点，一凡做学科带头人，马原统筹，伊含协助。”马原立刻表态：“院长放心，我们一定尽全力。”

书记又吆喝：“别光说话，这菜要趁热吃。”说着用公筷给一凡夹了一大块东坡肘子。此乃秦园的当家菜，远近闻名。李副书记说：“这道菜是根据苏轼的原方做的，入口即化，朴中见华，原方由顾院长发掘，也是文学院对中国烹饪做出的一大贡献。”马原道：“顾院还考证出苏轼在他山栽银杏树的年份。”顾院说：“最了解江大历史的是姜逸文，我只是站在他的肩上往上够了一把。姜老师走得早，太可惜了。”

正说着，秦园的老板执酒杯进入，热情高嚷：“顾院、杨书记光临，寒壁生辉，我给各位敬个酒。”先对顾院说：“祝恩师安泰。”顾院指指右边：“先敬主宾刘一凡教授。”老板两眼大睁，声高八度：“久闻大名，您的《过》写得精彩，有句话，我记住了，生活里含了一个字，过。今日得见，三生有幸，我干了，您随意。”话毕一仰头，喝了一小杯白酒。一凡陪喝些许。老板又给院长、书记各敬一小杯，尔后换中杯，一并敬了其余高朋。又对一凡说：“待会儿留个联系方式，哪天我们单独聚一聚。”再说几句把大伙逗乐，欢欢离去。伊含两眼大睁，感慨道：“当饭店老板真不容易，这每天要喝多少酒呀！”

杨书记详解：“老板叫孙大德，毕业于江大文学院，是院长最早的学生。”顾院说：“只给他上过半年公共课。”书记笑曰：“上一节也是老师，何况半年，我和大德同班，都是顾院的学生。大德后来下了海，开了九家分店，生意火红，秦园是旗舰店，他山咖啡也是他的。北京还有几个店。"汤副院长接话："大德心系娘家，听说我们要申报博点，他捐了十万，用于特殊开支。"顾院道："绕来绕去，又回到博点上了，我们最后举个杯，祝我们大业圆满。"众人喝了杯中酒，离散时的脚步更稳健。一凡与马原、伊含同路，走一截，马原说："谢谢那笔科研经费，有点钱，学问溜多了。一家伙，我买了三箱书，有一套巴望了两年。"一凡应和："黎元洪早就发了话，有饭大家吃。"伊含道："刘教授大气，前景一定顺溜。"

　　年底发了三千奖金，兔年格外滋润。晃一眼出了正月十五，龙年腾云高进，气度非凡。一凡悉心备课。约莫九点，门敲响，打开一看，爷爷奶奶来了，各自背一个大布袋。容儿欢欢叫，一凡应声而出。老爷子说："我和你妈来看一眼，人不来，心里放不下。"一凡赶紧泡茶，身子还没坐稳，老爷子取出铁锤，拿出钢钉，像密探，在房里转了一圈又一圈，回落客厅时连连称赞："这楼质量好，前一家人想得周到，我一个钉子都钉不进。"凡母笑责："你还是个老观念，现在不兴钉钉子了。"老爷子喃喃道："木匠活都变了，墨斗凿子用不上，刨子靠边站，随么事过拼，一丁点事动电具，不考手艺了。"说完又去阳台拾掇。
　　一凡在茶几上翻理布袋，高声叫："老爸，还有五条鳜鱼哎，大的两斤多，这金贵的水货，么样弄的？"老爷子急急赶来，得意说："今天早上捞的，用缠丝网，我的发明，别个搞不来。下头还有一包河虾，都是河汉口的。"母亲补充："肉是老二从甘州老家带回的，真土猪。"正说着，向丽买菜回来，见了珍物，连连称谢，却说："您家该自己留着吃的，这里买东西方便。"老爷子说："我们带的东西，外头买不到，屋里还有。"

一凡又叫："这是什么？"父亲答："是沙袋。"容儿听了，立刻跑来："爸爸，是我的沙袋，爷爷专门给我做的。"小女张臂环抱，爷爷急忙拎过去，柔声说："你还小，莫使蛮劲。"向丽笑问女儿："你真要打拳，能坚持吗？"容儿说："刘家拳，我天天在练。"向丽不解："我咋没看见？"容儿答："我在房里打，关着门。"向丽摸摸女儿的头，笑说："好好练，往后妈妈靠你来保护了。"

爷爷喜形于色，提起沙袋对孙女说："来，打几下。"容儿运了气，一慢二快，连打十几拳。收功，立定。爷爷按捺住内心的激动，平平说："劲蛮大，蛮好，蛮好。"正说着，窗外传来清丽的鸟叫，容儿拉着奶奶的手，兴奋说："奶奶，小黄小蓝来了。"两人进了南间，一凡紧跟其后。窗台前高耸一棵香樟树，有盆口粗，叶儿繁茂。枝上栖落两只鸟，一黄一蓝，黄的是黄鹂，蓝鸟叫什么，一凡不清楚。容儿从抽屉拿出两块饼干，掰碎，撒在窗台上。鸟儿跳过来，"嗒嗒嗒"地啄，吃完仰起头，看主人一眼，叫两声，飞向道丰山。容儿解释："每隔一天，这两个鸟就来找我，一般在中午，周末早上来。"奶奶道："老话说得好，人心好鸟才来。"

枝间发出一阵响动，一凡定眼看，发现一条绿蛇，头顶一点红，缠在枝上不易被发觉。摆摆手，对蛇说："操之莫过急，慢慢来。"绿蛇点点头，躲入叶丛中。奶奶接话说："是这个话，练武急不得，要长流水不断线。"容儿说："知道的，爷爷说了，拳不离手，曲不离口，一日练一日功，一日不练，百日空。"

一凡回到大厅，老爷子叫来向丽，低声说："容儿不一般，不到两个月，把式拿得准，力度比耗子还大，练下去不得了。刘家拳适合女孩，不坏体形。"向丽说："您放心，我全力支持，社会复杂，女孩学点功夫是好事。"一凡说："我也捡起来，陪她练一练。"老爷子说："这样最好，你的基本功扎实，说捡就捡起来了，成天动脑筋，更要动一动身体。"一凡道："我没有完全丢，只是内气跟不上。"老爷子急说："等一哈，我传你练气的口诀，新得的，蛮见效。"

老爷子又在沙袋上套一层绒布，系稳吊绳，轻声说："挂沙袋的地方我找好了，阳台最合适，右上有个铁钩。"一凡立刻取来A形梯，挂稳了沙袋。容儿跑来打两下，高矮正好。爷爷和蔼地说："莫走，我教你三招。你看，这是正打，拳面对沙袋。这是右打，用拳肚。这是左打，拿拳背。用力要均匀，打实，一下是一下，由轻到重。"容儿顺口气，各打了十几拳，像模像样。香樟树上，又响了一阵。

爷爷评说："打得好！再往下，要三合一。眼睛看，手里打，心里想，心想你一拳头可以把沙袋打穿。"容儿想了一会儿，再打几拳，效力果然大增。向丽说："你们歇一歇，我做饭去。"老爷子道："莫搞复杂了，才过完年，大鱼大肉吃不进。"

媳妇走后，老爷子宣告气诀："运气靠十个字，'安吉米琶伊，巴呀银花定'。先念三遍，再默诵，让气从脚上起，一直拉到头顶，再从头顶落到脚跟，连走三遍再打，蛮简单。"一凡试了六七遍，有了气感，兴奋说："我摸到了火门，练几天就把稳了。"

刚刚吃过午饭，电话响起，一凡接了惊叫："你终于回到祖国的怀抱了，欢迎，夹道欢迎。正好，老头老娘都在我这里，过来坐一下。"放下话筒，高声宣告："尚品回国了，下午和谢峰要来坐一坐。"老爷子说："尚娃子好久冇见，听说发了大财，发到美国去了。"凡母说："谢娃也满天飞，老大不小，还在打光棍。"

向丽找出野山峰茶，把家里收拾干净。二老困个觉，早早起来。三点过半，客人到，尚品高声喊："老人家，十来年不见，您二位红光满面，越活越鲜健了。"老爷子道："尚娃富态了，蛮好，蛮好，谢娃的头发还在打卷卷。三个归到一起，老的看了蛮高兴，蛮高兴。"谢峰说："昨天老爸还在谈您家，说您的豇豆角又甜又纯，做粉蒸肉最好。还说'文革'期间多亏了您，要不然，他早被打了。"

提起旧时光，老爷子来了神，兴奋道："我和谢厂长是老交情，武斗那阵子，说老谢是走资派，要打他。我根正苗红，挂个锹把，跟在后头，造反派都不敢动。"顿一会儿又说："我也要感谢你爸爸，我住干部楼，是他定的板，老总不开口，哪个住得进？"

向丽上了茶，尚品喝几口，惊叫："这是塔山的野山峰哎，甘州特产！"一凡笑道："你走南闯北，还没忘本，难得。"尚品说："这茶忘不了，家乡忘不了，好多事，我都记在心里。一见刘伯，我就想起了初中开学的情景。那一天，父亲把我送到外语学校，刘伯和老爸穿的工作服，都带洞，与干部相比，显寒碜。刘伯拉着我父亲的手说，'我们是一根藤上的两个苦瓜'。这句话，想忘都忘不了。"老爷子欣欣说："谢娃蛮争气，第二年也考上了外语学校。"

容儿一直在旁听，好奇地问："谢叔叔，你们怎么考的，有拼音吗？"谢峰认真答："没有，那时以推荐为主，名额很少，只面试。我记得清楚，考场设在校长办公室，进门见毛主席像，两个老师坐一旁。首先读一段报纸，看我舌头大不大，是不是结巴。父母来自北京，我普通话标准，读得很顺。接下来，老师提了两个问题，第一问，你为什么要学外语？我头一扬，高声答，为了执行毛主席的革命外交路线，把全世界四分之三的劳苦人民从水深火热中解救出来！第二问，我们为什么要造原子弹？我答，为了打击'帝修反'。老师一个劲儿点头。最后模仿英语，考官甲起音：Long live chairman Mao! 我重复：郎来了前门帽。考官乙说：How are you? 我重复：好，哎哟。第三句，我超常发挥。考官甲说：Good good study，day day up。我直接翻成中文：好好学习，天天向上。我已知good是好，重复肯定是好好。考官甲问：你学过英语？我说：郎来了前门帽。两个星期后，我接到通知，被武汉外国语学校正式录取。"

凡母说："你考试，我进去看了看，当时叫巡查。知道你哪一点做得最好吗？"谢峰答："我普通话说得好？"凡母交底："不，她们说你政治觉悟高，又有礼貌。刚进门，你对着毛主席像鞠了一躬，弯了九十度，然后给老师行礼，四十五度，有礼有区别。"尚品说："这叫政治挂帅，又红又专。"容儿嚷："有点听不太懂了。"尚品道："不懂就对了，你要懂，说明时代还在病着。"凡母感慨："一晃去了三十年，谢娃都四十多了，当了名教授，不愁吃不愁穿，个人问题该提上来了，你妈急得很，见一次说一回。"

谢峰敷衍："二老放心，对象有了，处得不错。"老爷子说："人吃五谷，有个家，脚跟就稳了。"又问尚品："你媳妇和小伢呢？"尚品答："都在美国，儿子读初中，女儿上小学，成绩都不错。我两头跑，放假他们回，我们经常在一起。"末了斜一句："一凡来江大，我在国外，今天头一次来，你们聊，我先兜一圈。"容儿立马去带路，尚品转了两圈，赞不绝口，回到客厅却问："屋里安了中央水暖，为什么不供气呢？"谢峰解释："本来和热电厂签了协议，但去年换了老板，扯起拐，集体供暖就泡汤了。"尚品说："可以装个暖气炉啊。"向丽支吾："已有计划，明年装。"

　　尚品又看一凡，瞧见一时之窘，淡淡说："一年太久，只争朝夕，这么好的房，不能缺一只眼。水暖炉我包了。你们新迁，我还没表示呢。"一凡急说："那玩意太贵，哪能让你破费。"尚品笑曰："容我冒个泡，对我，是小菜一碟。关键是便畅，我有个朋友做水暖生意，货真信用好，我才给老爸安了一套，很管用。"说着他去阳台打了几个电话，回来说："都联系好了，明天上午家里留个人，个把钟头完事。"随后打开背包，送给老爷子两条红塔山，正言道："不早了，我们该走了。"

　　老爷子说："吃了晚饭再走，搞简单一点。"尚品说："您家莫忙，我要去武大读书，今晚请导师吃饭，谢峰牵的线，下一回我们去工人村吃您家的绿色菜。"老爷子道："那样更好，我等你们！"向向丽问几句，又说："你两个稍等一哈。"随即进厨房，鼓捣片刻，拎来两个塑料袋："这是河汉口的水货，拿回去尝个鲜。"

　　尚品接过一瞧，欢声叫："有鱼有虾，真宝贝，十几年没有沾了，老爸总在念叨。"老爷子高度自豪，笑一脸，抓起布袋淡定说："菜地撒了种，日头落山要浇水，我们也该走了。"一凡熟知父母的禀性，没强留。尚品说："我们一起走，我带了司机，就在楼下，先把我和谢峰放在秦园，再送二老去工人村。"众人告了别，鱼贯下楼。一辆奔驰远去，暮色围了过来。

　　平时可以马虎，上课必须沐浴而冠，这是一凡的信念，也是他的行作。一大早，一凡便起床，穿保暖衫，着黄毛衣、灰西裤，换上便式西装，梳头，擦了皮鞋。头一天，细心看了学生的花名册，此举不可或缺。汉字八万多，博大精深，家长中常有高人或怪客，弄几个罕见字是家常便饭。名单中，有个"戋"，一凡不识，查了字典，才知读如肩，意表细微，一如他要讲的主题学。

授课学生三十九人，全是二年级的研究生，此课属于通识教育，含带文艺理论，微微跨了学科。课堂设在会议室，当中一围长形圆桌，两旁摆课椅，可容五十多人，没讲台，老师坐前端，与同学们比肩，颇有民主风范。一凡提前十分钟到场，在外抽支烟，学生陆续到齐。这是一凡在江大上的第一堂课，非同寻常，点过名，正式开讲：

"各位同学，上午好，我的课，主讲现当代文学批评方法，突出文本分析，着力解读贾平凹、阿城、王小波、毕飞宇、余华等当代作家。主要介绍主题学、符号学和原型批评。头三堂，我主讲。后十二次课，由你们演说，要求各位就自己研究的文本，用上述方法做一个评论。一次课三人讲，每人二十分钟，相互讨论半小时，我点评一节课。谁先谁后，由班长安排。交流后，各自修改讲稿，要求五千字以上，我依据这个报告给各位打成绩。有异议吗？"

同学齐答："没有。"

"那好，现在我讲主题批评，法文叫thématique，也称主题学。这个流派发源于法国，起始于二十世纪的三十年代。代表人物有：巴歇拉尔、普莱、鲁塞、里夏尔等。巴特也热衷此法。到八十年代，方兴未艾，是全世界的一个重要批评流派，至今，还在用。

"主题批评的理论基础是胡塞尔的现象学，出发点乃布伦塔诺提出的一个公理：'一切意识都有意向性。'现象学认为，意识不是一个实体，而是一种关系。这一点与索绪尔的学说相通，核心即意义产生于关系，这是打开现代语言学之门的一把金钥匙，也是西方当代文学批评的一个纲领。

"在主题批评家眼里：意向是作家创作的原动力，其中存在一个基本语法，由它生产大量的作品。会有一张网，隐于作品的深层。我们要从子题到主题，从具体到抽象，从单一到整体，抓住网的纲，一步步揭示作家的独门特征。

"主题学的术语比较贫乏，关键词只有两个，第一是主题（thème），第二是子题（motif），入口即重复率。通常的主题指中心思想，主题学的"主题"（thème）源自拉丁语thema，意为'放东西的地方'，相当于一个平台，其外延大于中心思想。在这个平台上，可以放许多杂物，这些杂物都是子题。主题抽象，子题具体，两者间的关系含裹作者特有的意识结构。举个例子，在《追忆逝水年华》中，普鲁斯特反反复复地写墙，写床，写台灯，还有窗帘、天花板、母亲的亲吻、主人公的辗转反侧，外加花瓶、睡衣、挂画。里夏尔别出心裁，从中找出一个主题：封闭。揪出了作者的特征：上述的一切都是封闭房间里的物什与活动。抽出这个纲，便显出了大作家的初心，点了他的筋。普鲁斯特患有哮喘，对花粉过敏，很多时候，他都把自己关在房间里，封闭是他的需求和意向心结。

"说到底，主题批评是一种文本细读，用里夏尔的话说，叫'微观阅读'。分三个层次：立体阅读，感应阅读，穿行阅读。罗兰·巴特如此说：'读作品，应该像听复调音乐一样，不仅要用眼睛看，还要用耳朵听，用脑子想。积极回忆，连成一体。'还要观照相关的对立面。比如，与热对应的是冷，与低对应的是高。用老子的话说，有无相生，难易相成，是非相形，高低相倾，前后相随。与普鲁斯特的封闭对立的，是开放，它具化为鲜花、飞鸟、太阳、风、教堂、人群。风和日丽，心旷神怡。那是作者儿时的幸福时空。由此我们看到作家的意向点：封闭于现实，开放于回忆，以此找回已去的时光。这正是普鲁斯特的核心魅力，也是意识流写作的要害。

"感应阅读要求我们设身处地，努力与作者融为一体，以此洞明他的内心。穿行的跳板是'替代滑移'。比如说，'老人'具有'脆弱'性，而'玻璃'易碎。按类比原理，我们可从'老人'滑向玻璃，透过风马牛不相及，找出相似的意韵，织就一张网，上下探索，四通八达。这类的语义移动、扩张、串联，便是主题学的路径，也是符号学的一个支点。

"以上我介绍了主题批评的要义，具体的，大家可以读一读冯寿农的文章，分别发表在《文艺理论与批评》和《法国研究》杂志上。刚才讲课，我借用了他的部分观点，在此说明。"

同学们窃窃私语，上课还要注明出处，老师治学严谨。一凡看看表说："大家休息一会儿，我们突破常规，三节课中歇一次。"环顾一圈，同学们的表情给了他一个闪光信号，头一讲很成功。后面的文本分析是其长项，会更精彩。或许太激动，突然间，一凡有点不适，觉得桌下的地面在召唤，心中起了磁性，幽幽被吸引。他故意弄下几张讲义，借拾起的当儿，在地上摸了几把。学生看在眼里，莫名其妙，课后却议论："老师的灵感来自地魂，他摸地，可以看见一般人看不见的东西。"

复课后，一凡接着说：

"刚才说理论，下面进入实践。早已通知读一读阿城的《孩子王》，这是今天的研读文本。《孩子王》的故事很简单：'我'临时被抽去教书，不合时宜，一个多月后又被退回生产队。文学批评不能面面俱到，最好攻其一点，以点带面，在某一小题上做大文章。此作开篇标明时间，1976年，那是'文革'的最后一年，万马齐喑。反复细读后，我理出一对粗俗的主题，多与少。它的内涵却很丰富。既是教书，必然涉及托体——纸张和印刷物。在那个时候，什么纸最多？学习资料，报纸，再就是毛选马著。作者的另一中篇《树王》有个陪衬：下放云南某村，李立带了一箱书，很沉，'支书于是也弯下腰去看……原来都是政治读物。四卷雄文自不必说，尚有半尺厚的《列宁选集》……又有很厚的《干部必读》《资本论》《马恩选集》，全套单行本《九评》，还有各种装潢的《毛主席语录》与《林副主席语录》……简直可以开一个图书馆。'一个人就带这么多书，何况一个队、一个公社、一个县、一个国家。

"什么少呢？第一是教材，或曰课本，初三整个班，只有老师有一册。每上一课，老师先把课文写在黑板上，学生抄。暗示一个现状：在红宝书铺天盖地的年代，教育是何等的猥琐。这个少倒也无大碍，因为当时课文都是官样文章，谎话连篇，用作者的话说：'一个地主搞破坏，被贫下中农揪出来，于是这个村里的生产便搞上去了。'这类课文不学也罢。到后来，老师干脆丢了课本，只教两样：认字，作文。由多向少，标准是实用，暗示一理：多的没用，少的有用，因为它通本质。在二十世纪七十年代能有这个觉悟，实在是高。我也经历了那个时段，当时我很愚昧，一味盲从，看不到人生的本质。老师教作文，也讲一个少，写自己所做的事，别去抄报纸。当时报纸铺天盖地，很多，很多，却千口一词，谎话满目，废话连篇。看似繁华，其实干瘪。每个人写好自己，这个世界就五彩缤纷了。这是少向多的正能量转化，主题学具有辩证法。

"小说里，最少、最珍贵的是什么？是字典，整个学校，只有一本《新华字典》，在头儿老陈手里。好学生王福的父亲在县里都没买到。课本可以买到，只是没钱，字典有钱也买不到。后来，队友来娣捐出一本，特宝贝。老师被辞退时，将字典留给了王福。

"字典是什么？是常识，是本质。对一个社会而言，常识最重要，三观不举，常识不立，绝对是人类的灾乱。十八世纪法国大作家狄德罗做了一件大好事，他集齐了当时精英，花了二十一年，出版了一套大百科全书，二十八卷，为人类的进步做出了巨大贡献。读了《孩子王》，我掂量出了百科全书的真正分量。

"字典之少，透现了那个时代的癫狂。这是作者的心声，也是《孩子王》的魅力之所在。就写作风格而言，阿城也在少上做大文章，精心挑选细节，惜墨如金。小说里涉及爱情，那是来娣对'我'的暗恋。作者只点了几处，说一半藏一半。第一处，'我'要离队教书的晚上，队友们聚一起，来娣与'我'挤坐在一张床上，把老黑排走。写到这戛然打住，意味深长。第二处，'我'回来看队友，返校时，天已黑，来娣中途冒出来陪走，送了一本字典。阿诚这样写的：

"来娣说：'喏，这是字典，你拿去用。'我呆了呆，正要推辞，又感激地说：'好，可你不用吗？'来娣在暗虚中说：'你用。'我再也想不出什么话，只好说：'我走了，你回吧。'说罢转身便走，走不多远，站下听听，回身喊道：'来娣，回吧！'黑暗中静了一会儿，有脚步慢慢地响起来。

"这段话里，有三省。第一，'你用'，隐含我需要，但你更重要，仅用两个字，突出了你在我心中的分量；第二，'站下听听'，听到了什么，没说，此处无声胜有声；第三，'黑暗中静了一会儿'，这'一会儿'却很长，空间巨大。

"结尾处这样写：

"走着走着，我忽然停下来，从包里取出那本字典，翻开，一笔一笔地写上'送给王福来娣'，看一看，又并排写上我的名字，再慢慢地走，不觉轻松起来。

"这是神来之笔，许多可能都隐含在这并排写上的两个名字上。两人是否合在一起，结果如何，由想象去补充吧！作者笔下的'少'造就了作品含量的'多'，这一点带有美国作家卡福极简主义的韵味。阿城投靠的却是老庄，走'为道日损'的路径。他的简约里流动悠长的历史气韵，与《史记》，与唐诗宋词接连，与志怪、传奇、话本、明清小说等秘响旁通。也许阿城用力过猛，做的成分太重，往后再没写出像样的小说。我却敬佩他，写不出来，不强颜欢笑，转身写随笔去，这是真正的自知之明，它源于少的智慧。我觉得，阿城一直穿着长袍马褂，有些场合，该穿一穿西装。残雪说：'当年若多吸点西方的精华，阿城会走得更远。'我们的要求也别太高，能以三个中篇立身，好多年后，还有人热读，已经是个奇迹。在全世界也不多见。

"最后强调一点，以西方的批评方法分析自家的作品，我想表达一个立场，中西批评各有所长，各有所短。相比之下，我觉得，我们的缺点更明显。我国传统的文学批评属于感悟式批评，以不破坏诗人的心机为理想，言简意繁，点到为止。我们常说'言近而旨远，辞浅而义深'（刘知幾），'秘响旁通，伏采潜发'（刘勰），再要么'诗境甚宽，诗情甚活'（袁枚）。至于怎个通、如何宽、何以深，我们不再深究，也不细说。

"如果说艺术贵含蓄，讲玄妙，那么批评的使命则在于精确、明朗、实在。这正是我们难以深化的关卡。在文化互补的大势中，我认为，应该立足我们玄然见象的特长，借助西方的方法，取其要义，将我们的妙见尽可能确凿地落到实处。而后，立足本位文化，坚守个性，与时共进，走出我们自己的路。"

楼下传来了喧哗声，一凡看看表，下课时间到，高声宣布："今天的课上到这里，大家快去食堂，到晚了，没有好货色。"未曾想，同学们原地不动，自发鼓起掌，延续近一分钟。一凡按捺激动，举起右手，抬到耳上，给大家行了一个军礼。

5

檀 香

　　安居后，一凡常去中环道散步，借助山景，酝一酝下一部小说。中学时代是一眼丰泉，那里有压抑的情，有变形的爱，有忠诚的愚昧。下放农村也是一段峥嵘岁月。两厢与当下勾连，或许酿出不凡的篇章。具体写什么，怎么写，一时还没谱。那日下了课，一凡又上中环道，走一截，忽闻到一股檀香味，心头一震，记忆兴风作浪。渐渐地，香气缭绕中出现一张靓丽的脸，那是马丽，一凡高中的同桌。恍兮惚兮，回到1974年。如同普鲁斯特，记忆恋爱气味，尽向细节里钻。

　　那个晚上，一凡在教室里看书，马丽走进，长发蓬落在肩，飘洒柔丽，一眼看出，才洗过。落座时，马丽顺带一甩，秀发像网，撒出几缕茉莉花香。一凡心头一颤，暗中闻了许久。月亮躲到云里去，晚自习的心思已凋零。一凡小声问同桌："你摘茉莉花了？"马丽答："没有啊？""怎么香香的？"马丽侧身低语："我洗头用了茉莉香皂。"

　　一凡在农村长大，身上沾了稻花香，也是花，香味却贫乏。至高一，他只用过土肥皂。马丽却拿香皂洗头，穷奢极欲，又理所当然。同桌长得漂亮，公称班花，其父任市委书记，几块香皂哪在话下。那时生产力低下，贫富差距不太显，换在当下，会云泥相异，天壤悬隔。

一凡飘飘欲仙，心猿意马，镇定后，仍余音缭绕。他强借毅力，推走香诱，刻苦学习。半年后，出类拔萃，英语成绩全班第一。又读《资本论》，当了班长。斗转星移，马丽又洗了头，柔发飘飘，面容靓丽，这一回用的栀子花。已傍晚，天边娇艳，马丽媚媚看两眼，一凡把持不住，心跳肉动，想入非非。也带感伤：再过几个月，高中毕业，马丽后台硬，可以入伍，一凡只能下放农村。

"文革"期间，色彩单调，气味也贫乏。关于花，一凡只记得四五个香型：茉莉、栀子、玫瑰、荷花、野菊。都是寻常物。他对气味却很敏感，常常心动神怡，魂不守舍，到了不惑之年，才知道那叫气味相投，含机缘，对路了，是人生的一幸。

第二天，马丽带来一个保温杯，打开，冒出一阵苦香，涩涩的，柔柔的，前所未闻。一凡问："这是什么？"马丽答："咖啡，教材原文常提的那个。"说着，往盖子里倒了半杯给一凡，一凡喝了两口，连连说："又苦又甜，很有味。"马丽莞尔一笑："喝多了，会更喜欢。余下的，都给你，连带保温杯。"那一夜，一凡尽享洋味，到了五更还睡不着。

又一个星期二，依旧晚自习，来人稀松。马丽披着长发，飘然而至。一凡闻出，她又洗了头。那味儿刚柔并济，幽然玄妙，在道丰山曾嗅过，却不知源于什么花。一凡偷偷闻享两刻，噌一声，心门洞开，柔情满怀，窃窃问："今晚用的啥香皂？"马丽答："是檀香，我的最爱，你身上也带一点檀香味，还有几句稻语。"

一凡心旌荡漾，满脸通红，停片刻，鼓起勇气说："春雷动，旌旗奋，我对你充满了深厚的无产阶级革命感情。"马丽倏然脸红，埋下头，从本上撕出一张空页，匆匆写道："东风吹，战鼓搐，革命形势一派好。檀香合稻花，让我们比翼双飞，翱翔蓝宇，欲与天公试比高。"两人烈烈对视，满脸绯红。一凡伸出手，颤抖着，摸了摸马丽的发梢，微颤说："明天晚上，我请你看一场革命电影。"

马丽含情点头。

翌日中午，一凡去武商大剧院，买了两张《红灯记》电影票。这部样板戏，看了N多遍，内容很革命向。一家三口，三代人，个个打单身。奶奶没老伴，李玉和没媳妇，铁梅没有男友。全都绝情断欲，一心一意干革命。

两人分头去电影院，东张西望，一步三回头，像特务。坐到一起，又公演陌生。直到打铃熄灯，才舒了一口气。黑暗中，一凡抓住心仪的小手，柔情告白："马丽，对于你我怀有马克思对燕妮的那种感情。"

马丽剧烈颤抖，握紧一凡的手，一股热流暖全身。银幕上，但见李铁梅高举红灯，怒目圆睁，恶狠狠地看着他俩。

天网恢恢，疏而不漏。

与马丽看过电影的第三天，一凡被叫到办公室。那是初夏的一个中午，风和日丽，莺歌燕舞。屋内，却凄厉沉落，暗藏杀机。静坐两分钟，辅导员缓缓抬起头，冷冷问：

"最近出校门了吗？"

"出了。"

"做什么？"

"看电影。"

"啥电影？"

"《红灯记》，党中央号召看的。"

"和谁一块去的？"

"一个人。"

辅导员脸一沉，厉声低吼："不老实，明明是两个，一男一女。坦白从宽，那女孩是谁？"

一凡心头一愣，胆战心惊，未曾想那么黑的地方，也有贼眼睛。拿当下的话说，叫信息员。稍加思索，一凡镇定下来：去的时候，我俩分开走。回来天已大黑，路过树林，我们牵了一会儿手，四周无人。充其量，那人只看到我们在电影院里坐一起。

心里有了底，气壮了，一凡仰头说："报告辅导员，就我一人去的。进电影院后，恰巧碰到马丽，她可以为我做证。"辅导员愣了一下，温和些许，过一会儿，又板起脸，逼问几个来回，如同精神拷打。一凡暗自说，我生于贫民窟，长在红旗下，打过架，挨过打，见过众多刑威，你吼几句哪能套出我的初心？便低三下四，一硬到底。

辅导员柔和起来，喃喃道："一凡啊，要警惕，资本主义思想无孔不入，外语学校不是净土。你是班干部，更要防微杜渐，以身作则。"隔一会儿，又语重心长："有则改之，无则加勉，往后多读毛选，学好马列，做一个优秀的共青团员。下午还有课，歇息去吧！"

一凡如释重负，颠回寝室，定了神魂，当天下午，又在操场遇见马丽。天高云淡，四下无人，一凡用英语高诵毛主席语录，坦坦走去，马丽悄悄说："不知谁告的密，辅导员找我谈话了，我说我们在电影院里偶然碰到的。"一凡急说："我也是这样说的。"

马丽两眼闪光，舒了一口气，连声叫："太好了，太好了，我没事了。"顿一顿又说："老师警告我，要远离资产阶级思想，和你要保持距离。"一凡暗骂一句："狗日的，两面三刀。"尔后托红辩驳："毛主席教导说，我们来自五湖四海，为了一个共同革命目标，走到一起来了，同学之间要相互关心，互相爱——护。"马丽横一眼，低吟："辅导员和我妈是同学，我爸要求极严，东风压倒了西风，形势严峻，我们还是躲一躲吧。"一凡两眼茫然，无言以对。紧接着，老师调了座位。两人再见面，不敢说话，多看一眼都像做贼。

谢峰却鹤立鸡群，读高二时，外校排演《沙家浜》，尚品扮郭建光，谢峰饰刁德一，美女胡娟演阿庆嫂。排来演去，谢峰与胡娟情窦双开，眉来眼去。某晚在小树林对台词，两人情不自禁抱在了一起。胡娟献出初吻，谢峰失了唇贞。从此相互关心，互相爱护。以演革命样板戏为名，胡娟经常给谢峰打饭，帮他洗了三次衣服，暗中引发数不清的爱慕嫉妒恨。

尚品更胜一筹，他演郭建光，气壮山河，一跃成为校级红人，呼风唤雨，撒豆成兵。所到之处，拥者如云。临近毕业，他以剧组为班底，组建了扎根农村突击队。二十余男女结双配对，立志扎根农村，为改变祖国乡村的落后面貌贡献终生。一凡下不了扎根的决心，却眼中泛红，因为与尚品结伴的是外校的校花。当爱情与圣语明媒相合，便可光明正大地卿卿我我。大伙在树下暧昧，成双漫步，都没人干涉。诱惑万分勾魂。那年月，中学生严禁谈恋爱。一凡热恋马丽却被按熄后，胆小如鼠，加倍愚昧。落到实地，尚品胆子更小，只借读马列之机，碰了碰心上人的小手。

高中毕业，马丽入伍，一凡只能修地球。离开武汉前，他调整心态，立志当社会老大。立马拾起刘家拳，天天练，又学了几招实用擒拿。再买两包好烟，去拜访街坊老大。老大向老爷子学过拳，对一凡很和蔼，坦诚说："走江湖，拳脚是根基，亡命是气概，这两项你没问题，带队伍还要懂言子。"一凡茅塞顿开，随后一个月跟着老大学江湖黑话。

——麦子（面相）歪了，条子（身材）正，逼妞子（找女朋友），要懂板（懂规矩）。可以单挑，也可以群合，莫摊浆（害怕）。不服周，约到搞，老子吼一声，立马拉来五十杆炮（人马）。

言语威猛，岁月滑溜。七月中旬，一凡奔赴潜江，落户孙太爷家，在灰暗之中，幸遇一享福分。老人在民国时期开私塾，饱读经书，德高望重。一凡爱学习，文笔好，深得老人欢喜。毛主席去世那阵，一凡写了两篇文章，上了省报，为大队争了光。高书记刮目相待，给他派了一个美差：放鸭子，鸭蛋可以随便吃。时代暗晦，生活艰辛，这个特权最实惠，房东跟着沾了不少光。

孙太爷喜欢喝茶，茶壶却破旧。改造鸭棚时，一凡挖到一个蓝花茶壶，送与文翁，那是乾隆时期的古物。老人超级感动，拿出司马迁的《史记》，叮嘱道："这几本书，好好读一读，你会受益终身。"一凡放下《红楼梦》，读起《史记》，开初沉暮，读了七八章却入了迷。全书五十二万字，生动，曲婉，透彻。既是历史，又是小说。不懂的词句，向老人请教，解得有板有眼，一清二楚。两个月通读全文，再精读一遍。考上北大后，一凡又读了"二十四史"。渐渐悟出一理：无论做学问，还是写小说，历史是脊梁，读实了，才直得起腰，说话更有分量。随后他迷上考古，开始收藏蓝花茶壶。

尚品也下放潜江，落户后湖知青点，与一凡相距二三里。点里有三十六人，男女各半，尚品当队长，一凡常去串门，上下都熟。方圆十几里，还有几个知青点，相互之间常有摩擦。不知谁惹的祸，那个下午，突然涌来二十多个外点的后生，手持棍棒，气势汹汹。一凡正在尚品那打牌，点里只有十来人，想躲躲不开。尚品振臂一呼，纠集七八条好汉，操起家伙迎上去，一凡一马当先。

对方的头领人高马大，手握锄头把，未交口，径直向一凡劈来。一凡手举扁担，轻轻一拨，顺势回访，击中了对方的颈部，没用大力。江湖斗殴也讲规则，初交不下毒手。头目应声倒下，敌群溃散，后湖点的人马乘势追击，一举全胜。从此后，一凡威名远扬，女孩们看他时眼里直闪光，一凡暗暗得意，走路轻飘飘的。

又过一周，一凡几个人在屋前闲谈，走来一人，不远处聚了几十个全副武装的后生。一凡瞟一眼，知道凶多吉少。来人中等身材，体态敦实，步履沉稳，两手轻轻地握着。一凡看出，有真功夫。那人冷冷地说："风吹草动，不才拜会刘一凡。"大伙欲动手，一凡急忙稳住，只身前迎。

"贵客远道来，光光亮，先喝一口茶。"

尚品回屋端来一碗水，来者喝了，道了谢，随后低吟："桌边端水碗，不能动茶壶。江湖行船有来往，受朋友之托，我来讨个回口。你看，单挑还是群合？"一凡瞅瞅田头的人马，轻声答："一人划船单桨落，独猿入林一口锅。"

两人点点头，搭个手，静静走向屋后的大树林，形同好友，其余人留在原处。抵达林间空地，来人如松立定，一凡抱拳开场："林中会贵客，请手下留情。"来者微微一笑，交了手。头三十回合不见高下，后一招，含柔力碰，一凡退了五步，几乎摔倒。对手仅退一步，体态更健稳。

一凡已觉出，对方内力深厚，武功在他之上。刘家拳他断了五年，高端处，内气跟不上。一凡再度抱拳："大侠武艺高强，愚某敬佩，请多指教。"来者轻语："不打不相识，你的功夫也霸道，肯定有家传，田头四方开，多个朋友多条路。"合起阴阳掌又说："我叫大拿，受了重托，得有个交代。找空三人聚一聚，低一头高一天，我带个和，只是窝里焖，如何？"

一凡忙说："江湖情谊厚，一拖就薄，今晚六点我在红星闪闪请两位吃肉丝面。"大侠朗朗一笑，递来一支烟："听壮士安排。"

回到知青点，对方的人马已退走，大伙纷纷问："战果如何？"一凡答："梁子已解，天下太平。"众人齐呼："凡头威武，后湖雄壮。"一凡回鸭棚拿了钱，直奔小食店，大拿与被一凡击倒的头目已到场，一凡抱拳道："吃水稻总有脚气，不当之处，请多包涵。"高个头目回礼说："驼子先拱背，善客遇良民，梁山好汉一家人。"三只手搭桥，一握泯前嫌。坐定后，一凡点了六碗肉丝面，共计一块二，在当时已是豪请。呼呼吃一阵，三人成了朋友，祖国山河一片红。一凡得知，引发首次冲突的媒介是一把檀香。那香从破庙的地窖里掘出，被尚品的手下偷去十几支，总体说，是后湖点亏理。

第二天，尚品来到鸭棚，轻声问："真都了结了？"一凡说："来去平衡，比较圆满。"随后交底："那家伙是高手，再打下去，我不见得顶得住。山外有山，江湖凶险，这摊水不是我们蹚的。"尚品说："我们想法一致，恰好有一条新路。上午接到谢峰的信，他爸在高层，信息灵通，全国马上要恢复高考。"一凡说："我也接到了信，机会终于来了，一定要抓住。"说这番话时，两人摩拳擦掌，两眼闪光，随后转向书本。半年过，尚品考入华中师范大学，主攻历史。硕士毕业分到大型国企，又停薪留职，挂靠出版社做书生意，发了几套畅销书，淘得第一桶金。最大的一笔属于横财。原单位发行股票，大家不知何物，都不买，动员党员，收效甚微。单位便强行分派，直接从工资里扣，大伙怨声载道，含血愤天。尚品看得远，又有余钱，一下买了一百五十万。次年上市，一路高涨，五年间股票价格翻了近百倍。

暌隔十五年，飘落法兰西。那日晚上，一凡临水就座，面对着巴黎圣母院。河两岸，五光十色，绚丽多姿。一凡点一杯拿铁，想一会儿，写几行，再想。左边三米处，坐着一位亚洲美女，看外表，二十居中，穿着极考究，姿色挂眼，打扮很巴黎，那眉目似曾相识。

对方也留了意，四目交接，美女微微一怔，一凡惊叫："马丽！"美女欣呼："一凡！"如同法国男女，两人伸开双臂，抱在一起，却有节度。

"真没想到，没想到会在塞纳河边遇见你。干什么呢，这般悠闲？"马丽激动问。一凡兴奋答："我来东方语言学院讲学两周，住在河边，晚上，常泡咖啡馆，写点东西，顺便摸一摸法兰西的脉搏。"

马丽两眼闪烁，脸上浮出少女的红润，一凡现出中学的纯真，一时间，仿佛回到十七岁，却少了阻碍。巴黎的自由度举世无双。两人另选一张僻静的圆桌，对坐，重新点了饮品。

"听说你嫁了巨富，定居加拿大，养尊处优，咋到巴黎来了？"

马丽凄凄一笑："不幸的家庭各有各的不幸，今晚景色美，我们只说往事。"一凡会意，由衷感叹："时日真不经过，高中毕业，各奔东西。一晃，溜走三个中学时代。人有意，岁月无情。"

"我讨厌年岁，恋旧。最近在读普鲁斯特，我的法语赶上来了，书上说，时光虽流逝，某些情态却能追回，大作家称为叠合。好想回到那间教室，为你再用香皂洗一次头。"

一凡淡淡一笑："很长一段时间，一闻到檀香，我就想起你。"

马丽嗔责："你人高马大，情商也高，却不坚定，调了座位，就不理我了，班长的头衔把你压得扁扁的。风平浪静后，我一直在等你。"

一凡嘀咕："个体渺小，抗不过时代。去农村之前，我溜进市委大院，在你家楼下徘徊了两个小时，末了被警卫赶走了。"

马丽的眼中跳动两朵火花，脸绯红，身不由己向前倾。中途又定住，靠回木椅，喝一口冷饮，平缓说：

"你的行踪我一直在追，从北大到伦敦，长河落日圆，归于大西北。不简单，三十出头当教授，又写小说，而且，大名鼎鼎。"

"谢谢关爱，今晚巧遇，巴黎变了样，河对岸，仿佛是万松园，母校历历在目。如普鲁斯特所写，时光拉回了一半。但是，巴黎还是巴黎。情园里的花草，扯不清，我们只能听天由命了。"

马丽点点头，贴了一凡两眼，昧昧的，河面闪动迷情的光。一凡几度想揽初恋，都被家室两个字拦住了，初心却在烈烈呼唤。一阵吆喝，服务生送来两杯热拿铁，马丽凝视片刻，轻声问："凡头，还记得那杯咖啡吗？那是我特意为你煮的，怕你不习惯，我放了很多糖。"一凡停了半刻，柔声道："那一夜，我失眠了。"

马丽盯着昔日的同桌，含一口咖啡，直起身，将红唇伸过来，眼微闭。一凡立马倾前，迎上去，两口交合，一股热饮流入口中，翻江倒海。乘势坐过去，揽丽人，动情拥吻。那一刻，西风压倒了东风，所有的政治都面目狰狞。

当，当，当，圣母院响起雄浑的钟声，一鸣又一鸣。马丽紧抱一凡，欣欣曰："这是天音，上界在祝福我们，有根据了。"于是，疯狂湿吻，四手联动，阐明了少年时期的朦胧欲念。马丽软软说："我住圣路易，就在河对面。"一凡轻语："马上，我送你回去。"

立刻结了账，走向圣路易岛，那是巴黎的超豪宅区。夜已深，钟声又响，两人进了屋，心欢，肉跳，忘情叠合。长江在奔涌，黄河浊流，米拉波桥下，淌着塞纳河。激情后，马丽喃喃道："我们错失许多，这一周，咱忘去一切，欢畅几天。"接下来，两人漫游巴黎，花天酒地，如胶似漆。一路下来，全由马丽买单，一凡想买却无能为力，一条围巾七千法郎，他掏空钱包也够不上。日落月起，马丽的奢华和虚荣淡化了过去，阻塞了未来。最最关键的，那股檀香消失了。

分手源于一件小事。那几天，两人频繁出入高档场所。马丽衣着考究，看重名牌。为了迎合初恋，一凡咬紧牙，花五千法郎买了一套西装。那是他在巴黎讲学半个月的酬劳，几乎压上了全部家当。马丽看过，淡淡说："这也叫西装？"一凡苦苦一笑，心头紧缩。第二天，马丽威柔并施，把恋人拖到专卖店，自掏腰包，给他换了一副行头，包括西服、衬衣、领带、皮鞋，外加一件黄风衣。一共花了十万法郎，付款时，像买几个萝卜。一凡又被戳一刀，心下说："落花高贵，流水自卑，我们不在一个频道上。"碍于情面，一凡着新装出席了两场社交活动。马丽得意扬扬，眉飞色舞。一凡面呈微笑，心里却打起了退堂鼓。

一周后，一凡找个借口，退出了黄楼。离别宴定在蓝天海岸，那是巴黎最贵的餐厅。一凡穿上高档行头，以此道一声谢。马丽已感出一凡的退意，没有强留。那顿饭吃得比较轻松，仿佛回到起点，从窗口，可以看到他俩邂逅巴黎的咖啡馆。返回加拿大，马丽离了婚，身缠亿贯，嫁给了一个淳朴的美国作家，自己也写起诗，可以说，找到了归宿。一凡早已清楚，追求马丽的人很多。两人热恋于小黄楼时，马丽神秘外出了一次，回来后，一凡闻出了另一款男士香水。归国前，一凡纠结许久，那套行头他很喜欢，尤其是风衣，穿上像阿兰·德龙，胸中却隐隐作梗，被某个带带绊住。一凡横下一条心，将行头打个包，连同自买的一套，趁夜色，丢进了塞纳河。在包裹里，他压了一块石头。渐渐地，两人断了联系。

跨过那道坎，一凡身轻如燕。回到兰州后，一如既往，常去河边茶馆看书写作。黄河的两岸日益华美，恍若巴黎，整个中国在日新月异。那日在茶馆闲读，一凡闻到一股檀香味，抬头看，前面坐了一位女大学生，身段苗条，体态婀娜，沉鱼落雁般的美。香味从她身上发出，估计是一款香水。女孩在写作，桌上放着陈忠实的《白鹿原》，和一凡读的是同一本书。趁对方抬头的当儿，一凡举起书，朝女孩微微一笑，女孩举起书，莞尔回敬。一凡探问："看完了吗？"女孩答："读了三分之二，你呢？"一凡复："这是第二遍，我教中国当代文学。"顿一会儿，柔声问："可以近距离讨论吗？"女孩笑答："热烈欢迎。"一凡收起小说，拿起茶杯，挪过去。两人通报姓名，做了简介。这女孩便是向丽。一凡惊曰："没想到，你读研三了，我还以为大二呢。"向丽笑曰："往小里说更绚丽，我爱听。下周要答辩，我在准备陈述报告。"

一凡问："你论文写的什么题目？"

向丽答："《简洁的机理——解读美国作家卡福》。"

说到卡福，两人又找到一个共同话题。一凡在剑桥读硕士时，也研究卡福，路径有异，范围大体相同。围绕该作家，两人谈了三个小时，意犹未尽。随后的半年，几乎天天见，谈着聊着，两人越过十岁的间栏拜了天地。说来也是缘分，追求向丽的优质男从茶馆可以排到黄河边，干部一群，教师半打，大款三四个，向丽不为所动，却被一本书勾走了。容儿出生后，向丽常戏谑："凡头，你娃儿卡了大福，背靠《白鹿原》，一杯茶，几句话，得了个嫩老婆。对你，她还巴心巴肠。"一凡憨憨地笑，风吹草低见牛羊。

一年后去西安开会，一凡拜访好友陈忠实，两人选个小店，点两碗油泼面，欢天喜地吃起来。一凡说了《白鹿原》的姻缘妙用，忠实兄听了心花怒放，朗朗说："以书促成一段婚姻，比我得茅盾奖还兴奋。"说完抹抹嘴，挥手高嚷："老板，再来两碗油泼面，辣子加旺一点。"

这一喊，唤回了一凡，定眼看，已走到东山区，向丽在阳台上晾衣服。环山路离家仅五十多米，一凡高喊："丽丽，我回来了。"妻子看过来，连连挥手。一凡大声说："我接容儿去。"向丽回："好，顺便买几块豆腐。"一凡心头窃喜："晚餐家内又要做麻婆豆腐了，那是她的绝活，我的偏爱，就饭，比油泼面好吃得多。"再一笑，欣然自嘲：我缅怀初恋，最后落入豆腐里，柳暗花明又一春。檀香换成麻辣味，也叫雅俗共赏，趋向崇高境界。一凡仰起头，看到了大榕树，那是他救蛇的地方，口不由己，叫起来："题目有了，下一部小说，叫《蛇不吞象》。"

6

绑票 练胆 爬树（六合谈之一）

博士考试只有两门，尚品顺利通过，中榜后，顿觉空落。他专心读了几天书，又与两剑客合计，创建了一个读书会，取名"六合"。尚品任会长，核心成员有谢峰、一凡、大德、马原、黑头、赵普。三教九流，博大精深。外围会员临时扩充。七人碰个头，道丰山上又增添一景。一周后，举办首届读书会，地点在他山咖啡，配有饮品和小吃，肉体紧贴灵魂。黑头叫来三凡，编外来了九人。一凡带了个厚厚的记录本。尚品朗朗开场："读书是文人立身的根基，这书却含括宽泛，对六合而言，故事是主干。故事里有内心风云，有高深智慧，有天地秘密。生活本身就是一串故事，大中套小，生生不息。落到个体，要求虚实结合，附象征，带魔幻。突显情趣，讲出味道。开盘有请全国知名的法语博导。"

谢峰娓娓道来：

"民国头几年，土匪四起，绑票成了热门生意。日当顶，吴家山升午堂，捆来一条中年汉子，但见长衫圆帽，文质彬彬，像个有钱的。匪首居高威令：'白天不行夜风船，堂下报个行当！'汉子平静答：'杏坛躬身，教书的。'匪首微微一愣，弱了傲气，柔声问：'既是先生，可知《三字经》？'

"先生昂起头，如水东流，朗声吟诵：'人之初，性本善。性相近，习相远。苟不教，性乃迁。教之道，贵以专。昔孟母，择邻处。子不学，断机杼……'背着背着，忘了处境，竟摇头晃脑，在堂内踱起步，目中无人。匪首急忙离座，给先生松了绑，请入尊位，惭愧道：'果然是先生，手下有眼无珠，请多多包涵。'

"随即转向众喽啰：'二愣子，看茶！'小匪应声而去，端来了碧螺春。头领又喝：'升大堂！'另一个喽啰跑出去，敲响了通山锣，隔一会儿，聚来五十多条大汉，刀枪并举，个个彪悍。匪首高声训诫：'各位兄弟，再强调一遍，本山严格规定，我等走响马，四类客不能绑：一先生，二郎中，三邮差，四寡妇。老师摆在第一，听清楚没有？'

"众人纷嚷应答：'听清了！大王的话，一句顶一万句。'匪首笑了笑，柔声令两个绑喽：'牛头，狗三，回个锅，说说过场！'牛头抱手答：'禀告大王，我们那一带都破衣烂衫，除了树，就是水，找了三四天才遇见一个穿戴光鲜的，就请了上来。先生莞尔一笑，和颜道：天下暴戾，怪不得手下，我设馆也只能糊个口，像样的行头，只有两件长衫，一冬一夏。平时打粗，教书必须衣冠楚楚，孔圣人传下的伟业轻慢不得。'

"匪首欣欣嚷：'各位都听到了？这就是道义。现如今，风雨无常，上方满口仁义，干的都是祸国勾当。老师传知识，说实话，是国家的栋梁。我只读了两年私塾，会背《三字经》，这点文墨帮了我的大忙。四围几个山头，胡三灭了，张四垮了，本山立到今日，靠的就是那一千二百来字。'匪首抿口茶，继续说：'我等落草，实出无奈，后人却要读书。有朝一日招了安，兄弟们识几个字，活得也光鲜。记牢了，往后要尊老师，厚笔墨，敬书本。'说完轻举两个指头：'账房，门开二扇，给先生压个惊。'账房溜进边房，拾掇片刻，端出一个圆盘，上面放了二十块光洋。匪首道：
'道上有规矩，冒犯必须回礼，也是本山的一点心意，请笑纳。'
先生全力推拒，匪首不由分说，强行塞入先生的衣袋，回手带出一
本《论语》。匪首拾起，恭敬回还，由衷感叹：'真真的大先生
啊，请问高名。'先生答：'免高姓姜，名度，字闲达。'

"匪首抱拳高唱：'久闻大名啊，您在道丰山开馆，门下几百
人，出了许多人物，高名远扬。目下得见，三生有幸。'先生仰起
头，严肃说：'感谢雄主礼待，暴政只是一时，天总会亮的。哪日
归了位，把孩儿交给我，一定会出大才。'话毕抱拳一揖：'多谢
寨主，弟子们在等，本馆告辞了。'

"匪首惋惜说：'本想留饭的，既有书业，咱们后会有期。二
愣子，备马，送大先生下山。'一袋烟的工夫，山下扬起白尘，一
辆马车奔向道丰山。我最后交个底，大先生的书馆就在眼下的他山
咖啡，过去叫明普茶舍，是江都大学的前身，他孙儿姜逸文后来也
做了江大文学院的知名教授。岁月沧桑，我们开篇敬奉老前辈。"

大德说："能否把刚才的故事写出来，署上大名，我印在水单
上，本店敬奉润笔，如同当年的二十块光洋。"谢峰微笑点头。尚
品高声嚷："峰头开门红一片，我们再接再厉往下走。"

黑头朗朗开说：

"在我们小学背后，有一片坟地，只隔几百米，吓死个人。最
后一年班上兴起一股风，叫练胆。做法蛮简单，天黑以后，去坟地
坐一刻钟。三头人高马大，经常去，一坐半小时，是我们公认的胆
头，他又会武功，压倒一大片。我的胆子小，只敢白天去。可是，
我喜欢萤火虫，半夜里，亮虫尽往坟地飞。我心里害怕，两腿又痒
痒的。

"那一天学校开夜会，散场后，我脚一弯，从后门走，突然

看到一只蛮大的萤火虫。我随身带了透风瓶，一路去追，抓了几个寻常小亮虫。大萤火虫向上飘飞，高高歇在树尖上。我追累了，找一块石头坐下。天已经大黑，我四下一望，发现左边凸起一个坟包包，妈耶！我已经闯入练胆的坟地。我皮肤紧缩，心发毛，两腿直抖。过一会儿，大萤火虫又飞到眼前，连闪了三下，我心里一亮，怕少了。我坐在石头上，开始练胆，右手攥一只透风瓶。

"山下传来了脚步声，我一动不动。一位高大的后生慢慢走来，模模糊糊，发现了我，大声问：'哪个？'我听着耳朵熟，但是不确定，不敢作声。抖来抖去，右手松开一个口，露了萤火虫的光。后生见了，高喊一声：'鬼！'连喊带叫，跑下山。从连续的叫声里，我听出来了，那是我们班上的三头。只一下，我的胆子粗壮起来。

"一连四五天，三头冇来上课，说是病了。来了后，底气短了，外表还是硬邦邦的。我过意不去，几次想交个底。每回提到坟地，三头就喊：'那个角落有么说的，那是我的药！'爬到嘴边的话儿又溜回肚里去了。

"终于找到一个机会，我说了实话。三头眼睛一亮，出了一口气，轻声说：'伙计，你懂板。'随后，恢复了以前的胆量，过几年，三头成了整个工人村的头领，为当地的安定做出了大贡献。我是老二，也出了一把力。后来搬到青山镇，我独立门户，霸了那块地盘，做起了生意。说来也怪，每次挣了大钱，我家的后院里都会飞来一只大大的萤火虫，在我头上绕三圈，亮几下。更怪的是，每回见了萤火虫，我胆子又会变小。做人要怕点什么。"

马原惊喜道："黑老大也来幻魔了，而且魔得有味，有哲理，恭喜，恭喜。"黑头说："见光发亮，近朱发红，跟文人混，总摸得到点东西。"向丽问："刚才你说的是三凡吗？"黑头答："正是，原汤原味，有板有眼。"谢峰问："老三还在走江湖？"三凡答："早金盆洗手了。改革开放后，我也转向了经济建设，做点小生意。"黑头补充："蓬头飘了底板在，瘦死的骆驼比马大，老三发个话，下头的伢们都得当回事。各位是知识分子，不识浊水，但要备一手，万一遇到公家解不开的梁子，跟老三和我说一声，十有八九，摆得平，我们懂法，不会乱来，做了事不留尾巴。"

尚品道：

"这个动议最厚道，相当于给六合的成员买了个社会保险，感谢，感谢，能不惊动两位，却是最好。

"下面该我上阵。

"在泸沽湖，牛二盘桓一个月，既当翻译，又做演员。雇主是加拿大的两个名角：一导演，叫马克；一摄影，号伦多。两人合拍一个大片，深情颂扬泸沽湖。在片中，牛二演海龟。此君客居伦敦九年，获社会学博士学位后回国效力。第一站，赴摩梭人集居地——泸沽湖。临水兴叹，遇山沉思。每晚写一则日记，在两种文化间谈天说地。又与少女染情，时不时，在爱中打个滚，两眼却盯住人类的本质。

"影片接了地气：泸沽湖的最大魅惑，是走婚。取通常描述，夜里入住，天亮走人。头一走，常常要爬树。此说勾了个轮廓，但偏于传奇。往实里究，摩梭人以母系为尊，隐老爸，舅舅担当父职。三人下榻的那家，便由外婆主政，膝下一儿两女。长女年近三十，已被走，育了一子一女。孩儿他爸，仅见了一眼。次女年方二八，待字家中，含苞欲放。儿子排行老二，超能干，旅馆由他打点，财源广进。在家里，却唯唯诺诺。村庄临湖而建，一大早，妇女负重出工，男人们袖着手，在湖边晒太阳，仿佛他们的使命只是在夜间使一番洪荒之力。

"白天，他们采访村民，每天七八位，随地取景，应时录音，图个鲜活。晚上用过餐，三人常去主人家小坐，围着火塘唠家常。也是节目的一个部分。次女诺娜对牛二特别关注，脉脉含情。论长相，诺娜属壮美型，不是牛二的心仪对象。对少女的温情，牛二起初没在意。日久天长，却有了感应。那年牛二二十有六，未婚，通体渴望异性。

"终于有一天，大姐达莎登场，戳裂了那张薄纸。晚上已过九点，牛二在火塘边写日记。达莎端上酥油茶，坐对面，看似漫不经心地问：'喜欢泸沽湖的姑娘吗？'

"牛二连连点头。

"'不想走一个？'

"'水太深，不敢乱动。'

"'只要有心，蛮简单，找个合意的，睡一觉就成。'

"'但我有工作，在内地，不能久留湖边。'

"'汉人想得太多，这有个啥，生了儿子，每年寄两三千块，就行了。娃子他舅舅帮你养。成了人，带回去。如果称心，把媳妇接走，在城里开个小店，日子悠悠的，多好。湖边长大的姑娘吃得苦，不会拖累你的。我们村里好多人都这么做。你要是有意，我帮你牵一个。'

"牛二没敢接招，憨憨一笑，东扯西拉。大姐又聊起家常：'我们家条件不错，你看得到的。诺娜读县重点，成绩拔尖，明年参加高考。如果入了坎，请你帮忙出个主意。'牛二满口应承，回屋去。临别，大姐又抛一句：'背地里诺娜常说你的好。'

"躺在床上，牛二心潮翻滚，辗转反侧。对诺娜，他已动了心。之前，一直在打探揽妹的招法，收获颇丰。摩梭人喜欢跳舞，你若看上某个姑娘，牵手时，拿指尖挠挠她手心。若女孩回应三下，当天夜里，你便可爬树翻进她的窗，上她的床。三是福音。到后来，求偶的方式与时俱增，可歌，可舞，也可直白。有时候，女孩也会主动招引。'愛'，只有一个字，却含众多笔画，中间，是一颗心。

"采访了几十个居民，牛二发现走婚并非像世人想象的那样浪漫，也不是朝三暮四水性杨花。对象确定后，大多很忠诚，常常，比结婚还稳定。由是，虽心旌荡漾，却顾虑重重，不敢轻举妄动。也有几个东走西颠的花心大萝卜，都能坦然接受。

"第二天晚上，牛二独留火塘旁，一如既往，写日记。诺娜走过来，给他添茶，满满的柔情。聊过残酷的备考，少女腼腆发问：'阿哥，你会爬树吗？'牛二答：'小时候干过，长大就生疏了。'诺娜笑了笑，柔声说：'摩梭男孩都会，这是做人的基本功。来泸沽湖，不爬一次树，白活了。'话毕，朝牛二含情一笑，离去。

"泸沽湖的夏夜，格外的绚。天空透邃，月光朗丽，水上跳动着一片碎银。过了子夜，牛二溜出房，在湖边踱步，频频给自己打气。尔后，壮胆走向诺娜的闺房。少女住二楼，窗口洞开，亮着灯，光线却很柔。估计在台灯上搭了一块纱巾。窗边高耸一棵树，岔口离窗台不足一米。跨一脚，即可入房。牛二的心怦怦地跳，呼吸短促，频繁挪动的脚踩得枯叶沙沙地响。爬了两米，诺娜轻轻咳三声，那是鼓励，牛二却心率超速，四肢突然乏力，掉了下来。再爬，又落下。邻居的狗狂叫起来，没完没了，最终，牛二打了退堂鼓。

"夏日美丽如初，却少了炎烈，短了生机。拍摄接近尾声，马克付了首款两万八，足够牛二养一个摩梭儿。只可惜，错过了节气。再度相遇，诺娜对他热情依旧，但眼中少了一团火。过两天，牛二将离开泸沽湖。中午，三人与主人家共进午餐，邀了近亲，相互留了电话。饭后，二儿吹箫，外婆击掌，姊妹俩跳起摩梭舞。马克与伦多兴高采烈，唱起英格兰小曲。牛二用口琴演奏一首《走婚歌》，老二与堂兄随曲吟唱：'走啊，走，见了姑娘，抬起头。灯亮着，树太高，旁边有条大黄狗……'诺娜幽幽看着牛二，续茶的当儿，恨恨看他一眼，轻声说：'勒大的个儿，却不会爬树。练一练，考上大学后，我再来找你。'

"牛二咬牙一笑：'还有两夜，我哪能再等一年。'"

黑头问："到底搞了没有？"

众人欢笑。

谢峰说："我透露两句，尚品的夫人来自泸沽湖，毕业于云南大学，学的英语，长得像意大利影星索菲娅；牛二后来成了巨富，就靠这两万八起的家，那时的两万八相当于今天的两百万。"

大伙会心一笑，悠悠喝茶，再说点琐碎。故事太精彩，一凡顾不上插嘴，不停地记。一如走婚之地，吉安湖银波碎漾，夜景进一步绚丽。

7

会　务

　　三月中旬，一凡接到一个特快专递，是会长鸣山亲手寄的，劈头便骂："贤弟太不把村长当干部了，半年前，给你发了邀请，你一声不吭，电话也打不通，太过分。得知你调到江大，才消了三分气。4月6日的'新纪元，新视野'学术大会，你必须来，还要做个主题报告，赶快给我报个题目。会上要增选副会长，见面细聊。"

　　看过信，一凡猛地记起，去年在兰州曾收到一个会议通知，当时忙调动，忘了回复。此刻受责，内疚连绵。鸣山是一凡的大师兄，任国务院文科评审组组长，主持中国现当代文学研究会。在学术界，一言九鼎。两人交往几十载，亲如兄弟。六年前，一凡领头申报西大的博士点，鸣山帮了大忙。

　　现当代文学的会，一凡参加了五次，四十不到，做了常务理事。前几年投身于创作，一度远离学界。到了江大，又领衔申博，只得重操旧业。一凡苦苦自语："人在江湖，身不由己，该尽的义务还得尽。得了博点，我再躲进小楼成一统。"

　　刚出文学院，碰到顾院长，身旁跟着孙大德。一凡简要说了会约，顾院听了，斩钉截铁："一凡啊，这是天赐良机，再大的事，你放在一边，这个会太重要，一定要去，主题发言别马虎。"

一凡说："院长勿忧，我全力以赴，论文有现成的，我再改一改，万无一失。"顾院拍拍一凡的肩："你办事，我放心。"大德插话："鸣山在北京秦园吃过几次饭，我们有些交情，他酷爱紫砂壶。正好，上个月我淘了个正品，才花八百块，估计是康熙年间的古物。到时候，你代表顾院送予他。"

说这番话，大德眨了三次眼，一凡看在眼里，没言语。

顾院兴奋说："大德的建议最妙，具体的事情，你们对接。大德才做了文学院的客座教授，我们已是正规一家人了。"

一凡诚心欢喜，热情恭贺，大德要务在身，答了谢，匆匆离去。在回家的路上，一凡遇见了金宇行。"忙什么呢？刘教授。""刚下课，回去给老婆做饭。""你内外皆修，了不得啊，文学院的第一个博点就靠你了。""哪里哪里，我只是跑跑腿，圈子里，还得你多出力啊。""用得着我的地方，尽管吩咐。恭贺老兄，你的《过》才读过，大气、有趣、深厚，有空我们聚一聚。""好的，再联系。"

回到家，一凡赶紧给鸣山打电话，汇报近况，给出发言题目。最后附一句："老大哥，我又要领头申报博点了，你还得拉小弟一把。"鸣山断然说："你的学问我佩服，又能写小说，出手不凡，你走到哪，博点该跟到哪。只是别走油了，过一过二，不过三。"

一凡说出了家中的变故，鸣山"哦"了一声，沉缓说："知道了，两位节哀顺变，余闲少说，你的事就是我的事。四月初的会，把弟媳也带上，散个心。"

刚挂了电话，向丽归来，一凡说了会请，妻子欣然曰："真巧，那一周学生外出活动，我没课，井冈山，听了几十年，还没去过呢。"

赴会与申博并驾齐驱，至三月下旬，一凡备齐了材料，正式填写申博表。院里开了三次协调会，定出学科方向和基本人选，行文规定一凡做学科带头人，马原、伊含、易开建负责三大方向。表格只有三十二页，却是一项大工程。数据要实，特色要显，文字表述须简洁生动，闪文采又不张扬。最好是，让内行看门道，让外行看个热闹。一凡经历过申博的沧海，心中有数。第一步，要拿出初表，再集众人的智慧，反复修改，层层完善。一凡填得极其认真，论述不到一万字，却在电脑前待了五十多个小时，改了六稿，几近强迫症。

三天后，两人乘火车赶到井冈山，抵达竹海宾馆已是下午三点。大厅内聚了一群与会代表。故友相见，分外亲热。有人高赞《过》，有人大谈《当代文脉》，又颂娇妻靓丽。向丽得体应和，笑多言少。一凡应付一阵，抽身去报到处，交了三百元会务费，再付押金办了入住手续。诸事毕，身上仅剩二百六十元。却坦然，会间没啥开销，留出八十元返程，还有节余。一凡拿了钥匙，询问前台："可以看看代表的房号吗？"

服务员递来登记册，一凡细读，找见了鸣山的住处，副会长只到一人，八个常务理事来了六个。一凡心头一喜，记下房号，道过谢，与妻上楼。整理完毕，给鸣山打个电话，恰好在，而且一个人。两人带上礼品，直奔六楼。

会长独住一个套间，这是开会的惯例。门开了，鸣山与一凡热烈拥抱，与向丽握手，高嚷："三年没见，弟媳更漂亮了！"向丽笑谢，一凡诚曰："我一路走来，多亏师兄关照，大大小小，点点滴滴，怎一个谢字了得。"鸣山道："兄弟之间，别生分，坐，快坐，我给你们泡茶。"

向丽急说："你们几年没见，好好聊，茶我来。"两人便对坐沙发，天南地北谈起来。喝茶时，一凡记起了壶，诚说："老顾一再念叨，你为江大文学院出了大力，该道个谢。前不久，他的朋友在乡下收了一个紫砂壶，才花八百元，让我带给你，表个心意。我们是外行，若看走了眼，你随意处理。我看了好几天，像是真的。"

鸣山接过紫砂壶，先没在意，看过一刻，两眼熠熠生辉，叫了起来："这是真品，不仅真，而且卓绝。你看，这个核桃壶盖做工奇巧，早已失传，今人想仿都仿不出，而且是宜兴的物件，落款陈鸣远，论紫砂壶名匠，除了供春，就数陈大师了。"

喝口茶，鸣山反问："果真八百？"一凡答："千真万确，是老顾的学生大德，你认识的，在偏远山村淘的。其间的故事，三曲九回。说到底，是个缘分。"

鸣山兴曰："紫砂壶最讲缘分，这样吧，壶我收下，八百块钱，我出，不，要翻一倍，给一千六，向淘宝人，也要道一声谢。"便去找钱包，翻了翻，暗暗说："不妙，钱不够。你带了吗？借我八百。"一凡涩涩说："交了会务费，我身上只剩二百六十块。"顿片刻又说："老兄何必为难我，拿了你的钱，回去我怎样交差。我建议，要给就给八百，太认真，反而生分，以后再说。"

鸣山想了想，低吟："听你的，返北京我寄过去。回武汉，你代我隆重感谢老顾和大德。"鸣山喝口茶，切入正题："会间要增选一个副会长，三个常务理事，大伙议了议，你是最佳人选，到时候，你别装谦虚了，好几个都想当，包括两名校长，推不得的。这个头衔对你们评博点至关重要。"一凡感激："谢了，听你的。"会长已提博士点，一凡没画蛇添足，坐片刻告了辞，鸣山两眼闪光。

离晚饭还有一个多小时，一凡又拜访了王一杰副会长，外加三个常务理事。临走各自送了一个袖珍电子词典，都是大德筹备的。

晚饭吃得极欢畅，都是圈内人，无拘无束，菜又可口。一凡与几个头面人物坐一起，向丽遇到同学，去了旁桌。席间，一凡殷切地给另外几桌敬酒。回到主桌，王一杰戏谑："老弟，你身肩重任，也得顾惜身体，第一天，先把饭吃好。"一凡笑了笑，自警，有点急了，便说："谢谢王兄提醒，我先败一败火。"随即喝了半杯水，又吃半碗饭。一杰却嚷："一凡啊，好久没听你说段子了，今儿整一个，大伙若笑了，评博点时，投你一票，如何？"一凡内中感动，朗朗道："首长发话，很荣幸，我给大家讲个小故事。"鸣山笑曰："桌上有女士，尺度别太大。"

一凡说："会长放心，我说段子，守一项基本原则，笑不露齿。"喝口水开讲："有一个旅游团，男女混合，分房时剩下一男一女，互不认识，导游扯了半天，拉不开，便说：'只有一间房，你俩克服一晚，也算个独特经历。'男女相互看一眼，颇满意，男士殷切说：'好的，女士我来照顾。'女的没吱声，那叫默认。就寝时，女士在双人床中间放了个枕头。男士会意，缩到一边，锁住手脚，一夜无语。第二天，登上一座山，猛吹一股风，女士的帽子吹到山下。男士急跑下去，翻过两座小山，把帽子捡了回来，恭恭敬敬交与女士。哪曾想，女士接过，随手给了男士一记小耳光，嗔责道：'你两座山都翻得过去，却翻不过一个小枕头。'"

众人开怀大笑，齐声喝彩。王一杰赞道："作家就是作家，出口不凡，每个人都笑了，到时候，别忘了投一凡一票哟！"顿了顿又说："乘胜前进，再来一个！"一凡赶紧打住，推举另一位讲了一个有趣的段子。散席后，一凡又走访了另外三个常务理事。

回到房里，已是夜里十点，一凡温习了发言稿，又仔细读了会议日程，立刻领会了鸣山的用心。大会于明日八点半开幕，合完影，安排了两场主题报告，各五十分钟。第一场，由王一杰主讲，题为"王小波突异何处"；第二场，刘一凡主讲，题为"阿城穿上西装会怎样"。还留出半小时互动。下午两场分别由一杰和一凡主持。一句话，鸣山已将一凡当副会长使了。

上了床，已到十一点，向丽依偎在一凡怀里，软声说："今晚，该你翻枕头了。"一凡好奇问："我讲段子，你们也听上了？"向丽说："附近几桌都在听，还是个人物，我觉得，由你领头，江大的博点十拿九稳了。"一凡道："哪里哪里，还有许多关节，一个都不能大意。"向丽一声不响，只往丈夫身上靠，一凡滚过了枕头。换个环境，又是一番感受，井冈山的毛竹又粗又长。

开幕式简单而精彩。师大的校长亲临，迎宾词致得风趣，鸣山懂行政，厚学术，短短十分钟，既轻松又渊博，还有新意，掌声如雷。主席台上，只坐了四人，校长、会长、副会长、秘书长，开幕式由师大文学院施院长主持。台下第一排是嘉宾席，一凡居首。随后的两场主题报告含金量很高，用会长的话说，两人开了个好头，研讨会已成功一半。

翌日下午安排市内参观，看了红色故居，再去五指山，这一景点国人皆知，因为，它印在了人民币的百元大票上，既灵秀又壮观。当地人说，横看，那山像是一个卧躺的巨人，很像毛泽东。细瞧，果然像，大伙由衷感叹大自然的造化。

夕阳西下，微风和煦。向丽紧跟丈夫，一路惊叹。也露出了幼稚，瞻仰毛主席故居时，她惊叫："毛主席就坐这破椅子？"某年长者详解："当年条件艰苦，能这样，已经很不错了，哪像现在，动不动就沙发、躺椅，年轻人还得要吃苦啊。"向丽伸伸舌头，不再吱声。

面对井冈山，有一个大平坝，边上立了一尊坐式毛主席像，木板做的，取景绝佳，游客蜂拥而上，拍一次照收两块钱。老区人民也有经济头脑了，往实质上说，这是正道，可喜可贺。没钱，哪来的生活质量？没钱，哪有好日子？

向丽也去留影，交了钱，立在主席像的背后，随意间，把手搁在了毛主席的头上，一旁的江西老表急了，拿起小竹条抽打向丽的手，大声喝道："手放下！"向丽乖乖落下手。咔一声，按下了快门。年长者呵呵一笑："小姑娘，好多事，你没经历，长长见识也好。"向丽直吐舌头，再遇圣物，不敢随便触碰，在政治上，又成熟了一截。相片洗出来了，照片里向丽满脸的委屈，伟人坐在藤椅上缓缓挥手，慈祥地微笑。

第二天清晨，两人早早就餐，吃到一半，收会务费的小会计来了，是师大的员工，小会计坐在一凡旁边，轻声说："刘教授，您夫人的会务费还没交。"一凡一愣，心想是向丽会长邀请的，咋要收费呢？嘴上却没说，只道："不凑巧，昨天用了些，没那么多钱了，要不，回去后我补寄给你？"小会计顿了顿，为难说："是头儿在催，我是办事的。"一凡猛地生气，想了想说："这样吧，会议还有两天，只开了一半，我中途退场，两边都说得过去。"小会计急拦："您是大家，走不得，我再跟头儿说一说。"

一凡大手一挥："不用了，正好学校有事，我要赶回去。"匆匆喝了稀饭，与向丽离开餐厅，收拾行李，办了退房手续。临走时，用服务台的座机，给一杰拨了个电话。一杰急说："会长说了，向丽是他邀请的跨学科代表，免会务费，即便交，也该由协会承担。"一凡正在气头上，推脱说："正好家里有点事，我先走了，感谢老兄的关照，来江大讲座的许诺别忘了。"一杰朗朗道："道丰山好久没去了，一言为定，到时候，我们好好聊聊。你真有事，我也不劝了，一路平安。"

诸事办妥，一凡叫了的士，直奔车站。

理事会来了五十多人，主议增选事宜。鸣山临点到场，通报选举议程和增选名额，强调说："副会长已有两位，一杰在复旦，代表东部。格同在四川，覆盖大西北。中南部缺一个，我们议了一下，希望选一个学术造诣高、影响力大的，原则上从常务理事中产生。刘艺德校长、吴三副校长公务太多，都请了假。待会儿，大伙提个人选，最后投票。"某常务立马说："我提刘一凡，近几年，他的两部专著影响甚大，在很多学校成了学生的必读书，又写小说，独树一帜。"有数人附和，又有人提刘艺德，并一人附和。

鸣山巡视会场，突然发问："一凡呢，咋没见人。"一杰忙答："一大早走了。"鸣山追问："为什么？"一杰顿了顿说："吃早餐的时候，会计找他索要向丽的会务费，他身上的钱不够，开一半就退场了。"鸣山怒斥："乱弹琴，向丽搞英美文学，是会议请来的特约代表，会费由协会交。请一凡做主题报告，按惯例，所有费用由协会出，他自己却主动交了会务费。"师大院长急说："这事怪我，没交代清楚，我赶快派人把他追回来。"一杰说："不用了，他一大早走的，估计早上了车，又没手机。"

鸣山久经沙场，压了压场面，笑着说："这笔账只能记在我的份儿上，疏忽了，我该早说的。办会，施院长鞍前马后，立了大功。下午闭幕，我要隆重向师大说一声谢谢。"末了感慨，"从这个事中也可以看出一凡的可爱，这等憨厚的学者如今越来越少了。"众人附和："我们力挺刘一凡。"没人再提别的人选。接下来，又推举了常务理事候选人。一般理事只用鼓掌通过。五十八人投票，一凡得了五十七票，在所有候选人中，得票最高。以往选副会长，票很分散，大多是以二三票胜出。一杰欢欢一笑，暗自说："天助奇才，这小子缺出了光彩。"

赶到车站，才九点半，一凡买了中午的火车，数数钱，还有三百九十块，含了退房押金。一凡欣然曰："我们又富了，再去买点土特产吧！"走出半里路，便是贸易市场，竹产品琳琅满目，样式新，质量佳。一凡选了两床竹块凉席，每床三十元，最好的一种，便宜的十元可买到。竹席太重，又买了扁担，一凡挑着，悠悠走向火车站。向丽关切问："路还长，你挑得动吗？"一凡笑："我一米八的个儿，当年下农村，一百斤的担子，我挑一里路才换肩，两床竹席算个啥。"

到了家，母亲惊叫："你出去像学者，回来像农民，开个学术会，挑回来两床竹席子。"向丽说："有一床是给你们买的。"老爷子拿手摸了摸，欣然嚷："毛主席待过的地方，竹子大不一样。这床席子，滑溜溜的，比武汉的篾席凉得多。还是井冈山好。"容儿像小鹿，蹦来跳去。她没见过扁担，拿在手里，左抚右看，又当火车，嘟嘟叫着，从一间房拖到另一间房。

母亲续问："不是说11号回的，怎么提前了？"一凡支吾："学校有急事。"向丽暗暗一笑，没点破。吃过晚饭，一凡接到一个电话，是鸣山打的，通告佳音。一凡连声道谢，鸣山道："这个谢，该我来说，你到场，一讲一主持，撑起了学术会议，又能说段子，人才难得呀。以后开会，只要不出国，你都得来。"一凡激动说："会长放心，只要你发话，我场场去。还有个要求，江大办了个名师讲坛，下学期想请你来讲一坛，顺便给学生上几节研讨课，老兄一定留出时间啊！"鸣山立断："一定，我还要专门向老顾和大德说一声谢谢。代问弟媳好！这一回，让你们受了点委屈，却屈了个好结果，歪打正着，再次祝贺。"

二老返回工人村，那个菜地永远是他们的惦念。夜间宁静，向丽躺在一凡身旁，轻声说："有件事，和你商量一下，英语才教了一个多月，我的名声扬出去了。'进学中心'的老总想请我去上上课，待遇很高，每小时三百块。前几天给我打了几个电话，我没立刻答应，也留了个活口。经历了会务费，我变了想法，想接几节，你觉得如何？"

一凡道："一分钱难倒英雄汉，会务费对我触动也很大。安了家，我们只剩两千块，我带了一千，还是弄出了尴尬。我也准备出去做些讲座，弄点外快。你的课业繁，身体为重，别接多了。"向丽说："我也是这样想的，周日只上三节，一个月，有三千六，是我工资的两倍，日子好过多了。"

一凡汗颜："俗话说，嫁汉嫁汉，穿衣吃饭，经济上的事本该我担当，这会儿，把你也推出去了，惭愧。不过，这困难是暂时的，我的小说出版才半年，老彭打来电话，已卖了五万多本，势头极好，年底可以拿到一大笔稿费，即便五万本，扣了税，也有十万多，啥都够了。"向丽嘻嘻一笑："你是潜力股，我很看好，过不久，我和容儿要吃香喝辣了。旅途疲劳，早点睡吧。"

第二天下午，一凡去院里汇报，杨书记也在场。未开口，顾院便嚷："祝贺，祝贺你当了副会长，这个位置太重要了，为我们申博加了一个至重的砝码。这一回，你立了大功。"杨书记接话："刘教授，以后家里有困难，明说，别掖着藏着，那个会务费都传开了，幸好，坏事变成了好事。上午开党政联席会，院里决定给你五千元补助，也是奖励。从大德的捐款支出，是活钱，可以私藏。"一凡急说："不能给院里添麻烦，眼下，我还不敢留私房钱。"书记笑了笑，顾院定板："这是集体决定，你只有服从的份。民以食为天，你的生活，我们能不管吗？"

依从指令，一凡去财务室领取了现款，回家时，一走一跳。整整激动了一个下午。又到夜深人静时，向丽躺在一凡怀里，柔柔蠕动，一凡轻语："你闭一会儿眼，送你个小礼物。"向丽合眼，装睡。一凡从床垫下摸出信封，取出五千元钱，往天花板上一丢。急令："睁眼！"妻子张开眼，但见一片片百元大票从空中飘下，散了一床。惊叫："凡头，你抢银行了！"一凡说了来处，向丽起身，一一拾起，欣欣说："我说对了吧，你是原始股，才一天，就分了红，我赖在你身上了。"话毕，激情翻滚，双双大汗淋漓。从卫生间回来，一凡依旧在激动，上床前，又在地上摸了四五把。向丽明白，那个小魔又来了。看在眼里，却没吱声。心下想，争博点，压力山大，负担都带到床上了，哎，让他以怪异的方式放松一下自己吧。

第二天，尚品找上门，落座便嚷："真丢人啊，为三百块钱，让人从会场给赶了回来。"一凡惊曰："一点小事，传得恁快，你也知道了？"

尚品说："没告诉你吧，我在给一杰出书，交往密切。今儿带一点任务，特意来道喜。"

"一个虚位，何足挂齿。"

"说它虚，却实得很，那是你在国内的学术地位标杆。你想过没有，会长和其他副会长，都在五十五岁以上，就你一个后生，校长都落选了。这是何等的分量。"

"这些都是后话，在当时，我恨不得踢那小会计一脚。"

"幸亏没踢，那是老天派来帮你的小天使。"

杂聊一刻，尚品正色道："几次问你的家境，你都糊弄我，这一回别再撑了。"说着，从手包里取出一个厚厚的信袋：这里是两万块，不是施舍，是预支的稿费。又取出一部文稿，交代说："卡福的极简主义对国内作家影响甚大，我请人译了他二十六个短篇，你写个序，字数五千字左右。"

　　一凡接过译稿复印件，激动说："天知地明，感谢的话不啰唆了，我争取出点彩。卡福的书，我读得很细，一直想写点东西，腹稿打了十几年，终于可以一吐为快了。什么时候要？"

　　"半年后。"

　　"我开学前给你。"

8

显　影

　　武汉的春天很短，进五月，天气猛地炎热。工人村没有卫生间，洗起澡来很麻烦。二老一直用笨重大木盆，先烧水，再调温。冬天生火炉，夏天搬来倒去，常常折出半身汗，洗了等于没洗。家门外有一个大廊道，长八米，宽两米，三面透空。向丽仔细看了，喃喃自语："加他三面墙，不就隔出一个宽大的卫生间了吗？煤气、水源厨房都有，只需打个洞，门外五米是大阴沟，埋个圆管即通下水。"欣欣地，向丽说出心念，一凡直拍脑袋，惭愧说："住了这么久，咋没想到呢？老二老三明天来，这些活，他们都会干，父亲更是行家。"

　　人到齐，说了想法，一拍即合。砖、沙和水泥，房头备了许多，只需买些管道电线，加瓷砖浴霸热水器，算下来只要三千来块，一凡新得一笔外快，独自出了。很快备齐了材料。开工前，老爷子画个草图，开小会，具体分了工。老二砌墙，老三走线路。一凡挖下水，和灰，向丽和容儿打杂，奶奶鼓劲，颇有愚公移山的气概。干了三小时，出了大体模样。老爷子说："今天就到这里，等水泥干了再往后走，下周老二老三回来收个尾。"

　　重返工人村，向丽直去卫生间，惊喜大叫："哇，好漂亮，和

宾馆里的一模一样，我再也不用去那个恶心的公厕了。"老爷子兴
嚷："一家伙，我们奔了小康，已经接近共产主义，老姐再来就方
便了。"一凡当即洗个澡，出来高喊："又宽又阔，真舒服，自盘
古开天地，工人村，这是第一家。"

由做卫生间，又想到家中的变化。当年改革铺开后，三凡想
离职单干，老爷子看重铁饭碗，苦口说："钳工是最好的技术活，
哪能丢，个人小，集体大，胳膊拗不过大腿。"老三只好作罢，每
月守着七十五块的死工资，不上不下，不痛不痒。外界却日新月
异，隔壁王大爷开个早点摊，半年成了万元户。黑头也发了财。三
凡按捺不住，找一凡借五千块，开起铁花装饰店。只一年，买了商
品房。再半年，他开车回家，披广东风衣，戴香港蛤蟆镜，老爷子
一眼没认出，问找谁，亮明身份后，老人愣了半天，嘟几句，下厨
做了几个好菜，那是对幺儿的赞赏。从此开通了思想，老二出来单
干时，他援助了一千块，在当时是一笔大款。紧接着，企业实行改
制，解雇了大批员工。据工龄长短，支付一笔补偿金，干了十年只
得七八千元。单位好的，勉强上万。下了岗的又自谋职业，纷纷做
起小生意。老爷子感叹：世道多变，铁饭碗也有瓷做的。一凡回来
时，正是两兄弟的转型期，一时比较拮据，一凡知其根底，独自担
当了许多费用。

到了第三天，卫生间传开了，邻居轮流来参观，端了饭在门
口吃，或问工序，或询造价，老爷子荣光满面，一五一十作答。有
求时，立马去现场指导。两周后，一楼又做了七个卫生间。楼上的
也闹腾起来，而且，得天独厚。二楼住了一位离休老干部，姓张，
原工会主席，资历深，人称老首长。因恋几分菜地，留在工人村，
儿女们去了新区。老首长向公司一反映，上方立马决定：二楼集体
改造，但每户要象征性地交几个钱。若一毛不拔，楼下的会杀回马

枪，此乃人性，谁都避不开。一周过后，二楼也安了卫生间，却亏了一截。因为楼上的走道要过人，只能在客厅挤出两个平米，众人却高兴，隔出一小间，新旧社会两重天。

在菜园里，老首长遇到老爷子，高声称赞："刘师傅，你带了个好头，我们都幸福了。"老爷子道："是儿媳妇想出的点子。"老首长感叹："读了大书的，眼界就是不一样，我们因循守旧，憋屈几十年，执迷不悟，一改就光明万丽。"又谈种菜经，老爷子滔滔不绝，老首长却说："我们都快八十了，地里的活，要悠着一点，多拿一个月的退休金，比什么都幸福。"老爷子点点头，岔开了话题："老主席，除了种菜，你还热点什么？"老首长说："闲了我看看书。""么书？""金庸的《射雕英雄传》，你也可以看看，讲武打的，一看就迷。"

老爷子惜叹："新中国成立前，我读过几年书，不热乎，慢慢地，就生荒了，但是，每天都要读一读报。"

老首长感慨："我就吃了没文化的亏，当初若读了书，哪怕两三年，混得也不是今天的样，我那些读了书的战友，好多进了中央，最差的也做了副市长。五几年，实在搞不下去，我去读了两年干部大学，认了几千字，才做到了大公司的工会主席。现在又不一样了，孙儿们文化高，不读书，跟他们没得话说。去年看了几本金庸，几个孙子都围着我打转转，叽里呱啦说不完，形象一下子高大了。"

老爷子道："我也看几本，哟，我忘了，书名叫么什？"

老首长："记金庸就行，金子的金，他写了十几本，都好看。好多拍成了电视剧。"

说来也巧，当天下午，老爷子在闭路台上碰到《天龙八部》，一口气看了四五集，大呼精彩。立马给大儿打电话，一凡接过，对向丽说："日新月异，老爷子要文武双全了。"

"怎讲？"

"他要读金庸。"

"好事啊，加点精神快乐，黄昏更美丽，一会儿我去买一套金庸全集。"

"得麻烦你了，这几日，我在修改申博表。又获了些可用的新成果，上一周学校组织专家会诊，提了好些意见，院里又讨论了三个轮回，马上要定稿。要得急，这几天我分不开身。"

"你忙你的，买了我明天下午送过去，万一堵车，你接一下孩子。"

姑妈从乡下来，恰逢周六，老爷子打来电话，一家三口赶回工人村。见了面，姑妈一惊一乍，夸了向丽又夸容儿，亲情如火。容儿没去过农村，最好奇，一会儿问鸡，一会儿询鸭，大鱼小虾，一个都不放过。姑妈反问："乖孙儿，你上大班，都学些么什？"容儿答："我们唱歌，画画，跳舞，还学《三字经》。"爷爷问："《三字经》，你会背不？"容儿复："会！"头一扬，高声诵起来："人之初，性本善；性相近，习相远。苟不教，性乃迁……"背到中间，卡了壳，拿眼求救，一凡年久荒疏，一时记不全。爷爷却接上了："为学者，必有初；小学终，至四书。论语者，二十篇；群弟子，记善言……"一口气，背了几十句。接下来，容儿收了尾。向丽高赞："爷爷好厉害，快八十了，还记得一清二楚。"

老爷子摸摸下巴，不响。姑妈看了凡母一眼，会心一笑。老爷子瞧见，怯怯出了门，搭一句："我整菜园去了。"容儿也跟了去。姑妈笑着说："我这兄弟心灵手巧，喜欢武打，就是不爱读书。《三字经》，他只能背到这里，再往后，就裹不抻头了（搞不清楚）。"

一凡便问："老爸读了几年私塾？"姑妈答："三年。"母亲更正："只算一年级，留了两年。"姑妈详解："那时候，读到《三字经》倒数第三段，叫么什胡汉三，果子四（后汉三，国志四），学生就要给先生送腊肉和油条，乡里叫果子，是学费。我的姆妈多送了两回，还是读不走，就退了，让他去练武，后来学木匠。舞枪弄棒，兄弟蛮上劲，练了六年，湾里人都打不过他。我的爸爸走的早，姆妈一直守寡，拉扯一儿一女。家里只有一个男丁，当时还小，经常受欺负。"

说着说着落了泪，拿手绢擦了，继续说："兄弟又跟大伯学拳，得了真传。木匠活又精，湾里都敬我们，日子蛮顺。我得了个理，书要读，在乡里还是要讲打。"母亲附评："是这个话。"

一凡又问："姑妈，老爸的毛笔字，写得很好的，这又怎讲？"姑妈兴奋说："事情蛮怪，兄弟书读不中，写字蛮勤快。练完了武，总要写一阵，说是可以顺气，能练内功。他武艺出众，跟写字有关系。列句话，是我的大伯说的。"

墨香徐徐飘开，散出一件往事。八十年代末，一凡的英国好友简丽来武汉大学任教，专程去青山看望一凡的父母，围观者如潮，在工人村引起了轰动。隔壁王大爷高声嚷："我查了历史，从楚国立都到当下，二千八百多年，那个简丽是本地接待的第一个西洋人，而且是美女。一凡光了宗耀了祖，我们脸上都沾光。"

临走时，外教送了一条围巾，一条中华烟，父母兴奋了几个月，走路一颠颠的。一条大中华，最多抽了一包，其余的，都发给贺喜的邻居了。年底，父亲为简丽腌制了一条大鲤鱼，磨开墨，气运丹田，写了两排大字：福如东海，寿比南山。

一凡将鲤鱼、墨字交与外教，并译出那两句，简丽听了，媚眼圆睁，惊叫："没想到哎，没想到你爸爸还是个诗人。"一凡欢欢一笑，不置可否。父亲听了，又高兴了半年，日后只要提起那条鱼，老人家便阳光灿烂，皱纹里裹了自豪。

太阳快落山时，耗子来了。爷爷和容儿也回了，提回一大篮子绿色蔬菜，有青椒、番茄、竹叶菜、丝瓜、茄子。容儿说："这些是爷爷给我们摘的，很新鲜，我也出了力。"向丽欢叫："太好了，下一周我们全有机，送人特惊喜。"老爷子洗了手，自豪说："老姐，伢们都有孝心，老大一回，就给我们安了电话，上个月又出钱修了个卫生间，也是澡堂，太阳灯一开，冬天暖和了，再也不用生炉搬脚盆了。昨天老二老三又给我们买了两台空调。"一凡抬头看，墙上方果然安了个白色挂机。老爷子命令："耗子，放冷。"孙儿找出遥控器，轻轻一按，电机微微作响，隔一会儿，屋里凉爽起来。姑妈感叹："兄弟耶，你熬出了头，你过的生活比过去的地主都好。"

耗子插话："大伯，伯妈，爷爷开始读金庸了，第一本，读的是《笑傲江湖》。佩服惨了，人物都清楚，说起来头头是道，一会子令狐冲，一会子岳不群，还有任我行、左冷禅、东方不败。好多套路都记得。"爷爷笑说："耗子也有孝，有些字不认得，他给我买了本字典，么样查，也把我教会了，又认了不少字。冇读好的书，要补回来。"奶奶说："这几天老头子和楼上的张主席谈得火热，这功那功，一说个把钟头，蛮大个学问。"

姑妈欣欣说："冇想到，快八十岁，我兄弟在书上还有长进，老娘在地下晓得了，睡着了也要笑醒。"想一会儿又说："其实，兄弟一直蛮用功，生一凡的时候，他读的书也用上了一回。"随即，讲了一件心酸而有趣的事儿，原貌如下：

一凡生于武汉，户口随母，留在大湾熊，还是小农民。母亲进城已三年，在工地食堂做零工，两年间，得了三个洋瓷碗、四张纸奖状。厂里想正式招她，却卡在户籍上。那时节，生产力低下，一切凭票证供应，没户口，寸步难行。幸亏做食堂工，否则，饭都吃不上。为了迁户口，父亲回了四次乡，都没成功。这一次，父亲横下一条心，在包里装了一把斧头，他清楚，吓唬人还需冷兵器。又买一包好烟，来到公社办事处。敬了条，递上材料，办事员看了，连连摇头。

父亲据理力争："文件规定，一方是国家正式工人，爱人在厂里找到工作，表现好，革命需要，有证明，乡里应该放人。"办事员冷冷地说："哪个不想吃皇粮，都放了，地里的活谁来做？"父亲动了肝火，掏出斧头，眼中隐透凶光，沉沉说："我有公家的证明，盖了巴巴，符合政策，手续齐全。这半年，我请假跑了好几趟，今天再不给个说法，莫怪我翻脸不认人，剁了脑壳，我去偿命。"随后举起另一只手，朝一旁的木凳劈下去，咔一响，木凳一分为二。

办事员见势立刻和蔼，讨好说："您家坐，有话慢慢说，好好说。"又倒凉茶，和颜道："这样吧，我破一回例，给你开个小口，写上'暂时不同意'，都知道现在是大农忙，过些时，你解释两句，居委会肯定要放你一马。"便操起毛笔，写了五个字，落款，盖章。

父亲一身武艺，胆大敢为，却是善主，心肠软，见了笑脸和茶水，还有几个字加大红巴巴，没有继续发作，拿起材料回湾里去了。过后一想，觉得不对劲，暂时不同意，还是不同意，拿回去，恐怕行不通。看一会儿签了字的公文，却灵光一动：这个"不"写得细松，我添几笔，或许管用。便找来笔墨，细心将"不"改成"的"，变成了"暂时的同意"。

匆匆赶回武汉，找到居委会，主任朗朗一笑，高声嚷："解放十年了，农村的文化还是没有跟上来，同意就同意呗，还分什么暂时和永久。"嘲戏罢，签字盖了章。父亲手里直冒汗，又殷勤供烟，连连道谢。再去派出所，轻而易举，上了户口。随着母亲，一凡终于成了城里人，每个月有九斤粮，三斤奶糕，外加五两油、半斤肉、一块肥皂、两方豆腐、三盒火柴。在农村，啥都没有，一年才吃得一回肉。

向丽兴奋嚷叫："今天才知道，一凡还是农转非。"姑妈开怀大笑，又说："有件事，差点讲掉了，我的户口也迁上来了，老大章龙办的，他是科长，门路大，我跟幺儿三毛住。上了八十，每个月有三百块的低保，我有吃闲饭。隔些时，还要回村里住一段。那好个屋，不住毁得快。大凡，有空把媳妇和姑娘带回去玩几天。湾里山清水秀，现在鱼肉都有，还有野鸡。"容儿高声嚷："我要去，我要去。"一凡说："找个时间，爸爸带你去。那是奶奶的老家，叫大湾熊，姑太也在那，是从黄陂嫁过去的。"向丽补充："祖上的辈分高，到了湾里很受用。那年去，一个白胡子老头管我叫婆婆，我头发都飘起来了。"天色将晚，老爷子做饭去，又要吃十三根半刺的武昌鱼。

从六月起，江大的岗位补贴猛增两千，生活更瑰丽。周日空闲，一凡睡了个小懒觉，起来时，向丽已上课去。一凡站在阳台上，眉眼舒展，心如柔波。容儿绘过画，关起门打拳。过一会儿，却惊叫起来："爸爸，快来看。"一凡直去南房，容儿急急说："我发现一条蛇，那，在第二个大枝上。"只一眼，一凡看到了红顶蛇，心下说："快半年了，该和女儿交个底。"于是轻呼："容儿，快去拿一听可乐，顺便带个碗。"又找来三个火龙果。父女俩站在窗边，向红顶蛇挥手，那蛇直起身，口吐火信，脑袋连点三下。一凡说："谢谢你，还是那句话，别操之过急。"蛇儿回响："热塞，热塞，迷额哥度娃。"

容儿问："爸爸，他说什么呢？"一凡想了想，如实回答："他说，我知道，我比你清楚。"随即，将小碗搁上窗台，倒入可乐。大蛇顺着树枝爬过来，把可乐喝完了。一凡又掰火龙果，蛇也吃了，随即用头在空中画个圈，点一下，沿树干盘爬下去，打个滚，消失在荒草中。容儿说："爸爸，我觉得，你们认识耶！"一凡坦言："这是爸爸的故事，小时候，爸爸救过这条蛇，那时它很小，被一只鹰叼着，在天上飞，一松口，小蛇掉了下来，我伸开布袋把它接住，喂了吃的，救了它。"容儿急说："这不是奶奶说的人心不足蛇吞象吗？"一凡应："几乎一模一样。"容儿警告："你可不能为了钱去割人家的肝哟。"

一凡摸摸女儿的头，柔声道："爸爸从不向蛇提任何要求。"还欲往下说，打住了。孩子还小，有些话等她大了再挑明，便就事论事："这条蛇一直在帮助你，为了蛇好，这事不要给别人讲，行吗？"容儿问："妈妈呢？""妈妈可以，就我们三人知道，记住了，保密是敬神，也是守精华。"容儿铁定道："老爸放心，我能做到！"

一凡岔开玄态话题，亲切问："幼儿园里愉快吗？"容儿答："很愉快，徐老师特好，我在大班是头目呢。"一凡提醒："你练了武，不能随便打人哦。"容儿说："我从不打人。先前有两次，大强，你见过的，班里个儿最大的那个，他想欺负我，推我，我轻轻一挡，一扭，他就倒地了。以后不敢再惹我，其他小伙伴见了，都听我的。"一凡拍拍女儿的手："你真棒！"一看表，急说："妈妈快下课了，今天的饭，我们两个来做。"容儿欢朗一笑，摆个收拳招式，立刻去择菜。

地球在转，岁月如常。

吃过午饭，向丽陪女儿睡一小会儿，回到卧室轻声问丈夫："红顶蛇的事可是真的？"一凡答："千真万确。"向丽说："看来，你真是祖宗预测的第二十六代崛起的传人。"丈夫笑笑说："祖宗的数学和我一样，可能有点问题，应该是刘娴——容儿。我们这一代'文革'断了十年，幼时该读的书都没读，后来发奋，成效不一样。容儿赶上了好时代，日后一定会超过我们。"向丽笑："你父女俩哪个崛起都行，你已经很杰出了，容儿若能杰中再杰，那我可高兴晕了。"顿了顿，又说："你的嘴真紧，我跟了你七八年，居然一点不知蛇的事。"一凡说："神妙之象，玄之又玄，多说会失效。此刻情景有变，那蛇已见到我们仨，刘家家谱上说，三位一体，微中明，话开一窗，所以才让容儿告诉你，对亲友还得保密。祖上有话，任由自显，逢奇象不说为佳。"

向丽坚毅承诺，隔一会儿幽幽说："嘴这么紧，肯定关了许多见不得人的花花肠子。"一凡不响，向丽催："说呀，说呀，坦白从宽，就我们两个知道，大言稀音。"一凡反问："这么多年，你听到我的桃色风吗？""没有。""没听到，就是没有。"向丽拧了丈夫一把："你这个滑头。"仍不罢休，"英国的那个简丽还好吧？"一凡微责："哪年的陈芝麻，又翻出来。"向丽白一眼："急了吧，哎，公公婆婆都见了，那条围巾，你妈还留着，藏得可金贵呢。"一凡朗朗一笑："谁没个往事，交个朋友，不为过吧？一片空白，是傻瓜。"向丽反驳："我交给你，可是姑娘。"一凡不再语辩，搂了妻子，亲了亲。过一会儿，向丽轻声说："我们该去看看顾院长和师母了，儿女不在身边，两位挺孤独的，正好，昨天带了许多绿色菜，容儿一直想去看波斯猫。"一凡说："我一会儿联系，你上了半天课，好好歇一会儿。"

下午五点过半，一家三口出门。临下楼，一凡叫住容儿："小画家，看看你的桌子！"容儿做了个鬼脸，返回房里，三五下把书桌收拾干净。到了院长家，容儿嘴甜，爷爷奶奶喊个不停，两老笑成了花。向丽陪师母做饭去，容儿和猫玩。顾院和一凡留在客厅谈公务。一凡问："老易的病真的没治了？"顾院答："肺癌晚期，医生说，最多半年。"一凡感慨："他挺坚强的，见几次都很从容。"顾院道："还要感谢你，慰得贴切，抚得平实。换个人，早昏天黑地了。"一凡说："老易使的绊子，说的闲话，我都知道，也闷过几天，很快就摆脱了。将心比心，我在背后也议论过别人，只是没那么专注。老易得病后，我更宽泰，思路有点俗，老天爷已开了罚单，我们更该少些计较。"顾院道："如此心态是一种能力，这一点校长也很欣赏，明后天，他可能要见一见你。"

正说着，宣了膳。大伙围上桌，欢快吃起来。老顾喝一口汤，惊叫起来："这酸甜酸甜的味，十几年没吃到了，你们带的是真番茄。"又吃虎皮青椒，忘情称道，一连整了两小碗饭。师母不停地给容儿夹菜，一会儿鸡腿，一会儿鱼肚，像对待亲孙女一样。吃到尾声，师母喟叹："孩子们都在外地，平时就我们两人，冷冷清清，以后常来。你看见了，今儿老顾吃得特别馋。"顾院笑了笑，和蔼说："容儿，长大了就留在武汉，当个老师，别走远了。"容儿立答："听爷爷的。"用纸巾抹了嘴，又和猫玩去了。向丽迅速收拾碗筷，端来两杯茶。

一凡说："我收到了鸣山的电邮，他准备九月初来江大。"顾院说："这个时间最好，九月底要交表，再来，有点那个，一般人无所谓，但鸣山是组长，有忌讳，这家伙是用了心的。"一凡接：

"按你的吩咐，寄来的八百元单独留下了，我回了个电话，说等他来了用这钱请他喝茶，羊毛出在羊身上。他很高兴。"

顾院顿一会儿，轻言慢语："为院里的事，大德费尽了心机，有个细节，不知你注意没有？"一凡急说："你别说，我先讲，看我摸准没有。大德说八百块的时候，眼睛有点闪忽，我觉得，那个壶不止八百块。我也收藏茶壶，虽不专业，但心里多少有个谱。"

顾院拍了拍一凡的肩："心有灵犀一点通，那一隐是高德，我们都没有点破。说到底，在为国家出力。江大实力雄厚，上了博点，可以货真价实为国家多培养些高端人才。私下说，也图个个人成就，去掉那块心病。"老顾霍然激动，对续茶的向丽说："我还要隆重感谢一凡，当年在伦敦郊游，我犯了急性阑尾炎，他及时叫车，救了我一命。"一凡道："换了谁都会跑那几里路，只能说是缘分。"

分手有点依依不舍，两位老人一直送下楼，尔后去散会儿步。暮霭袅袅，背影有点孤戚。过两日，一凡接到通知，下午三点校长张穆要接见他。一凡换了一件新衬衣，准时前往。见了面，倒了茶，立刻欢谈。校长主攻历史，博士毕业于东京大学，仅聊一刻钟，大有相见恨晚之憾。

校长说："你梳理文脉很有见地，又与西方文学接壤，实实在在落到语言之中，文本分析很扎实，走笔诗意。还有几处妙说，比如：翻译文学启始了中国现代文学，翻译句丰富了现代汉语；有了文化自信后，我们会有一个绚丽大回归，那时候的汉语将更加劲道。从你的作品中，我获取了许多新颖的形象和气韵，有时候一个比喻可以开启一个天地。"

一凡说："多谢校长夸赞，我写《当代文脉》，把您的《大历史》读了三遍，引用了九处。拙作若有些分量，有您的一份功劳，而且是大功。不足之处，还请多指点。"

校长直言："有个点，你带了一笔，我觉得该深入下去。"

一凡急说："请明示。"

校长说："对于日本语，你该多说几句。现代汉语外来词里，高达70%的词汇是从日本引进的，比如科学、干部、指导、社会主义、市场、人权、特权、背景、环境、艺术、医学、交流、否定、肯定、假设、反对、高潮、解放、供给、说明、方法、共同、阶级、公开、希望、法律、活动、命令、失踪、投资、抗议、化妆品、银行、空间、警察、景气、经验、现实、元素、建筑、杂志、国际、时间、市长、失恋等。'共产党'一词也来自日语。"

一凡兴奋说："这个建议高妙，为我补了一个缺。借机问一句，日来词有什么规律？"

校长答："大致有以下七个类型。第一，词尾带'化'的词，如多元化、大众化、电气化、革命化；第二，词尾带'力'的词，如生产力、消费力、想象力、劳动力、记忆力；第三，词尾带'炎'的词，如气管炎、关节炎、胃炎、肠炎；第四，词尾带'性'的词，如可能性、偶然性、放射性、原则性、创造性；第五，词尾带'型'的词，如新型、流线型、标准型；第六，词尾带'论'的词，如方法论、唯物论、认识论、结论、推论；外加词尾是'观'和'法'的词，如主观、乐观、悲观、世界观、宇宙观，辩证法、分析法、归纳法；等等。后面大量新词都是从这几个模子倒出来的。"

校长喝口水，继续说："西方列强出现在东亚，对日本刺激最大，他们更开放，大量吸收西方知识。当时的片假名拼读体系尚未建立，翻译西方文献主要依靠汉字，日本人就按照日语汉字的含义，生造了许多词汇，无形中，丰富了汉语。这个大背景要着力交代一下。"

一凡说："谢谢，记住了。"

校长补充："还有一景，也该提一提，日来词汇大量涌入，一度遭到国内的抵制。许多学者引经据典，试图从古汉语里找对应，严复、梁启超等人曾把economics（经济学）译成'计学''资生学''富国学'，把philosophy（哲学）译成'理学'或'智学'，把sociology（社会学）译成'群学'，把physics（物理学）译成'格致学'。两种词汇一度并存，最后传开的还是日造词。"

一凡说："这等接受，背后似乎是带有儿子打老子的阿Q心态。词是你造的，字是我的，你蹦得再高，还是我的徒子徒孙。这么说，站得住脚吗？"

校长道："完全在理。我更关注另一个问题：都是祖宗的字，为什么我们拼不出那些词？鸦片战争比明治维新早了近三十年，从时间上说，我们完全可以率先造出。就此，我写了一篇论文，下个月出，到时候你看看，提提意见。"

一凡诚曰："我一定拜读。"

会见预设两刻钟，不知不觉，谈了一个小时，还意犹未尽。校长看了看表，惋惜道："下面有个会，高谈就此打住。你若对考古感兴趣，哪天我们去跑几个发掘工地，路上可以好好聊一聊。再告诉你个好消息，昨天开了专题办公会，学校决定表彰两位优秀引进人才，你是其中之一，代表文科；另一位是理科的钟三鸣。有一笔奖金，放了假就发。"

一凡笑问："这些事，我咋一点不知道？"

校长答："你专心做学问，痴心创作，不太过问窗外事，这是大学者的本分。你的材料是文学院报上来的。马上要评博点，你要担好大任啊，对文学院，宽宏最重要。"

　　一凡激动表态："首长的意思，我明白，请放心，我一定尽全力。"

　　转眼到了七月上旬，幼儿园即将结业，容儿带回一项重要任务："爸爸，后天开大会，上面要来人，徐老师要你演个节目。"一凡憨憨一笑，对妻子说："我为孩儿们蹦跶了三四次，快成鞠萍阿姨了。这几天在填表，太忙，能不能……"话没说完，向丽虎下脸："天大地大，不如幼儿园大。徐老师对容儿那么好，你好意思说不。又是最后一次，那个表在乎这两三个小时吗？"一凡无言以对，扮个鬼脸，定板说："容儿，明儿通告徐老师，我变个小魔术。"

　　说起幼儿园，话语绵长，为了报答徐老师，一凡常去和孩儿们玩老鹰抓小鸡，到处躲迷藏。几度联欢，他装过唐老鸭，演过猪八戒。魔术道具买了三套。这一轮，决定启用大拇指。翌日傍晚，一凡去接容儿，在教室里发现一个小布袋，里面装有童画，页面小，都署了名。一凡眼睛一亮，暗中抽取两张。

　　联欢会布设鲜活，声势浩大，开场后一路欢畅。一凡早早将小画塞进指套，戴入拇指。师母也来了，坐主席台。与孩子联欢，少了正襟危坐。开场前，她手招向丽，头点一凡，还朝容儿翘了个大拇指。容儿回了礼，坐在爷爷奶奶中间，喋喋介绍小伙伴，时而发令，择机调遣，一副大姐大的做派。老两口眉头高翘，满心欢喜。

　　轮到一凡上场，先说两句场面话："为了感谢牛局长对幼儿园的关怀，为了感谢园长和老师们对孩子的厚爱，我不揣浅陋，给大家演个小魔术，请多指教。"

　　园长笑得像一朵花，孩子们已欢声雀跃。一凡搬出一把木椅，放在台中央，高举两手，前后翻转："大家看清了，手上没东西吧？"孩儿们齐呼："没有！"指套是肉色的，个小，三米开外，压根看不出破绽。一凡在椅背上摸索一圈又一圈，猛然合手，暗中取出小画，迅速复原，单手举起，高声发问："天天来了吗？"左方一女孩站起："叔叔，我在这！"一凡将画递去，天天接过，惊叫起来："怎么回事，怎么回事，这是我画的小花猫耶……"

容儿得意扬扬，手舞足蹈。向丽阳光灿烂，爷爷奶奶返老还童。一凡欣然自语："一人作秀，全家幸福，当小丑也值。"还有一个兴点。在一凡之后，原来有两个魔术表演。一凡摸出画后，两个魔术，一个取消，另一个改成学鸭子叫。模仿鸭叫的是马原，叫得生动，惟妙惟肖，博得阵阵掌声。园长对师母说："老校长，从小见大，顾院领导有方，文学院里大有人才。"大会到结尾处，容儿戴上了大红花，一凡和马原获得了优秀家长奖。

放假那天，恰逢容儿的生日，一凡在他山定了个包间。近期饭局多，喝个茶更有意趣。大德是他山的老总，已让手下精心准备。晚七点，一家三口到来，屋内坐了一个漂亮茶女，桌上备了小吃，还有六个鱼汉堡，那是容儿的偏爱。茶女起身说："贵宾请用餐。"

三人吃将起来，很快饱了肚。茶具早已摆好，款款精雅，其中蓝花茶壶最醒目，看上去，有些年头，很可能是宋代的窑品。地上又加了一层羊毛厚地毯，杯壶掉下去不会损毁，这是大德特有的讲究，也是他启用珍品的标志。墙壁上挂了一幅书法："茶禅一味"，模仿著名禅师克勤的手笔。原件一凡在日本见过，珍藏在奈良大德寺，是镇寺之宝。茶女看看挂钟，肃然起身，点燃一炷檀香。门开了，大德一袭白装，由女经理引领，庄重入堂，静片时，高声宣布："开茶！"

茶女雅雅起身，点头，微笑，坐下，正声道："今天是刘娴同学的六岁生日，我将表演一道宋代茶艺，用的六安瓜片，六六大顺，首先祝小妹妹学习进步，茁壮成长。"尔后进入程式：净手，烫壶，倒茶，洗茶，冲泡，拂茶，封壶，分杯，回壶，奉茶，闻香，请品。一系列下来，如行云流水，灿若桃花。一凡热烈鼓掌，众人随和。容儿正襟危坐，接过茶，看一眼，扬头一口喝去。大德欣然曰："从小看大，一口闷，不同凡响。"一凡笑问："怎个说法？"大德解释："一般说来，要三口喝完，不知其故而一口尽者，往往要成大器，张大千、徐悲鸿都是一口闷的。我接待过的莫言、毕飞宇也是一口闷的，知其法，故意造作者，将一事无成。真与假，我一眼看得出。容儿是真大气，也要提醒一句，在小节上今后要多留心。茶至细，最讲平常心。"

一凡高声嚷："壶里乾坤大，杯中日月长。"

窗外的银杏簌簌作响，枝叶间闪出一道红光。容儿两眼烁烁，轻声问："大德叔，有笔墨吗？"大德朗声答："我这儿四大皆空，只有文房四宝，纸是泾县的，笔是湖州的。快，笔墨侍候。"经理立即从书架上取出一应用具。容儿摸了摸，欣然赞："生宣，正好。"便倒出墨，上清水，望了窗外一眼，挥洒开来，十来分钟，画出一幅水墨图，画的是他山咖啡。再看道丰山，一时目中无人。

大德激动说："不是我亲眼所见，哪会相信这是容儿画的。线形色之间有一景异象。"顿一顿，柔声问："小妹妹，这幅画送给我好吗？"容儿说："是我特意为你画的，你不说，也要给你。"大德兴呼："太好了，有印章吗？"容儿说："没有。"大德嚷："没有更纯朴，你在左下方写上姓名，落2000.7.9，再用红泥按个手印。右上方写：送给孙大德。来，我写，你抄。"容儿道：这几个字，我会。随即按要求落了款，在大德后还加了个先生。大德超常兴奋，自己动手，收藏了宝墨。

接下来，隆重吃了蛋糕。散场前，茶女拿食指蘸一坨奶油，抹在容儿的鼻尖上，赠一句："快乐常有，前途无量。"大德又出去一趟，拿回一个纸盒。向丽去买单，收银员说老总已结了。一凡连谢带责，大德说："你是真糊涂，还是假谦虚，容儿送了我一幅画，这顿茶还值得一提吗？丑话说在前头，以后容儿红了，这幅画我不会退的。"一凡说："托你吉言，真有那一刻，再让容儿给你画两幅。"

分手时，大德送了容儿一柄蓝花茶壶，是晚清的窑品，在少儿刻苦读书的图案上，烧出五个大字：金榜题名时。容儿爱不释手，一凡两眼炯炯。大德说："凡兄的任务来了，这一系有四件，说的人生之喜，你还要去找'久旱逢甘霖，他乡遇故知，洞房花烛夜'。"一凡喋喋感激，背好壶，兴奋说："我努力，我努力。"

由此想起一件往事。

七岁那年，一凡寄居大湾熊，跟熊二爷识字，课后常与百可、老泰四处野。那日放野火，三人发现一只野兔，急追过去，兔儿直往山上跑，到半腰，向草下一钻，没了踪影。凑近一瞧：草丛下有个坑。百可带了铁铲，只身下探，几分钟后从地下呼唤："快来，下头有个空屋！"三人急忙往下钻，摸索二十多米，抵达溶洞。左上仰见一线天，右下隐现一舍房。一凡壮胆往里探，发现一口棺材，辨出两个蓝花茶壶，有一尺多高，肥肥的，与大德送的大致一个样。打开盖，看到暗黄的器物。三伙伴同年，有胆，却怕死人，遇到冥物，不敢轻举妄动。老泰急问："么样办？"一凡答："找大人。"百可自告奋勇，抽身离去。

半小时过后，叫来民兵排长求福。一凡殷切引路，老泰说个不停。求福看过一阵，抱起瓷茶壶径直往外走，临出洞叮嘱："我去公安局报信，洞里的事莫乱说。哪个瞎侃，当心夜叉砸脑壳。"孩子们怕鬼，一时不敢声张。第二天，求福带两个儿子，将洞口封死，说是公安局的意思。改革开放后，求福一跃成为万元户，两个儿子在汉口开公司，风光几百里。湾里窃窃私语：求福一家是靠文物发的财。那几年，百可经常给一凡写信，反复叫悔。春节回大湾熊，三个童友相聚。百可愤愤然："求福，不是个东西，当年两个茶壶是凡哥你发现的，我报的信。他阴下来，发了财，对我们贼抠。前年我老汉走了，找他借两百块钱，他一毛不拔，还骂了我一顿。早晚要遭报应。"

都是乡亲，不便妄议，一凡搪塞道："屁股歪了，莫怪马桶，我们三个都没有发横财的运。"老泰附和："是这个话，挣小钱凭力，赚大钱靠命。有些事，不信不行。"过几年，果然出了事：求福的两个儿子遇车祸，头开花，双双见了阎王。用乡里的话说，被夜叉敲了脑壳。求福扛不住打击，瘫痪在床，半死不活，临走之前，他用最后一丝力气砸了两个茶壶。从那一刻起，一凡有了信仰。

走出他山咖啡，路灯亮出一条树廊，绿得幽绚。才下了一场雨，气候比较凉爽，三人慢慢走向道丰山。猛然间，吹来几股风，地上的枯叶飞起来，形成一个团，离地二三尺交合向前翻飞，声音含了穿透力。向丽瞳孔放大，容儿跟跑十几米。风止，叶儿落下，在地上摆出一个"大"字，三人围上，议论纷纷：

"这就是中飘，道丰山特有的一景。地上的'大'有说头，拆开是'一人'。""挪挪笔画，也可变成'川'，有水才能活人。""仓颉造字，开头可能是'一'。""有道理，"石涛说，"一笔出，天地立。""'大'上加一横，是'天'，地的第一笔，也是'一'，一连天地。""字里有很多画。""还有古人的留言。"

一凡最后说："这个'大'连接《道德经》，在第二十五章里，老子说了一番'大'话：'有物混成，先天地生。寂兮寥兮，独立而不改，周行而不殆，可以为天下母。吾不知其名，强字之曰道，强为之名曰大。大曰逝，逝曰远，远曰反。故道大，天大，地大，人亦大。域中有四大，而人居其一焉。人法地，地法天，天法道，道法自然。'"

对道丰山的神奇，一凡了解更深，话儿挤到嘴边，却被止住了。背着向丽，他买了攀岩工具，与谢峰一道，偷偷探过大溶洞，获得许多高密信息，有亮点，也含恐惧。探洞的工具随后装入小箱，藏在书房一角，妻不知鬼不觉。

天已大黑，星空灿烂，三人离开枯叶，径直朝家走。容儿却提议："我们再散一会儿步吧。"向丽说："幼儿园放假了，今晚尽兴玩。"三人向湖边走去，容儿连续提问："天和地真有感应吗？白色也是颜色吗？蛇会想事吗？"最后说："我即他人。"一凡明显感出孩子成熟了，而且，成熟在一瞬。最后一句是谢峰的口头禅，出自法国诗人兰波，此刻说出，别有一番意味。正想拿成熟的腔调应答，容儿又幼稚起来："妈妈，前天下午教室里飞进一个黑虫虫，老师说是铁牯牛，有两个长须，一动一动的，身上好多花点。大强说烧了可以吃，我让他放了。"向丽鼓励："你做得对，要爱惜动物，保护昆虫。"

临近东山头，容儿又吟唱起来："天对地，雨对风。大陆对长空。夜湖对黑树，赤日对苍穹。水隐隐，山蒙蒙，日下对天中。风高秋月白，雨霁晚霞红。牛女二星河左右，参商两曜斗西东。十月塞边，飒飒寒霜惊戍旅；三冬江上，漫漫朔雪冷渔翁。闪闪江城亮白银，吉星高照我从容。"

一凡惊问："这是李渔的《笠翁对韵》呢，谁教的？"容儿答："徐老师，教室里还有这本书，带图有拼音。没事我就看，不懂的，问徐老师，我还能往下背。"向丽立马制止："今晚不背了，太幸福，妈妈会受不了的。"容儿嘻嘻："那好，我带路引你们回家。"便一蹦一跳往前走，路灯拖出三条身影，夜鸟叫得更脆丽。一凡拉着妻子，久久不说话，却频繁捏捏对方的手，暗中传达幸福。刚才的"夜湖对黑树""闪闪江城亮白银，吉星高照我从容"等句是容儿自己加的，属于创作。"夜湖对黑树""水隐隐，山蒙蒙"也是变来的，原文是"山花对海树""雷隐隐，雾蒙蒙"。

回到家，容儿迅速洗澡，上床看一会儿娃娃书。卫生间分两块，前台洗漱，后室洗澡。容儿喜欢在浴室刷牙，牙膏拿进去，总不还原。一凡找半天，最后在浴室里找到。想起了大德的提醒，便去南间，柔声说："乖宝，爸爸找你算账来了。"向丽闻声跟进。容儿抬头笑问："我又出错了？"一凡说："还是旧账，牙膏，你拿进浴室，总不拿出来，说过多次，今天依旧。爸爸再啰唆一次，丢三落四、没后手可不是小节，养成习惯要坏大事的，很多人都毁在小事上。这当儿，爸爸吃过许多苦头，改正后顺利多了。"容儿轻语："向老爸学习，我努力改。"向丽凑上说："你今天的表现，一级棒，妈妈很高兴，很自豪。这会儿，我也火上浇油，提个小意见。"却不说话，去床头拾掇一阵，拿出六瓶矿泉水，都开了盖，大多只喝了几口。"你看，多大的浪费，有点伤天害理了。"容儿歉歉一笑，扮个鬼脸，真诚地说："我一起改。"

容儿睡去后，夫妻俩躺在床上继续论议。向丽说："孩子往往是父母的翻版，毛病下出，根源常常在上。"一凡应："有道理，丢三落四是外婆惯的，或许也有我的遗传。大手大脚明显与我有关，家境改善后，我经常给她钱。"向丽接："我数了数，她屉子里积了五千多块。明后天，我给她开个户，只留一百做零用。"一周后，又想出一手高招。容儿酷爱冰糕，向丽以多吃伤身为名，制定一条新规定：冰棒每周只能吃一次，时间定在星期五。容儿也在努力，她用零花钱买了一管牙膏，放在浴室里。

9

跑　点

　　高校有句行话，叫跑博点，这个跑即自我宣传，相当于国外竞选总统的四处拉票。放在国内，与跑官的跑，沆瀣一气。商业地说，叫做广告。口说无凭，还要带一点彩头。这是一些申报单位必行的功课。暑假刚开始，文学院兵分三路，四下奔波。一凡随顾院长去北京，那是学科重镇，十一个大评委占了六人。马原同杨书记赴江浙一带，卢副院长特邀谢峰前往成都和广州，两位评委都是谢峰的好友。

　　大德早早去首都蹲点，在朝阳区，他开了一家大餐馆，又在别处开了三家高档咖啡厅。说是打理生意，实乃做后勤。给每位评委，院里准备了一只进口真皮手提包，内装学科简介，精华论文集，名牌文房四宝，外加一支日本金笔。既高雅又实惠。

　　大德派两部高档轿车全程专用，评委的驻地他摸得一清二楚，早已联系妥。在学界，老顾德高望重，他出马对方都很热情。走访了两位年长的学者，把另三位请到大德的餐馆。分别时，再赠一大袋湖北土特产，行话叫打量，联络了感情，加深了印象。更多的时间，还是谈学问。仅用四天，圆满完成任务。只有一位没有跑，老顾和一凡与他没打过交道，却听说，此君性格古怪，只认死理。遇到这等境况，只能让表格去说话，听天由命。

　　广州之行颇有意趣，谢峰与丁思教授相识于巴黎，情深谊厚，相互称大侠。丁思出了一部散文集，题为《闲走》，来之前谢峰复读三五章，背出精彩段落。卢副院长还读了丁教授的几篇论文。按约定时间，两人登门拜访，聊几句，立刻亲如一家。保姆上了饮料，卢副院长说明来意，丁教授泛泛说："这一轮竞争很激烈，你们挺不错，大有希望。"谢峰往下一看，茶几下层放了几册其他院系的简介。立刻明白，来访的人多，此刻必须独树一帜。正好，茶几上摆着《闲走》，谢峰喝几口咖啡，平缓道："丁大侠，这是第二版了吧？"丁教授立刻鲜活："马上要印第三版，对我也是意外，才十个月，就卖了两万多册。"卢副院长说："贾平凹的书，好多才发七八千册。"谢峰随即背出一段，并具体剖析："请看这一句：'壮怀远走，总有几飘闲意。''壮怀'和'飘'有震撼力，是语言的绝妙突破，于适度的陌生感中道出了难言的情怀。"丁教授眉头频繁跳动，兴奋说："大侠火眼金睛，我一直认为，写作的最高贡献在于语言。"卢副院长道："关于创作技巧，您有一句很到位，笔间的成功不在你写了什么，而取决于你省去了什么。以卡夫卡论，一般人只注重他的奇诡，其实，这个奇是靠省支撑的，写得太满，魅力就薄了，时间最厌肥胖症。"丁教授谈兴倍增，又妙语连珠论述了他的虚实观。

　　卢副院长停片刻，巧妙返回正题："刚才一席话，受益良多。同行都说，您不仅精于学术、显于创作，在学科建设上也独具慧眼，这些年，我们很努力，也有许多迷津，很希望能得到您的点拨。"说着递出精美提包，从中取出学科简介，随口道，里面有我们的资料，请多指导。丁教授认真翻读几分钟，严肃问："这个册子是谁做的？"卢副院长如实答："老顾主持，我们使力。"

丁教授说："我猜是他，做得好。我举一例：'专家们说，论研究生教育，江大文学院是全国最好的院系之一。'这个'之一'加得妙。那次硕士综合竞赛，鸣山、老顾和我都去了。我俩做评委，鸣山当主席。最后结果，江大获第一，鸣山的北大居二，我带队的中大列第三。这句话是鸣山总结时说的，原句是，江大做得最好。老顾却加了个之一，此刻我看了，很舒坦，别的单位一定和我一个样。这是大智慧。即便甲天下，填表也要留个余地。少用最，避免唯一，多用比较，这和我们刚才说的省是一个道理。"卢盛和谢峰全神贯注，频频点头。丁教授又问："大侠也去文学院了？"谢峰答："一凡来后，搭了个平台，叫跨文化走廊，同一选题请不同人讲，中外互鉴，我定期给文学院讲几节课。"丁教授说："一凡是个关键人物，他领头，清除了障碍，亮了道丰山。这家伙的小说很有味，好久没见，回去代我问一声好。"卢副院长说："过些时他要来拜访您。"丁教授暖暖一笑，顿一会儿，给出具体建议："填表的时候，综合平台多说几句，跨学科是当前学界看重的亮点。你们的对外交流不要只盯着英美，法国的汉学更有特色。程抱一是大家，和谢大侠很熟，你们应该经常请他去讲一讲，他身后还有一串国际名流。落一子，活全盘。"卢副院长一一记在小本上。丁教授最后说："江大文学院出类拔萃，你们两位是标杆，要不是那个自以为是的易某某，你们早上了，请放心，这一轮我一定全力支持。该上的不上，那是我们的失职。"

离开丁教授家，卢副院长由衷感叹："长亭更短亭，功夫在诗外。"谢峰说："我憋了几小时，该抽一支烟了。"

上海一行奇在悲壮。齐田教授是评审组两个召集人之一，一言九鼎，鸣山主北，他主南。齐老是马原的导师，属于老派知识分子，敬业重人品。听说弟子要来，见缝插针，安排在茶坊见。杨书记却吃坏肚子，半路出了怪象，急去商场洗了秽物，穿上尿不湿。谈过一阵，书记头冒虚汗，齐教授关切问："不舒服？"杨书记直答："不怕齐老见笑，来的路上闹肚子，我复归于婴儿，裹了尿不湿。"齐教授顿时庄严，握握书记的手，柔声说："公务不用再说了，今天的茶，我来请。"书记急说："我们来打扰，哪能您破费。"齐教授说："你们请就俗气了。"这一句说得天纯地亮，书记和马原不再坚持，虽是小钱，却是大荣幸，那是一根定海神针。

回来后，七人又聚在他山咖啡，各路归个总。大伙一致认为，两位召集人的态度最温馨，有了定心丸。五位评委明确表示要全力支持。一杰说："这次你们不上，我哪好意思去道丰山，那是苏东坡的化身，我最崇敬。"另外仨评委说："我尽力。"顾院长总结："申报博点，这是最关键的一步，我们大功告成，可喜可贺。但不能大意，登门拜访，都不会说反对，匿名投票却是另一回事。开学前，一凡一定要去拜访丁教授。说尽力的三位评委我们要特别重视，老魏和老金已答应来江大讲学，我们尽快落实。"

一周后，又在洪湖举办一场小型学术研讨会，请来业内三十六位著名教授。也是天合，后来评博点的通讯评委中五人出自这一群嘉宾。学术交流只一天，却货真价实。上午做报告，下午分组讨论。话题比较宽，却可抖搂真知灼见。院里去了七位学术骨干，都发了言。老顾恢宏开场，名家高谈，一凡自如主持，伊含别开生面，马原雄浑大气，卢副院长曲径通幽，如实展现了江大文学院的雄厚实力。后两天游湖，写在会议手册上叫文化考察。也名副其实，此地曾是洪湖赤卫队出没的场所，一曲《洪湖水浪打浪》唱响了整个中国。杨书记贡献最大，他与洪湖市委书记称兄道弟，接待与游览都由市里负责。

先看《洪湖赤卫队》的拍摄地，再去大湖赏荷花，采莲蓬，挖藕，捡野鸭蛋。宴席以农家菜主打，水色土香。第三天，乡里派来十条渔船，代表们穿蓑衣戴斗笠，每条船上配一个渔民，备了钢叉渔网，还有炉具佐料，等等。中午在小岛上自炊，吃各自弄到的鱼虾莲米王八。某知名教授说："参加了几十场学术会，这一回印象最深。"一凡颇兴奋，他叉了一条珍奇红尾鱼。老顾网了一个大乌龟，渔民说："您家至少要活一百零八岁。"分手时，市里送了精美礼物，还留了地址，随后将给各位寄一箱洪湖特产。洪湖水，浪打浪，接天莲叶无穷碧，映日荷花别样红。

随后又得一佳音，一凡的中篇小说获鲁迅文学奖，为申博增添了一笔亮色。过一周，却传来坏消息：全国合校变动太大，杂音多多，增选博点会推迟，名额可能要减少。文学院立刻紧张起来。鸣山去朝鲜，一时联系不上。顾院四处打电话，没个定音，学位中心回复说正在研究。这学科建设也风起云涌，波澜壮阔，还要下大力气。一凡常去国外，了解西方的学科状况。在发达国家，博士点不用跑。达标了，轻而易举，运作比较单纯。对国内的跑，一凡并不认同，甚至有点反感，但要随俗应景，也是迫不得已的优胜劣汰。回落日常，一凡自有解脱的良方，他潜心创作，融入平凡，全身心体验生活中的细小趣乐。如同修禅，饥则食，困则眠，喝了粥洗钵去。对于码字者而言，生活中一点一滴都是财富。

从洪湖回来，整整热了一周，一凡又带妻女去云南，重点游泸沽湖，跑了三个点，顺便拜访了尚品的老亲娘。每到一处，买一两本书，结合实物读。以书做蓝本，一凡沿路给女儿讲故事。行千里路，读几本书。回到家，大开空调，各自忙碌，容儿涂鸦，向丽备课。一凡为尚品作序，尔后构思《蛇不吞象》。写小说，一凡推崇极简主义，计划只写二十万字，心头却立了个高杆：拿出自己的句子，向时间求青睐。一部小说能吸引人，离不开以下五大要素：

第一，经历独特；第二，故事精彩；第三，语言卓越；第四，以知识取胜；第五，手法独特，文体新颖。聚合五长，最为理想，却只能靠天合，能得二三已是上品。凡此种种，语言是根基，在此，每个写手都可以做贡献。语言与时俱进，靠个体去丰富，贵在推陈出新。常用的汉字也就四五千，个中组合却无穷无尽，气象万千。说到底，文学是语言的艺术，创新是文学的生命。

假期接近尾声，向丽再去银行，回来欣欣说："人才引进奖的五万到账了，我们已有九万，好富态。民以食为天，家以钱为地，等年终来了稿费，我们去买一套房。我一直在关注，上好的套间才两千每平米。"一凡道："经济我一抹黑，你安排。"向丽笑了笑："自然是我跑，大事儿要通个气。"隔一会儿又说："上午老爸打来电话，让我们明天回去一趟，老二老三都回。耗子有个发现，隔壁塘里有好多小龙虾。填表写作太辛苦，也该散散心去。"一凡说："必须的，那虾我钓过，挺有趣。"容儿叫嚷："爸爸，我要去，越快越好。"

第二天，一家人高高兴兴赶向工人村，到家才九点。奶奶惊呼："一个多月不见，容儿又长高一大截。"接下来，谈起家中的新喜，老三生意兴隆，买了一套房。二凡卖了一件古董，得款八十万，买了车，老婆孩子吃香喝辣。大人喋喋不休，孩儿们急催："走走走！我们钓虾子去！"家长们相互一笑，收了嘴。老三已备好用具，每人发一根小竹竿，顶端系一根粗线，带了三柄小网，一个鱼篓，两个网兜，一桶诱饵。向丽问："这血呲呼啦的是什么？"老三说："是鳝鱼肠肠，还有骨头，小龙虾的最爱。"向丽又问："只一根线，没钩，怎个钓法？"耗子解说："在线头绑些鳝鱼肠骨，往水里一放，大虾闻到味道，立马就来，用大夹子夹住不放，轻轻往上提，快出水的时候，用小网一兜就上来了，快得很。"向丽欢叫："好诱惑，我和你们一起去。"二弟媳小梅却说："我们留在家里做饭。"老爷子道："想去都去，汤已煨好了，虾子回了，一洗一蒸就行了，冇得么什要做的。"萍萍解释："虾子我们经常钓，大夏天的，爆热，把人都晒黑了，我不去。"奶奶连连叮嘱："屋里帽子多，一人戴一顶，还有两把大伞，都带去，多带几瓶水。"老三道："您家莫操心，都准备好了，塘边有几棵大树，荫得很。孩儿们，走！"

一行七人，浩浩荡荡出了门，走十分钟，来到池塘边。水面有七八亩，靠路一边，蓬了三棵大树，一家守一棵，相距五六米。鱼篓给了一凡。一家发一把长柄网。耗子动作麻利，别人刚系好诱饵，他已钓了一只。容儿快马加鞭，系好杆，往水里一放，向丽和一凡紧锣密鼓。约莫两分钟，容儿往上轻轻一提，很沉，缓缓往上拉，一只大红虾浮出水面，一凡伸出小网，贴水捞起。容儿欢叫："各位，我也钓了一只，好大！"尔后警告："爸爸，以后的，我自己来捞。"

接下来，你拉我扯，小网几乎没闲着，不到半小时，鱼篓已装了一大半。容儿欢叫："真好玩。"向丽嚷："好过瘾，一扯一个，这虾儿也够傻的，一咬就夹着不放，刚才，我没用网，活活提上来两个，也掉了一个。"老二说："这虾，叫小龙虾，据说是从越南传来的，繁殖能力强，长得又快，特别爱打洞，多了会把堤掏破，所以，塘主人欢迎我们钓。这口塘是耗子才发现的，虾子蛮纯，又厚，钓多了就油了。"耗子说："我们一现身，别的人马上会涌来，下个礼拜，一定人挤人，虾子就少了，今天多钓点，爷爷的菜园有个大水凼，吃不完的，可以养起来。"三凡感叹："做事就是要赶个头场。"德德高声表起功来："大伯妈，我已经钓了三十七个。"容儿说："我们的鱼篓快满了。"老三取出一个蛇皮袋，把三处的虾倒在一起，拎一拎，起码五十斤。便说："我送回去一趟。"返来时，又带了两个大鱼篓。钓了一小时，塘对面，果然来了三个新钓客。

向丽过了兴奋期，不再专一，不时走走，给孩子们送水拿可乐，乘势赏一赏附近的美景。二百米开外，卧一个村庄，大树成荫，红绿相映。左前五里处，是武钢的厂房，四座高炉威武而狰狞。向丽随兴走去，路两旁，焦炭堆得像小山。一时思绪万千。工人村，向丽来过两次。头一回在冬天，当时住二街，红砖红瓦，清一色平房。下过两场雪，外寒内冷。老爷子牵了个铁皮烟道，在堂屋烧起煤炉，一瞬暖了岁月。焦炭是二凡从厂里夹带回来的，每天装几块，积土成山。许多员工都在夹带，只是品类不同。改革已展开，时日尚艰辛，提高福利还得靠单位。家里只有三间房，三凡住堂屋。二凡刚结婚，临时借住隔壁，把独体间让给了老大。早上醒来，从床上可以看到对面屋檐下吊出的冰凌。长的一尺多，有几许卡福笔下的诗意。

容儿三岁半时，又举家回一次，那是夏天，二凡三凡已独立门户，住得很宽松。二街临近河汊口，爷爷喜欢打鱼捞虾，容儿兴趣浓烈，总要跟着去，父母只得陪随。第一回，捞了六七斤河虾，大的像拇指般大，特好吃。老爷子用的小扒网，捞一截，往岸上一抖，三个急忙去收捡。遇到小水虫，容儿会拿手捧起，丢到河里去，口中喃喃："虫虫跑出来，妈妈会找的。"老爷子说："这娃儿善良。"

第三回去，爷爷的手连抖几下，急对孙女说："你猜一猜爷爷捞到了什么？"容儿说："是大河虾。"爷爷说："是鳜鱼，淡水中最好的鱼，其他人搞不到。"提网一看，果然是，而且很大。容儿兴奋去抓，哎哟一声，扎破了手。向丽大惊失色，容儿举手指往口里一蘸，按住血点，镇定说："没什么，按一会儿就好。"这一招是向耗子哥学的。老爷子摸出个小白块，说："来，裹上，我带了创可贴。"最后透露："捞鳜鱼的窍门在于跑点，第一是找，点找到了，要讲方向，看水流，分先后，还要瞅天气，和教书一样，网鱼蛮大个学问。"

吹来一股凉风，向丽走出往事，又去村里转一圈，但见杂草丛生，到处飘白膜，房屋夷去一半，剩下的都圈了个白色的"拆"。住户只有五六家，大多老妇幼，屋内在打麻将，间夹几句粗语。向丽止住脚步，看会儿鸡鸭，返回池塘。

几个鱼篓都快装满了，一凡说："巴巴心别太大，回家吧，给别人留个想头。"七人收了钓具，打道回府，爷爷在门口高喊："伢们，把龙虾放在沟池里。"大伙便去菜园，一凡见了又一喜："地里新挖了两个十字形水泥沟，又在水凼的上下方，长三米宽五米，自成一景。"老二解释："你们去泸沽湖的时候，黑头带几个兄弟给老爸砌了两个十字水沟，浇水更省事了。"容儿最激动，在沟边走来跑去，连连惊叫："爷爷，我看见鱼了，好大一条，又一条，你看，在那儿。"爷爷说："是我钓的鱼，吃不完就养在沟里，大的有十几条，还放了上百尾小喜头，以后吃鱼，在沟里捞，这里是地泉水，味道不一样。"老二提来鱼篓，欲把虾子往凼里倒。老爷子急忙拦住："莫往凼里放，尽是泥，虾子爱打洞，钻进去不好找。我拦了个钢丝网，都往东头的沟里放，水泥沟，虾子跑不了。"向丽感叹："打鱼摸虾，老头最在行。"

中餐以吃虾为主，心欢胃畅。睡过午觉，老爷子招聚第三代去太极场练拳，打了二十六式，爷爷说："耗子和容儿推推手。"俩小的抱拳行礼，交了锋，你来我往，时柔时刚。最后一推，耗子后退三四步，容儿却守了原地。耗子急说："妹妹进步好快，我掌不住她，她握得住我。"爷爷说："容儿还没有发真力，再来一回。"容儿点点头，手挥蛇形，暗中运气，一搭手，道："请师兄过招。"耗子两手往前一推，容儿接住，右闪，柔身，下蹲，猛一回手，耗子后退七八步，险些摔倒。容儿原地不动。耗子坦言："爷爷，我已经不是妹妹的对手了。"

爷爷暗中惊奇，好像有只手在帮助容儿，具体是什么，又说不清。望一望道丰山，心下自语："也许，这才是正道，刘家拳传到十六代，应该是女辈。"因此高声嚷："进步都蛮大，以后好好练。"散场后，孩子们立马钻进菜园，在沟里找鱼数虾。爷爷回了屋，喝口水，缓缓说："孩儿们练拳蛮用心，容儿更突出，刘家拳找到了传人。"

开学后，文学院立刻忙碌起来，三周内，接待了三位知名学者，讲座费给的最高档，这叫学科建设。鸣山是第二周来的，讲得精彩，轰动了道丰山。又开小型研讨会，文学院的实力震服了会长，申博又进一程。针对推延的传言，鸣山确切说："上层一度有点别的考虑，下面反响太大，收回了动念，部里已明言，博点评选不拖不减，一切照旧。"头儿们终于舒了一口气。第二天晚上闲聚他山咖啡，大德安排了一场茶艺雅谈，院里去了五人，有顾院长、杨书记、马原、伊含、刘一凡。老易又住院了，却给鸣山写了一封信，哀诚说："今晚化疗，失陪了，为江大的博点，我奋斗了一辈子，两次都功亏一篑，我不甘心啊。近两年，我们实力大增，一凡来，如虎添翼，在几个申报单位中，江大应该是最强的。请鸣山兄明鉴，若属实，一定帮我们一把。我时日不多，希望在有生之年能看到那个点落在道丰山下。"

鸣山看了信，默然许久，众人拉起了家常。喝过一阵，鸣山轻语："大限将至，其言也善，全国现当代文学的格局，我很清楚，老易说的一点没错，江大出类拔萃，名不虚传，人来了，一切都在不言之中。"大家便远离博点，应晚风，专心品茶。鸣山仔细看茶具，欣欣曰："这杯上画了一条龙，又像蛇，是明代的笔法，这杯子一定有来历。"大德兴复："鸣山兄不愧是瓷具专家，这七个杯是嘉靖年间的古物，有四百多年历史，不是顶级贵客，我不会拿出来。十五年间，只用过三回，识它真面目的，只有鸣山兄一人，为避肉麻之嫌，评语我就免了。"鸣山开心一笑，朗朗说："大德是茶具高手，昨天看了他的收藏，我大开眼界，他捡漏的点点滴滴可以写一部精彩小说。"

杨书记接过话："说到蛇，也是某种感应。前不久，道丰山上出现了一条蟒，学生看到的，说有十几米长，但不伤人。有人却放心不下，要搜剿，被校长压住了。"鸣山问："具体咋讲？"顾院详解："这事我在场。校长说：'大蛇即龙，大吉大祥，与道丰山秘响旁通。'这等格局，我们哪能胡来。"

鸣山道："张校长是我多年的朋友，明天我们要见面，他是大学者，有敬畏之心，我佩服。换了我，还会去山上拜一拜。这世道，最怕无法无天。"马原说："道丰山的确很神奇，山内有个大溶洞，至今都没探出源头。传说却很多，有人说它通长江，山离江只有三公里。有人说它通蛇山，两山之间也是三公里。近百年，有三人下洞没回来。"

鸣山看看一凡，轻声问："遇到玄乎事，常常你最健谈，今晚咋回事，你一声不吭？"一凡笑说："我对数字很敏感，一直在估摸，眼前这道茶要花多少钱？"大德接话："今晚的茶明码实价，水单在桌上，茶型、小吃都是大伙随意点的，我一直在这，没打任何招呼，可以立马传单。"老板高呼一声，收银员赶来，拿计算器一算，报出总额：八百元整。

鸣山活活一愣，顾院暗暗一惊，书记圆瞪眼，一凡拿出钱包，从容付了款，冲鸣山说："仁兄啊，羊毛出在羊身上，这顿茶是你请的，感谢了。"鸣山举杯与大德轻轻一碰，柔声说："下次来北京，我请你。"伊含不解地问："这里有啥典故？"顾院笑曰："道可道，非常道，有些话还是恍兮惚兮的好。"鸣山庄重说："我和江大有奇缘，真诚希望博士点早日落在道丰山下，我们一同努力。"

大德绕个弯，说起他山的历史："苏轼来道丰山，明普茶舍已是文人汇聚地，他讲了两场，大幅度提高了本地科举的命中率。朱熹把茶舍提升为书院。鸣山兄乘东坡之势，马上要做当年的朱熹。"鸣山呵呵一笑，援引戏文说："来的都是客，全凭嘴一张，茶老板都会给人戴高帽。"众人举杯欢呼，一饮畅万里。

鸣山回京后，道丰山加倍忙碌，校长书记冲到第一线。国庆前一周，文学院召开中心小组会。顾院长郑重说："昨天接到鸣山的电话，有个新情况，近期各个学校都在挖人，五花八门，学科评审组刚刚定了一个时限：新引进的学科带头人，从入职到交表，必须在半年以上。有人提议一年，被鸣山降到六个月。一凡来了九个月，绰绰有余。"

马原急说："有人在西北大学打探一凡离开的时间，我云里雾里，听顾院一说，知道咋回事了。"

杨书记提醒："害人之心不可有，防人之心不可无。申博表，我看了上百遍，我们的，填得很扎实，副会长单位这一分量很重，就怕有人装暗怪。幸好，我们的情况鸣山和一杰很清楚，必要时，他俩可以帮我们说几句。"

顾院道："敲个边鼓就更稳了，都知道鸣山和一凡是师兄弟，鸣山说多了会起反作用，我们要重点拜托一杰，最好专程去一趟。"

一凡说："后天一杰的博士答辩，我主持，到时我落实到位。"

顾院归纳："江湖险恶，必须把工作做细。这一届，全国有九所大学申报，预增只有三个点。九个单位各有千秋，都铆足了劲。通讯评审在一级学科进行，面很广，表交后，我们各个专业的教授都要打打电话。招呼一声总比不问不顾的好，去一杰那不要空着手。下面我们要拿出一个具体方案。周主任起身续茶，会议往下开，步子越迈越细稳。"

接上方通知，申博表十一长假后统一上交，又多了八天额外的紧张。九月底，学科建设处谭处长专程来到顾院办公室，另邀了三人：杨书记、马原和一凡。听过总体规划，处长大加赞赏，停一会儿却说："昨天老易来了一趟，我们聊了一个多小时。对院里的工作，他满口肯定，对一凡连连佳评。末了却说，一凡已是博导，也当过学科带头人，自己大限将至，若能为江大领个头，此生无憾了。我听出了老易的话外音，没做申博的带头人，他心有不甘。说这些，只是给几位领导通个气。得病之后，老易改变很大，换在以往，早上蹿下跳破口大骂了。但是，我们不能掉以轻心，关键时刻，最怕内部出杂音，我的意思是，趁十一两位一把手去看看他，谈谈心，暖一暖。"顾院说："谢谢谭处提醒，过两天，我和书记去家里看看他。怪我考虑不周，早该去的。"书记说："谭处放心，老顾出马，万无一失。"

处长抿口茶转向一凡："刘教授，您的大名，如雷贯耳，做学术、写小说都是超一流的，只是不太问政务，不理凡音，这会儿，我提一个俗问：在国内现当代文学领域您排名多少。这般裸问，不介意吧？"一凡顿片刻，正要回答，马原抢上说："谭处，现当代文学研究会是个大协会，重学术，很严谨，举国闻名，副会长只有三个，常务理事仅十人，老易和我只是理事，一凡是副会长。另外两个副会长，一位是校长，一位是名校的院长，年纪都过了六十。一凡是普通教授，四十才出头……"谭处长立马打断："马教授，有这几句足够，别的都不用说了，以后有杂音，我知道怎么应对了。我早已得知一凡当了副会长，但在有些协会，副会长一排十几个，所以我直来一问。"一凡道："很欣赏谭处的作风，搞学科建设就需要这种气度。我再说点或许有用的杂碎，老易功底厚，学问做得好，申博做带头人，当之无愧，绰绰有余。只是有个致命弱点，他口太直，有时太自负，每次开会，都要与人吵几架，得罪了很多人。某个年会，某学者，我不点名，刚讲完，老易劈头就驳：'你刚才说的，都是陈词滥调，我觉得该如何如何……'闹得人家下不了台。此人又居要位。申博的评委里最少四人被老易轰过，对他耿耿于怀，见面话都不讲。十一人，四人气鼓鼓的，再由老易牵头，评审的后果就不用说了。至于我，好多话老易都替我说了，把我放在哪，着实无所谓。但是，为了江大的局，容我直言，这一回，可能还要推我上架。"

谭处急说："这是基本原则，谁都动不了。校长给我打了几次招呼，对您很器重。这个时候，您想下，我们会拿枪逼您上。"大伙欢欢一笑，杨书记却老话新提，只是换了维度："许多老师反映，老易进步很大，说话会用糖衣炮弹了。系里开会，他批评人，先要表扬几句，大伙觉得舒服多了。"一凡暗暗笑，顾院问："你笑什么？不对吗？"一凡答："要我实说，又要表功了。"喝口水，娓娓道来："得知老易患了绝症，我去他家看他。老易了不起，比我还从容。我们没谈病，只说鲁迅。话隙间，老易要吃药，是那种带胶囊的中成药，正要喝，我夺了过来，把胶囊拆掉，倒入茶几上的瓷勺里，兑水，递过去。老易莫名喝下，皱歪了脸，不解问：'这么喝有啥好处？'我反问：'效果大同小异，你觉得哪种喝法更舒坦？'老易答：'当然是带囊的。'我笑说：'在学术会上发言，你若裹个胶囊，那该多好啊。'老易注视窗外，良久不语，连连摸头，末了说：'你小子精怪。'"

老顾感叹："你这一招，早出几年，我们的博点早上去了。"大伙便笑，最后归入正题。顾院严肃道："上报还有十来天，申博表要最后把个关，内容不动，只看形式。"一凡说："首长放心，十一长假，我、马原、伊含再一字一句读一遍。"

送走谭处长，一凡去系主任办公室，马原递上烟，恳切说："申博到了关键处，有些事你心里该有个数。为那个谁先谁后，院里讨论了五次，院长书记找人谈了十几次话。对于博导，都很看重，几位老教授个个想当学科带头人，使足手脚，用尽心思。关键时刻，你当了副会长，大伙才罢了手。"一凡说："老顾按稳老易，一定在评博导上给了定心丸。"马原说："是这样，开稳定会，我在场。老顾说，评博点，最关键的是当博导，博点拿下来后，若有一个名额，那就是易开建。老易当场表态，全力支持你。随后的日子，你关系处得巧妙，维稳了局面。确诊绝症后，老易更向善，有点波动很正常。来得明朗，去得也快，今年的路通畅多了。"一凡笑一笑，聊聊文坛趣事，诚缓告了别。

在回家的路上，一凡的脑中放了几幕有声电影。确定他为学科带头人后，碎语四起，有些话很难听，比如，"我们栽树他乘凉，道丰山上怎容一个西北猴子上下乱跳"；还有人说，"四十出头就在我们头上拉屎拉尿，太不知天高地厚"。一凡听了自然不快，却没有立刻动气。他扪心自问：处于对方的境地，我会怎样反应？设身一想，觉得自己也会动怒，甚至骂人，便自解：我也一个样，就不要苛求别人，闷一闷可以，不用耿耿于怀。人间繁杂却有序，很多周折只是个过场，双方太认真，会造成恶性循环，冤冤相报没完没了。到最后，往往两败俱伤。相反，你一轻松，别人就会更平稳，走向良性互动。

容忍却有限度，偶尔恶语，使点小动作，可以谅解。反复恶意绝不饶恕。一凡练过武，手力巨大，遇到极端之徒，和他握握手，猛然用力，待对方龇牙咧嘴，他厉声警告："记住了，再歹，老子废了你。"那人立马老实。评博点，一凡尝到了王道之妙。也是生活给的启迪。

那天夜里，楼下停了一辆奥迪，一个劲按喇叭，不知是催人，还是同谁怄气。四周围，老师们在备课。有人探出头，规劝司机："那位同志，别按了，我们在工作，你严重搅扰了大家的生活。"喇叭声依旧。某干部上阵："下面的，咋这么不讲公德呢，你是党员吗，哪个单位的？报上名，我找你们领导。"参与训斥的人越来越多，奥迪车主置若罔闻，继续按喇叭。一凡放下笔，从阳台找来几块半截砖。奥迪就泊在窗下，旁边有废门板。先摔一块砖砸门，造就一声巨响，相当于鸣枪警示。接着怒吼："个板马养的，你再按一爪子，老子砸你狗日的车。"车主立刻哑火，悄悄离去。

想一会儿，走一截，天已近黄昏，临法语系，遇见念念叨叨的谢峰，一凡戏问：

"又得好诗了？"

"诗个鬼，开会去了，刚刚散，今年的资深教授又泡汤了，三个候选人，一个没上。我们的院长最可惜，只差一票，脸都气青了。"

"老魏是国务院外语学科的召集人，大名鼎鼎，他的《十字路口意象》被译成六种外文，国内独一无二，早该上的呀。"

"问题出在最后一关，开大评会前，有人写了匿名信，捕风捉影，到处寄发，说得有眉有眼。你自己看。"

一凡接过信，读起来：

五月中旬，周三，走道空无一人，魏长青的办公室里走进一位漂亮女生，门关上。不久后，里面传出激情的响动，女生出来时，两颊绯红，头发蓬乱……

一凡不解地问："这事你给我说过，不是这个版本啊。"谢峰咻咻说："是的呀，我和英语系的连主任都在场，那个女生没考上博士，擅自闯入老魏的办公室，吵闹一阵，自己弄乱了头发，被我们劝拉走，一转眼，就变成了三级片。其他评委不知情，自然会受影响。老魏已提出申诉，我和连主任做了证。但会已开过，纵然无辜，也要再等两年。"

一凡感叹："老顾也吃过这类苦头，渐渐地，我看清了江大的另一面，不光江大，好多大学都一样，这等风气在高校器张，是一个社会的癌变，痛心啊。换句话说，这也是言路不畅的表象。"谢峰说："不管咋说，都是恶习，我们更要当心。"一凡浅浅一笑，两人走一截，各奔东西。

临家两百多米，又看见老易，在散步，相距五十来米。因化疗，他头发掉了很多，一眼能认出。一凡加快步伐，喊了一声易老师。那人顿了片刻，没回头，往左斜插，走下山去。一凡本想追过去，一转念，停住了脚步。人家不想接茬，我太热情，反而无趣。评博点不是私家业务，何必低三下四，便放慢脚步，走自己的路。心中却有个谱，争归争，老易不会往上使坏，他重名，自以为是，但不阴险。

国庆节假期七天，一凡哪儿都没去，全心伺候那三十二页申博表。吃过晚饭，又开电脑，全文细读。打印两份纸质版，再看一遍。时不时，右手却在屏幕上抚摸，一遍又一遍。向丽看在眼里，紧在心头，倒一杯茶，走进书房，柔声道："学科带头人，喝口水，岁月悠悠，您老别太紧张。"

一凡浅浅一笑，沉缓说："这是最后的斗争，认真起来到明天，英特纳雄耐尔就一定要实现。"顿一会儿，续言："我细得可能有点过头，没办法，心头太明白了，其余都虚，这张表最实，它是我在江大立身最关键的一步。这一关过不了，往后只能灰头灰脑。"

向丽却说："有句话，你说得挺好的，做大事，应全身心努力，但在精神上，要做好最坏的准备。退路留足了，结果会更好。"一凡没接话，心头却一震，放下表，静静喝几口茶，喃喃道："急火攻心，把自己的座右铭都忘了。罪过，罪过。"

只一瞬，一凡静下来，仿佛悟了道，手也不胡乱摸了。向丽不动声色，眼角却微润。学界高尚，有时也是斗兽场，在话语和笔墨之间闪动着刀光剑影。一凡过五关斩六将，拼到当下，已伤痕累累。为了平衡常态，他需要付更多努力，也是代价。

沿着刚才的思路，一凡说："娘子提醒得好，我一直认为，生存是第一法则，而今，我们衣食无忧，还有一大笔存款，有些事，该看淡一点，在文明的褶缝里我该悠一悠闲一闲。"

向丽笑说："你有这般言语，我放心了。还有一句，《过》里说得也很精彩：生活中的一切，或惊天动地，或悲神忧鬼，说到底，只是一个小过场。"

一凡道："相比之下，我活得比较潇洒，临关口，也会焦头烂额，六神无主，说明修炼不到家。或者说，修炼是一项长期任务。幸亏我心中有一张宇宙图，安定下来比较快，我的烦恼很少超过三天。"

向丽催："宇宙图很新鲜，说来听听。"

一凡说："在飞机上俯瞰大地，我们觉得地广海阔。的确如此，地球比月亮大四十九倍。放到银河系里，却发现，天王星比地球大六十五倍，木星比地球大一千三百倍，太阳有一百三十万个地球那么大。再放大一级，心大星如篮球，地球见不到了，太阳是很小一个点。目前已知的最大星球盾牌座UY，比太阳大四十五亿倍。这只是银河系的一个角落。银河系之外，人类用哈勃望远镜观察到的，约有一千二百五十亿个星系。"

一凡取来一本书，继续说："还有实在的一景。1990年2月14日，美国'旅行者1号'从六十四亿公里外给地球拍了一幅照片，只是一个小蓝点。著名天文学家卡尔·萨根由此得到灵感，写出了《暗淡蓝点》。有一段很精彩，我读几句：'那个渺小的光点就是我们的家园，我们的一切。你所爱的每个人，你认识的每个人，你听说过的每个人，曾经有过的每个人，都在它上面度过他们的一生。日月轮值，悲喜交织。众多自以为是的宗教、意识形态和经济学说，所有的猎人与强盗、英雄与懦夫、国王与农夫、年轻的情侣、母亲与父亲、满怀希望的孩子、发明家和探险家、德高望重的教师、腐败的政客、超级明星、最高领袖、人类历史上每个圣人与罪犯，都住在这里，一粒悬浮在阳光中的微尘。帝王们血流成河的厮杀，何等愚蠢；居民的相互残暴，多么昏昧。妄自尊大是人类自欺欺人的虚妄。'"

一凡最后感慨："记住这个蓝点，我们对物质的聚散，对自我，对生与死都会有超凡的认识，入定后，活得会更自在。"向丽笑曰："你的星空真大，佩服，佩服。地球微不足道，球上的我在你的坐标中可能也小得不知哪里去了。"一凡嘻嘻说："刚才说的是宏观，大之下，还有小，每个人还有一个微观图。在我的星系中，你是盾牌座UY。"向丽开心一笑，送上一吻。

10

双 升

申博表上交后，一凡像卸了百斤重担，顿时轻松，一时间有点不知所措。恰好，谢峰打来电话，晚上要带徐颖来打双升。向丽高呼欢迎，泡好茶，备好小零食。两人如约而来，各自就位，桌上琳琅满目，有面包、肉松、奶酪、水果，还有进口火腿肠。徐颖说："我有经验了，来之前啥都不吃，头一次，我长了半斤。"一凡笑责："有些事，我真不懂，你们两个恁苗条，还要减这瘦那。"向丽说："告诉你一个小秘密，某个界点一过就难以控制了。"徐颖声援："唐代的丰润审美一去不复返，当下推崇美瘦，生活好了，少吃更健康。"大伙笑一会儿，吃些零食，正式开打。

第一轮谢峰抢了庄，一路顺畅，连升三级。一凡和向丽长期打对家，配合默契，许多关口形成了定约。比如，向丽坐庄副牌出黑桃A，一凡出8以上的牌，表明他有另一个黑桃A。对家打牌，他若亮主，意味他可以保底。有时也玩点小赖皮：甲方攻黑桃A，乙方上分慢几秒，表明有A。还有许多套路，因牌而异。四人一共打了七场，谢峰只赢两回，老不服气，总觉得他的牌打得有诗意，反复声称，诗歌高一等，可穿透理性，败除算计。徐颖更平和，重娱乐，不太计较输赢。

谢峰一路领先，话也多了。

"三十年河东，三十年河西，我胡汉山终于回来了。孔子坐车奔七国，庄子在河边洗手。"

一凡警告："螳螂捕蝉，安知黄雀在后。"

徐颖提醒："诗人一得意，往往阴沟翻船。"

此话不幸言中。对方拿底前，一凡又起一个红桃7，反了主，他上了一副奇牌，最后用大拖拉机扣底，连升八级，反败为胜。谢峰哀叹："天要灭项羽，纵有百万雄师，也只能望江兴叹。"

一凡离桌片刻，取来烟灰缸，谢峰拿出黄鹤楼，两人抽起来。容儿赶紧打开换气扇，厉声劝告："老爸，以后少抽一点烟，你灭自己，也害我们。"谢峰说："这个'灭'用得好，往后我和你爸尽量少抽，甚至戒了它。"徐颖叹喟："有个家，真好！"谢峰不吭声，桌上飘出一丝尴尬。一凡急忙招呼："继续，打了半天，我们才上台，丽丽起牌。"

硝烟起，军阀又开战。庄家牌运颇佳，连续两个小光，又一鼓作气，胜了第一局。第二轮，谢峰极度认真，一凡软了一手。向丽浸在求胜的心念里，不依不饶。软第二手时，她勃然大怒："你怎么出牌的，臭，臭，真臭。明知我绝红桃，你非要出对小方块！"两只眼瞪得像灯笼，一凡不吱声，向丽又唠叨，一凡笑一笑，连连认错，气氛缓和下来。

徐颖感叹："一凡脾气真好，换了峰头，我们非吵不可。"谢峰憨憨一笑。向丽柔声解释："变化也只是这两年的事，过了四十，我们这位真有点不惑了。"一凡说："原先也经常争辩，争到最后，总是我输，有理也吵不赢，以后干脆直接认错，效果全然两样。最后发现，'我错了'三字，是个神诀，什么门都喊得开。话说到底，家家有一本难念的经，我的毛病也多，家务很少帮手，急了啥都不认。夫人好起来像天使，躁起来像阎王，越是亲近的人，越能发狠。"

向丽温柔恨了丈夫一眼，谢峰急催："以后再高谈家务。来来来，该我们打九了。"洗好牌又开战，这一局，谢峰胜出。看看表，已十点，一凡提议："今日只打两局，平手最好，好久没聚，咱们聊一会儿。"容儿打个招呼就去睡觉了。徐颖欣欣说："丽姐，你辅导的学生好多考了高分，名声大噪，好多人到处在打听，要投到你名下。"向丽说："做学问我不专，辅导高考英语，我真有感觉，也有些手段。这学期，一凡忙，我没接课，'进学'的老板一直在求我，找我的家长上十个。"一凡接："找我的有一打。"

谢峰猛拍大腿，高声叫："天高云淡，我看到一景，嫂子，你为何不自己开个班呢？给人打工，喝点剩汤，多没劲呀。"向丽说："自己做太麻烦，别的不说，找场地就是件头疼的事。"谢峰道："不用你找，现成的，给两位交个底，前几年，我买了两个大套间，租给了一家培优中心，就在附中旁，几步路，大教室我自留了一天，在周日，可坐三十多人，最近一直空着。有个亲戚在里头打杂，帮你招个生，收个费，都是举手之劳。"一凡说："这个主意好。"向丽眼一亮："一周一次，不累，最巴适。但收费什么标准，我一点不清楚。"谢峰答："我清楚，高考辅导，名师一小时一百，招二十人，一周三节课，一个上午就六千。开始限个数，更有吸引力。压力大了，再添加几个，最多不超过三十。你的名声已经传出，别说一凡，找我的就有七八人，几下加起来就二十多个了，你择优弄二十，不费一点力气。若嫌麻烦，拿点钱给小胡，招生收费她来做，一人返一百，她高兴得很。"一凡说："亲兄弟明算账，房租也得交，我们是在挣钱。"谢峰接："好，好，我若说不，你又要嘀咕半天。干脆，我替你盘算到底。我租外人一天两百元。收你个高价，半天两百，安心了吧。这钱也给小胡，她会更卖力。嫂子只用上课，其余的啥都不管。"

一凡取笑："峰头，没看出，你做生意也一套套的。士别三日，当刮目相看啊。"向丽兴奋道："这么一来，每月多得两万，凭我的力量，不久也可以买房了。感谢了。"

振奋一阵后，徐颖转换话题，淡淡说："过些时，我准备去美国读几年书，大哥在华盛顿，一直劝我移民，我拖着没应。"一凡问："谢峰呢，也去吗？"徐颖答："他留守原地，万变不离其宗。"谢峰嗫嚅："我定期去看你。"向丽感出不妙，探一句："你们的事啥时候办？"徐颖语气平平说："听天由命吧！"谢峰不语。一凡抽几口烟，岔开敏感话题，说起申博的趣事。临走徐颖说："网上有个欢乐岛，专打双升，挺有趣的。有时间可以上去看一看。"

一周后，向丽轻松开起英语培训班。一大早，向丽上课去，一凡查完资料，想起欢乐岛，输入关键词，立马找到双升平台，用"古月三"注册了网名，入岛观战。约莫一刻钟，有人突然单聊："月三，是纯鸟吧？"一凡回："贞。"对方说："我向往纯洁，还有一缘，千里共婵娟。"一凡看看那人的名头，两个字，小月。笑一笑，打出四个字："月亮亲切。"对方贴上一段文字，详细介绍网上的操作法，点拨了定约。一凡细心读过，回复："古月三拜谢小月。"对方回个笑脸，提议："咱俩配对，打一局？"一凡欣然应许，斗将起来。打了两盘，全胜。往下配合更默契，又赢三局，猛然涨了两百多分。另找高手对三局，两胜一负。围观者成群结队，有时上百人。下场前，一凡与小月又私聊了几个来回。看语气，对家应该是女孩，有点文气，带些姿色。

下午两点，一凡又登欢乐岛，与小月联手，战三局，全赢。有人惊呼："欢乐岛来了高手。"一凡狂喜，即刻又冷静，撤下来，观战，聊一会儿天，又结识了两位高手，一个叫野狼，一个叫山风。与山风配对，再战三局，高歌猛进，一瞬过了三小时。随后的日子，一凡几乎天天上网打双升，积分一路飞涨，胜率高达81%，挤进群里的前五。打了半个月，遇到第三届欢乐大赛。一凡与小月配对，苦战三日，获得了冠军，名声大噪。网主奖了他五万分。不到二十天，一凡在群里胜率排名第二，赞声一片。大教授沉溺其中，忘乎所以。晃眼间，过了一个月。

一凡打牌，一般在家中，关着门，妻子以为他在写作，开头没在意。渐渐地，却感出些异象。那日早归，向丽悄悄推开门，定眼看，丈夫在打牌，一连三回都如此，便轻柔提醒："你一个大学者，别玩物丧志哟。"一凡答："不会的，申博太累，我轻松一下。"向丽也注册了一个网名，叫"门前兔"。时不时，两人待家里，各居电脑，打他几局，颇有意趣。向丽课多，又要改作业，无暇久恋。一凡每周两次课，时间一抓一大把，成天泡在网上，眼睛发直，话也少了。

渐渐地，向丽挂起了脸，频繁嘀咕。打牌最讲心境，有人逆气，难以尽情发挥，胜率也低了。许多个上午和下午，一凡干脆去网吧，一耗三四个小时，浑然不觉。晚上禁不住，还要打几盘。清醒时，也会自问：是什么在吸住我？最先想到的是虚荣心。他一到场，总有一群人旁观，打一盘好牌，赞声四起。又交了几个好友，其中不乏高素质，聊一会儿，但见一片天。

还有某种温柔的暧昧，小月与他心心相印。偶尔，也会出出格，抛个媚眼，丢个红嘴唇。某日，小月传来一幅三人照，全女孩，衣着考究，气质超凡，一个比一个漂亮。对方挑逗："你猜哪个是我？"一凡选了中间最美的那位。对方回个笑脸，不置可否。从衣着和平常的谈吐中，一凡得出一个小结论：小月很富裕，读了很多书。

再往后，言语半明半暗，表情包越用越炙烈。对方经常抛出互吻的图像，有时带动画。某两次，一凡同等回应，对方又贤淑起来，若即若离指东话西，仿佛猫抓老鼠老鼠逗猫。又一天，两人闲谈文学，小月举出《过》中的两个名句，一凡没有自曝身份，却膨胀了好一阵，身不由己更恋欢乐岛。小月整日待在岛上，只有一次，缺席了五天。一凡又推测：可能是被人包养的二奶。随即自警：网上水太深，麻烦莫惹，她走她的阳关道，我打我的牌。然而，那股诱惑依旧在，隐晦了而已。双升打了两个月，一凡被公认为欢乐岛的三大高手之一。小月居其三，野狼得分最高。双升对一凡加大了地心的吸引力。

周五上午，向丽在家改完作业，随手进入欢乐岛，一眼发现了一凡，正在酣战。嗨一声，丈夫不理会。已经十一点半了，向丽放大字体，打一句：猪，还不回家吃饭！一盘刚结束，三个同伴全溜了，一凡愣在那，不知何故，往下一瞧，妈呀，是门前兔！便下了网，付了费，急速回家。向丽已做好饭，笑着说："终于回来了！"一凡讪讪："松活了一会儿，才一会儿。"向丽跟进："屋里太小，战场也换了，目中无人，我看你已走火入魔。再提醒一句，该刹车了。"一凡自知亏理，满脸堆笑，连连应承。随后歇了四天，还主动去接孩子。再度写书，文思却涩了，心头还惦着欢乐岛，时不时想起小月，涌出一抹柔情。周三的晚上，一凡借口陪远客，却钻进一家网吧，另外注册个网名，登上欢乐岛，私聊小月，报了真名。小月惊叫："你终于来了，一日不见，如隔三秋。"一凡编个事由，诉了衷肠，两人又打起来，眨一眼，到了夜里十一点。想起夫人暴怒的眼神，一凡刹住玩心，惜惜告别，急速回家。向丽还在改作业，不冷不热问一句："客会完了？"一凡嗯一声，便去洗澡，直接上了床。临子夜，向丽走进卧室，随口问："你们在哪聚的？"一凡举了一家离家较远的咖啡店。向丽又问："你喝的什么？"一凡想了想，答："拿铁。""多少钱一杯？""二十五块。"向丽静一会儿，威然发令："把衣服穿上，我们走一遭。"一凡愣了一阵，只得穿好衣服。向丽叫醒女儿，叮嘱几句。两人出了门，叫一辆的士。进店要了水单，上面标明：拿铁三十元一杯。一凡傻了眼，连连说："我可能记错了。"向丽平静说："错了，就说个实话，谎言破个洞，后面不好圆的。"

一凡顿一顿，如实招来："对不起，刚才去网上打双升了。"向丽恭贺："好样的，坦白从宽，既然来了，咱们还是点个拿铁，我请客。"咖啡端上桌，两人无声地喝着，向丽说："你已经迷上了，我要帮帮你。"说完便红了眼，含了泪。一凡赶紧递去纸巾："娘子别哭，我改，我改。"向丽抽泣道："孩子还小，我孤身随你来武汉，你要废了，未来怎么交代？女儿咋办？最近一个月，你不能上网打牌，戒一戒，可好？"一凡速答："好！我保证。"

向丽又说："别存侥幸，你换个马甲，我一眼能认出，双升是我教你的，你的牌路我一清二楚，周围人的反应，对家的态度立马会供出你，电脑我比你玩得熟。"一凡连连说："娘子放心，这个月，我绝不上网打牌。"

向丽低吟："我相信你不会让我们失望。"

一连半个月，一凡没登欢乐岛，心下却有点牵挂，那日上午，妻子上课去，一凡自语："离开这么久了，牌我可以不打，也该给同伴打个招呼，告个别。"便打开电脑，点击欢乐岛，屏幕上却冒出一串字：请输入监护人的密码。一凡一愣，微笑自语："魔高一尺，道高一丈。"试了几个常用密码，都打不开，只好作罢。

恰好，谢峰打来电话："尚品在我办公室，过来坐一会儿。"一凡立马出门，赶到法语系。两剑客在喝咖啡，见了面，亲切如故。

一凡问："上课习惯吗？"

尚品答："开始有点拗，上一个月就爱上了，武大藏龙卧虎，很有些人物。"

谢峰问一凡："山川秀丽，近来可畅？"一凡苦笑说："大道畅通，小节上遇到一点磕碰。"接着，述说了自己上网打牌的小小风波。谢峰评："老兄是有点过火，也明了一个理，别以为当了教师就成了人类灵魂的工程师，我们都揣了一个魔鬼，不拂拭，他跳得更高，有时候，我们还下三滥。"尚品说："向丽冰雪聪明，处理极妙。"谢峰借题引申："徐颖要有这等智慧，我们早成家了。"一凡问："你们好久没来，上次打牌，我已觉出些别扭，好些了吗？"谢峰不冷不热说："她已去美国，我们拜拜了，诗人与诗人不能扭在一起。"尚品劝导："有些事外人本不该插嘴的。但是，你小子晃得也太凶了。一点小伤小痛，几十年耿耿于怀，至于吗？你出不了家，就该安个窝，落入凡尘，婚姻毕竟是主体生存方式，万万不要忽本求末。"谢峰说："这话，我也知道，没个心仪的，稳不了心啊。"

桌上开着电脑，一凡晃一眼，故作随意说："我上上网。"谢峰点头，一凡坐上办公桌，登上欢乐岛。他无意打牌，只想说个再见。一眼看到小月与野狼在打对家，一盘结束，下了场。两人私聊一阵，告了别。小月强调："我的手机不换号。"一凡回敬："山高路险，小妹保重。"便下了网。一凡清楚，久待风险多多，许了诺，破不得。持恒通大业，诚信是立身之本。

尚品瞟了屏幕一眼，立刻觉出异象，淡淡说："一凡抓住了本，那个末也不能全丢，该体验的，要体验，不然写不精彩。但要记住，牵肠挂肚的事，别沾，动了情，不好收场。花钱寻个乐，泾渭分明，却是良方。"一凡笑了笑，坐回沙发，悠悠啜饮。谢峰关切问："博点快揭晓了吧？"一凡答："两周内会有风声。"尚品说："这一回，我有预感，会十拿九稳。"随口提议："等起来焦心，下周，我们去青州住两天，如何？"谢峰急说："我已有安排，要去一趟海南岛。"

尚品问："死灰又复燃了？"

谢峰答："没有，没有，海涛太盛，经常闹得我睡不着觉，两位的忠告我听进去了，我想正规脱个敏，以我的方式辞旧迎新。"又谈一会儿尚品的博士论文，散了场。从那以后，一凡再也没有登欢乐岛打双升。

11

脱 敏

这里是三亚，却不在海边，相距一里，听得见涛声。刮大风时，椰树剧烈摇晃，湛蓝在叶间斑驳闪动，囫囵说，这还是海景。客栈不大，却幽静，此刻老板到日本办画展去了，员工依旧。为了告别过去，谢峰要了一间朝南的新房。从窗口看去，梦湖奇美，三两只野鸭点水高飞，烈日亮艳一片，如彩带，远方流着新临江。想起过去的一点一滴，心中风起云涌，新与旧模糊了界限。

恍惚之间，走来一位少妇，哼着歌，端来高汤面。谢峰搁下书，笑一眼，吃将起来。少妇娴坐对面，轻咀，慢嚼。交谈时，笑语柔声。露台一片祥和。少妇叫雅婷，三十来岁，貌品俱佳，文气斐然，谢峰与她每年幽会三天，形同夫妻。至此，已是第三个年头。如同法国诗人拉马丁与他的情人，只不过，拉马丁只幸福了一个春秋，约定来年同日再聚，美女却染了疾，一命呜呼。情道漫漫，心路悠长，中外在呼应。于谢峰而言，这露台只是一个兴点。往前看，同样酸涩苦辣，甚至翻江倒海，变本加厉。

高中毕业后，谢峰托病留城，胡娟提前参了军，远在青岛，驻扎海边。拥吻过后，两人许了终身，却没突破那条线，在当时，已是惊天壮举。胡娟走后，信件来往密切，激奋时，每天两封。三个月后，却急速降温。谢峰感觉不妙，发电报说我想去看看你，胡娟断然回绝，借口很革命：备战备荒为人民，部队不容私情。再过半个月，从海边发来一封挂号信："大海汹涌，个体渺小，忘掉我吧，我已经给了别人。"谢峰寡言少语，煎熬了一个月。这一击，力过千钧。

十月底，全国宣布恢复高考，谢峰全身心准备，找到了平衡点。几个月过后，考取南京大学法语系。过几年，胡娟嫁给了高干子弟。谢峰开始情游，阅人无数，却没找到基点。与雅婷只露水亲密，也是同道，两人都教文学，一个用汉语，一个用法文。

脱敏继续，既是心理疗法，也是审美造形。

吃过肉丝面，谢峰朝楼下喊道："老哥，来两杯拿铁。"

半支烟的工夫，老板端来咖啡，外加两盒酸奶，高声嚷："私家产品，高能量，绝对天然，你们每日用功，营养得跟上。"

谢峰浅浅一笑，递过烟，暮色里亮起两颗红点。老板拉过一把木椅，扬一口烟，悠悠说："整天忙于生计，好久没构想大画了，空落落的，需要文字来润一润，绝色。你看的新书多，套路不凡，给我们抖两句！"

雅婷柔声道："最近在走回头路，读的都是老古董。"老板说："我主画民国风情，最恋旧。旧之中，常有新意，快快说来听听。"雅婷顿了顿，娓娓说："又读了《受戒》，二十多年过去，魅力依旧。看似平白，加倍浓厚。这类作家，已不多见了。沈从文已作古，孙犁早停笔，新一代还没成气候。"

老板说："汪曾祺我也很喜欢，他的作品我几乎读完了。你说的平白让我想起老家的一道汤，这汤以土鸡打底，辅以干贝，加十六种作料。大火煮三刻，小火煨一天，最后捞取鸡和配料，只要一锅清汤。看上去白白的，喝起来，鲜美无比，平中见奇，妙不可言。一如汪老。天地间，淡可久长。作画也一样，齐白石妙在一个白。"

谢峰评："说汤以至文味，老板的比喻很透彻。论平白，我想到一个倒霉的君主，却是卓越词人，他是南唐后主李煜，古诗词最白的两句就是他的'春花秋月何时了，往事知多少''问君能有几多愁，恰似一江春水向东流'。'几多'最绝，这两个字把汉语渐渐地从文言引向了白话，到《红楼梦》，集了大成。"

老板说："论白话，我认为贡献最大的是毛泽东，政治搁一边，他的语录在平白中说出大道理，白得高妙。比如，'枪杆子里面出政权''妇女能顶半边天''我们不称霸，但是，唐僧肉要烤着吃'。后一句，太奇妙，我至今没全明白。"

雅婷不恋伟人，揪住《受戒》继续说："在结构上，这篇小说很畸形，一共十五页，中心是自由恋爱，情节简单，一个少女爱上一个小和尚。第一部分，说庙里的生活，用了七页，小一半；第二部分，五页，以英子的家为依托，写乡村风俗；第三部分，写爱情，'小英子把海明接上船'，在水上私订终身，篇幅只有两页。在看似跑题的闲话中，作者点石成金，荡荡悠悠地，把船踩稳了。这段话里，只有一半是我说的，另一半是毕飞宇说的，这家伙聪明过人，小说优秀，评论高超，角度很刁。"

老板欣欣说："高，高，实在是高，今晚一席谈，我受教了。绘画与文字相通，你们每来一次，我都有大收获，走后，我常常要画一幅好画，这会儿，我心里又一动。希望两位常来厮混。"

三人面面相觑，会心而笑。晚风徐徐，月亮在闲语间游走，转眼到了子夜，老板起身告别。谢峰揽着雅婷，进了房，夜鸟息鸣时，房内响起一阵呻吟。沙滩平静，海浪汹涌。

翌日起来，日升二竿，行李早已收拾。两人坐在露台上，叫来了早点。吃到尾处，雅婷抬起头，缓缓说："又要分手了，今儿说说家常。他爸走了四年，儿子要读小学了，他需要一个父亲，已经有了人选，明年我不能来了，你多保重。我很清楚，拖家带口，你接受不了。一会儿，你先走。"

谢峰喝口奶，稳稳心绪，柔柔说："天地玄黄，美好会留在心头，一如拉马丁的石头，祝你们幸福。"

车来了，两人吻别，谢峰提箱下楼，回头挥挥手，钻入轿车。雅婷拿出了纸巾。小车沿着海滩奔向机场，路上要走一小时，谢峰遥望大海，苦苦一笑：在此地，他还会过另外两个女孩。情景斑驳，海相繁杂。

门铃却响，断了回忆，谢峰高声喊请进，服务员端来一壶咖啡，两盒酸奶，三块夹肉面包，欣欣地说："教授好，老板交代了，您是我们的贵客，有何吩咐，我们招之即来。"已近中午，有点饿了，谢峰道了谢，坐下用餐。回忆是脱敏的第一步，诗人的线路却与普鲁斯特相反，他要脱离过去，走向未来。湖面鸟飞绝，露水已晒干。谢峰喃喃自语，该找个固定的窝了。随手翻动桌上的老日历。心头又一动，页号落在了1999年5月4日，距告别雅婷整整一个月。这一天，他遇见了徐颖。

青年节那天，《长江文艺》举办联欢会，来了三十多个作家，业余的居多。每人要求带个礼物，谢峰带来他译的《兰波诗选》。礼品混在一起，相互抽奖。谢峰得到《魏尔伦传》，施主是某报记者徐颖，此女抓到了《兰波诗选》，两人结成一对。聊一阵，颇有感觉。徐颖外表靓丽，气质娴雅，也写诗。谢峰人高马大，面相俊美，才华横溢，一头鬈发尤其吸人。热谈之间，谢峰暧昧试探："都知道，魏尔伦和兰波是同性恋，我们颠过来，正常一恋，爱出几首好诗，如何？"徐颖笑曰："醉舟随波，听你的。"角落昏暗，四周无人，谢峰像法国人那样亲了亲徐颖的脸，她回应积极，他得寸进尺，吻了美女的唇。

隔壁是瑞华饭店，更雅静，两人溜出，进了宾馆的咖啡厅，点一瓶红酒，大谈兰波、魏尔伦。趁去卫生间的当儿，谢峰开了房。归位再喝一阵，徐颖有点晕了，谢峰扶她上房歇息，就势宽衣，裸碰，销魂一夜，地动山摇。或许失于酒态，或许走得太急，再度邀约，徐颖矜持起来，借各种理由，拒不外出。拒绝美化了对象，增添了进取的动力。谢峰反复打电话，不停写诗。徐颖终于松了口，约好在退三堂里见，临了补一句：我们要信赖文字。

退三堂是一家茶馆，开在湖边，档次高，品味足。谢峰如约而至，等了很久，却落了个空，苦楚自语：得手容易，必有后关。出来混，总是要还的。隔两天，又去退三堂，已等三小时，还不见人。堂内的灯关了一半，眼前晃动几根烛火，亮得暧昧。谢峰合上书，取烟，悠悠抽起来。大堂右上方，开了一扇圆形小窗，白天似怒目，晚间像媚娘。临近子夜，茶客都散了。谢峰伸个懒腰，揉揉眼，正要离去，门帘掀开，露出一张靓丽的脸，徐颖终于现身，一如刁傲的公主。

"约定十六号见面，今儿十九，已过三天，你为何还赖着不走？"女人笑着发问。谢峰按捺激动，平平说："十六号，我等了一整天，你没来。走时发现沙发上贴了个神秘的'三'。脑中一闪，退三天，我又来了。"徐颖在对面坐下，柔情道："谢教授善解文字，聪明绝顶，委屈你了，来日方长，我会补偿的。"顿了顿，低吟："本来只是一晌贪欢，我却往红地毯上想，女人，都这德行。所以设了个关卡，女孩弯弯多，大教授别见怪。"

谢峰又点一支烟，徐颖掏出一张红钞，吆喝："小顺子！"

茶童应声而到，女人命令："关门打烊，拿去宵个夜。"茶童欢喜接了钱，给两人泡了一壶茶，收拾残余，欣欣离去，堂内仅存一男一女。谢峰笑责："人家的地盘，你咋呼个啥？"徐颖莞尔一笑："这是我开的店，确切说，是大哥开的，我占股，平时托人管，今天大驾光临，俺披甲上阵。"抬手一指上方的小窗："那儿，是我的闺房。"谢峰看一眼，生生一愣，半晌说不出话来。

美女赶紧安慰："峰哥，别紧张，你的表现可圈可点，几近完美。第一天，开门到场，守了十个钟头，打烊走的人，全天消费五百九十三元。点了两壶茶，两套餐，两包黄鹤楼，还给了茶童五十元小费。账单表明，你经济有实力，但不铺张，人诚，心慈。还读了芥川龙之介的《罗生门》，译了几首诗。不足之处：烟抽得太多。"

谢峰宽宽一笑，打趣道："老板娘的关爱，感天动地。我在想，这手法若用来考察党员干部，中国的官场该是何等的纯廉！"徐颖压根不关心政治，动情抚摸男友的脸。两人坐一起，狂吻乱揉。谢峰还想往下走，徐颖拿手阻拦："亲爱的，心热吃不得烤红薯，这等时刻，很诗意，上次走急了，今儿补一节，咱们再聊一小会儿。"

谢峰理了理头，徐颖抿口茶，沉缓说："知道我为什么要设'三'字局吗？请看，'三'竖起，为川，女人如水，那是我。川底加一横，是个'山'；正中加一竖，是'王'。我想找一靠山，寻个王。"谢峰昂首挺胸，仿佛坐在龙椅上。而后戏谑："'三'左右加一竖是个'日'。"徐颖盈盈一笑，站起身，献上一吻。烛光摇曳，两人翻江倒海，地广天空。

随后二人住到一起，甜美了几个月，都以为找到了伊甸园。然而，诗句交合，金光闪烁，余下的，却是散文，更家常，也更见功底，考验的是生存的基本技能。落入柴米油盐，矛盾凸显。徐颖不会做饭，不善家务，组稿时，东奔西跑，连自己都顾不上。情态上，还有点残余的牵挂。谢峰是家中独子，上有两姐，从小受溺到大，难以谦让，不会主动照顾女孩。

最要命的是，在小事上，两人都较真，只进不退。那日早上，徐颖又嘀咕："这牙膏，说过多次，你还是从中间挤。"谢峰反驳："宰鸡杀屁股，流派不同，用得着斤斤计较吗？"徐颖力争："从下往上不是正道吗？这点小事都做不好，以后怎么依靠？"谢峰没吱声，冷战开始，一连僵了三天，晚课也做不了。好了几天，又蹈覆辙，没完没了，双双筋疲力尽。谢峰怀念起海南岛，过日子，雅婷更适合。只可惜，她已嫁了人，还拖了个小兔崽子。

徐颖去美国一个月，谢峰微有思念，大感轻松。那一头的感受估计类同。过不久，来了长信，徐颖说："我已落户海滨小城，叫圣莫尼卡，找到了工作，在办移民，都是大哥操办的。美国的确好，我不回去了，你多保重，烟少抽一点。"谢峰想了两天，认真回了一封信，结尾说："一人在外，照顾好自己，祝你幸福。"

笔端至此，鼻子一酸，最后这一句，对不同人，他说过好多回，下一次，希望把"你"换成"我们"。尔后自责：我毛病也多，以自我为中心一定要改一改。还有一句潜台词：大海与我有仇，我的海市，都是蜃楼。谢峰还发现，雅婷一直站在徐颖身后，两人常常合二为一，涛声来自胡娟。这一刻，却分开了。

往事遛过一遍，谢峰卸了重负，空了心，喝几口咖啡，又去掉一块尘垢。终于脱了敏。本想住两天，一瞬之间谢峰改变主意，决定立刻回家。他退了房，付了款，定了车。半小时后，离开客栈，前前后后只待了三小时。这一次，谢峰远离大海，绕梦湖，沿新临江前行。临近机场，诗人添盐加醋吟起李煜的词："闲梦远，中土正离冬。芦花深处泊孤舟，笛在月明楼。"末尾附一句："在道丰山下，我看到一朵樱花。"

松青桐
2015.6.2

12

欢 喜

　　天气向冷中滑行，期待日益炽热。星期三上午，举行国务院
学科终评，千钧就在一发。顾院长神情凝重，罕言寡语。杨书记守
在电话机旁，指头不停地敲桌面。一凡待在家里看书，几度想超
脱，却口是心非，心猿意马。熬到晚上六点，电话铃响起，是一杰
打来的。刚通话，对方吟起诗："一夜冷雨愁，满眼桃花开，道丰
山上，春满楼，响鼓不用重擂。"一凡欣喜若狂，连声说："感谢
王兄，感谢了，什么时候通过的？"一杰说："不知道，你们行作
出色，我向你们道个喜，如此而已。三天后公布，以官方为准。"
随即挂了电话。一凡坐在沙发上，面无风，心头却翻江倒海。为了
这一天，一个院近百号人，筹备十几年，忙碌两年多，一张表就填
了六个月，还牵动了整个学校的神经。虽然胸有成竹，毕竟悬于一
线。此时此刻，巨石落了地，文学院终于突破了那个零。一凡喝几
口水，站起身，在厅内走了几圈，平静后，给顾院长打了个电话。
顾院还在办公室，兴奋说："我也得了喜讯，太高兴了。大德在我
这，你叫上两个朋友，一会儿去他山，我们吃个便餐。"

　　一凡立马邀了两剑客。老顾的心念他明白，逢大喜，请两个
不同单位的朋友敲敲边鼓，聚合更有意趣，赶至他山包房，大德已

到。两人见了，热烈拥抱，异口同声："成功了，终于成功了！"紧接着，谢峰、尚品赶来。又来了马原和伊含。于谢峰，伊含是生客，一凡作了介绍，伊含柔柔一弯腰，温婉点头。她在日本待了几年，年近三十，形同少女，一举一动像樱花。谢峰猛一愣，想起离开海南岛的一瞬，附带徐志摩的名句："最是那一低头的温柔，像一朵水莲花不胜凉风的娇羞！"

老顾到来时，连连警告："先稳一稳，等公布了再爆欢。"他自己却手舞足蹈，两眼之间拉开了三寸半。七人围桌而坐，立刻上了茶。大德怡然宣告："今儿品的是谷丰隐，武当山的绝品，野茶树，独一棵，一年才产两三斤。"顾院啜了一口，陶陶赞叹："此茶不凡，一如我们的喜讯。"朝大伙看一眼，缓缓说："千头万绪，由一凡领头是关键的一步。马原、伊含劳苦功高，大德的作用谁也代替不了。谢峰、尚品两肋插了好几把刀。在此，我代表文学院，向各位说一声谢谢。"众人高呼："万般皆下品，顾院最伟大，老顾最英明！"

随后的话儿在玄中转悠，谢峰说："中午走在环山道上，我遇见了响叶。"伊含插问："什么是响叶？"大德解释："枯叶在风中抱成一团，飘空飞走，呼呼作响，这是道丰山特有的景观，逢大事才有。"谢峰柔柔看了伊含一眼，接着说："响叶分三档，低飘至膝盖，中飘及胸，高飘在头顶，我遇到的是中飘。心下想，江大要有喜了，果然传来佳音。这一轮，我们上了六个博士点。"顾院解释："六个点中，最重的是文学院，它是江大的酵母。美中不足的是，古代文学走了一段弯路。"马原急说："那只是一个时间问题，几年后，响叶一定会飘到头顶。"顾院笑了笑："留点遗憾也好，物壮则老，到了顶端只能走下坡路了。"

大德继续幽玄："十五年前，我刚留校，山上来了一条狼，江大得了一个国家大奖。后来出了野猪，我们进了'985'。"谢峰说："前不久，又现了蟒，我没见过，却看到一条红头蛇，有两米多长。昨天我在低年级听课，学唱《马塞曲》，那蛇缠在教室外的大树上，点头打拍子，节奏都抓准了。"顾院笑道："你们越说越玄乎，有的事，信一点可以，但别过头。"

尚品回到实处，缓缓说："我觉得顾院的最大贡献是接通了道丰山的文脉，一把拉回了苏东坡。"大德激动旁证："这句话说到点子上了，还托了许多巧合，秦园展示的学术专著，销得最快的是老顾的《苏东坡研究》，其次，是一凡的《当代文脉》，两个关键词，东坡与文脉，都含进去了。接下来是张校长的《大历史》，于宏观背景中阐明了更广的意义。这不是玄乎，是确在的社会科学。"顾院两眼闪烁，动情说："来，我们以茶代酒，为道丰山明天的辉煌干一杯。"

众人站起，一饮而尽。

服务员端来了喷香的煲仔饭，就餐时，谢峰主动倒了两次茶，一凡看得出，他针对的是伊含。临走，谢峰还要了伊含的联系方式。预报说，后天下大雪，又是一道祥景。

结果公布后，一凡正规激动，再上道丰山，绕中环走了一大圈，天地苍茫，众多沟坎已被大雪覆盖，诗意在说银装素裹，暗伤看去，却像铺了一层裹尸布。夏火烤黄了秋叶，冬天消隐，白雪却伸出手，牵住了来春的衣角。翌日上午，一凡去了一趟中南医院，老易已卧床不起，话语模糊，熬到了生命的尽头。一凡报了喜讯，老易举起瘦弱的手，费力地说："感……感谢你，有段时间，我放……放……放心不下，一度想阻拦，事实证明，你……你……你的确比我……我强，我很高兴。"一凡真诚地说："没有你打下的底子，哪会有今天的辉煌。"老易欣慰一笑，两滴热泪流下来，第二天，与世长辞。医生预测六个月，老易守了一年，一凡清楚，是博点在支撑着他，也是欲望的张力。

汤副院长立刻忙碌，马原也忙，首先要写一个讣告，贴在邮局对面的广告栏上。招了几位同事，一凡也去了，大家一合计，写了一篇上佳奠文。马原善书法，用大字一抄，满满两页，主要陈述老易的丰功伟业。汤副院长看过，连连摇头，一凡不解地问："写得情真意切，文采熠熠，有啥过不去的？"汤副院长答："马教授的文笔，江大一绝，只是篇幅不足。江大有个不成文的约定，走一般人员，贴一张纸；副教授两张，对应副处；教授、正处三张；若是校级领导或院士、资深教授则要贴四张。"大伙哦了一声，齐称长了见识。汤副院长说："你们再加一页，增一点履历。"叫来人事秘书，拿来老易的档案，大伙又补了一张。正要重抄，一凡提议："能否添一句，写上博士生导师，这个名头，老易最看重，冥冥之中也是一大安慰。"汤副院长急急摆手："使不得，使不得。按现行的规定，教授故去，要发二十四个月的丧葬补贴，博导是三十六个月，多一年，这笔钱都没地方出。更重要的，破了这个例，后面的教授提同样的要求，院里就乱套了。"众人又呼长了学问。第三天，老易入土为安。追悼会过后，一凡随车回江大，马原随汤副院长把老易送上了扁担山，临走暗自感叹：人生一捧土，欲望也宿命，是你的，拿不走，不是你的，要不来。平时手脚大展，抓天跺地，送入火葬炉，只是瘦小的"一"，蛇与象难解难分。

博士点落定后，一凡全然轻松，自定一个小目标：远离高堂，站好讲台，敬奉笔墨，好好过日子，一如向丽擅长的麻婆豆腐。又到夜深人静，夫妻俩躺在床上话未来。一凡欣欣说："今天见了老彭，《过》的稿费要结了，你猜卖了多少？"向丽说："上了十万？"一凡笑曰："翻两倍，再拐个弯，一共卖了三十三万册，扣去税，可得七十万元，马上到账。"向丽惊叫："哇，我们发了耶。"一凡补充："《当代文脉》也售出五万。"向丽屈指一算，欣然叫："家里存了二十多万，三笔加起来，我们一下成了百万富翁呢。还听说，今年的年终奖，得了博点的单位加一倍，对院主管和学科带头人，校长还有专门的大红包，你娃儿有点狗屎运。"一凡激越说："好日子还在后头，老彭说，得了鲁奖，我的《过》销量猛涨，可能还有连续惊喜。《蛇不吞象》他也看上了，我没把话说死，这本书，我想慢慢写。"向丽暖暖笑，贴上一吻，随即下床，拿来一个小本本："我的驾照也拿到了，上午取的。开过散伙会，我们立刻去买车。再去看看房，争取积一点地产。老人们说得好，万般靠不住，只有地牢靠。"

放假前三天，文学院举办团年会，也是庆功宴，或称分奖坛，地点在秦园酒店，会过餐，各系便知自家的奖额。院里已敲定大盘，下面只有微调空间。头一天，汤副院长给一凡打电话，通告了他的奖份。院里决定发他七万，马原五万，伊含四万，一般教师三万，另有一笔按各自的课时结算。一凡首先感谢学院的厚意，而后提议："我去掉两万，和马原一样，同拿五万，那两万放在课时费里由全系分享。"汤副院长说："调配上了万，我必须请示院长书记。不过，这样的调，我到文学院，还是第一次。定下来后，我会告知现当代文学系。"

团年会盛况空前，除了全院教职工，还请了有关部门的头领，校长也来了。谢峰作特邀嘉宾，跑博点他发挥了重要作用，而且，他多才多艺，还要演个节目。因校长点了将，一凡坐主桌，居校长的左手，顾院居右，书记坐在一凡下方，谭处邻顾院。一凡过意不去，几次要换位，书记小声说："这是校长定的，跟你换了，我今后如何进步，别把我往火坑里推。"一凡无奈，只得坐稳，与校长恳切谈起来，重点说考古。

谢峰坐旁桌，居马原与伊含之间，笑着说："一凡若想走仕途，马上会提升，你看校长那个信赖劲。"马原更正："一凡真想捞官，校长就不会待他那么亲热了。"谢峰望了望马原，敬佩道："你比我更了解官场，Chapeau（祝贺）！"

下午五点整，团年会正式开场，杨书记主持，顾院长讲话，他总结了全年工作，重点谈博点，表扬了一凡、马原、伊含等，浓墨赞扬老易，前后用了一刻钟，简洁生动，很精彩。最后由校长作结，他环顾四周，深情说："已到隆冬，下了雪，道丰山上绚丽多彩，此时，我的心中只有两个字：感激。我要感谢文学院的全体教职员工，感谢顾院长和杨书记，感谢院班子，感谢一凡和马原，你们行作大度，指挥有方，脚踏实地，搬去了我心中的一块巨石，为道丰山添了彩，历史会记住你们。希望各位再接再厉，几年后，再获一个博点。那将是江都大学更光辉的一页。"

台下掌声一片，各桌都斟了红酒。校长归位，书记后退一步，顾院长执杯登台，高声吆喝："为了博点，为了更灿烂的明天，我们先行干一杯。"全堂喝过，书记高昂宣布："下面表演节目！"

话筒交给主持人，气氛别样地活跃。节目只有六个，预计半小时。开头民乐合奏《芝麻开花节节高》，演奏者小半教工大半学生，弹拉的水平达到省级标准。指挥一袭黑色燕尾服，戴汉代礼帽，中西结合。如此装扮，严肃即幽默，而他又一言不苟。手臂挥两下，大伙笑起来，绵延不断。第二个节目是多声部小合唱，由伊含领衔，惊天动地。微微一打扮，伊含又娇又媚，那身段惊倒一片。谢峰目瞪口呆，笑得三分傻。他已换了装饰，头系白巾，身穿对襟白褂，土中透洋气，带有几分解构主义的反讽。谢峰上场时，满面庄严，一脸感恩，活像陕北的老农民。高声宣布："我给大家跳一个'忠字舞'。"众人齐声欢呼，大厅里响起久违的乐曲（歌词略有改动）："敬爱的毛主席，我们心中的红太阳，我们有多少知心的话儿要对您讲……"谢峰镇定片刻，两手往左上一举，一高一低，眼睛跟着手走，伸两下，又在头顶比画个圆，那是太阳。身下踏大步，跳的迪斯科，把推铅球的动作都用进去了。舞到"千万张笑脸迎着红太阳"，他向右转身，伸一根指头，放在嘴边，微微笑，背过去，继续用手指口，像孩童，把一张笑脸慢慢送给观众。大家笑得人仰马翻，他一脸虔诚，尔后猛然挥手，在左胸前比个心形，两手向外一扩，回缩，再一扩，左脚一蹬又一蹬，直白演示"千万颗红心在激烈地跳动"。最后捋着长长的胡须，引吭高唱："祝您老人家万寿无疆。"一个白鹤亮翅，戛然结束。主桌上的十来人已笑得喘不过气来，都经历过那个时代，深知其中味，经谢峰一解构，大伙吐出了沉在心头的郁闷。校长连连说："这谢峰是个人物，是个人物。"伊含已落下十几滴泪。

最后的节目是芭蕾舞《天鹅湖》，由汤副院长领头，舞员有卢副院长、方副院长，外加五位秘书，清一色的大叔。八人着乳白加厚保暖内衣裤，交叉牵手，踮起脚，欢欢欣欣跳起来。动作说不上专业，却一丝不苟，脸上持久的微笑，蹦跶起来比孩子还欢快。台下的观众都笑趴下了，头儿们说不出话。乐到这个份上，具体吃什么怎么吃就无须赘述了。

应张校长邀请，开学后，一凡去了一趟蕲春，大德随行，接待方是博物馆的彭馆长，也是校长的学生。看了发掘现场，再去仓库。主打品是一套精美的黄铜茶具，一壶，四杯，两茶勺，三挂钩。彭馆长说："刚才几位都看过了，墓不大，出了三十八件文物，属于士大夫的，残存的两枚竹简，能辨出'茶经'二字，前日送到北京修复去了。我们隐隐觉得，茶具与陆羽相关，却没证据。"校长低沉说："这款壶以往不多见，如果与陆羽连上，便价值连城。不知为什么，我有点神妙感，又恍兮惚兮。"一凡轻轻拿起茶壶，抱了片刻，低沉说："我感到内中有个机关，就在刚才，我脑中一闪，看到一个圈，有字，有只手向我招了一下，再一想，手没了，只剩一个圈。"校长说："小彭，拿双手套和磨砂来。"手下取来物什，校长戴上薄手套，揭开壶盖，在内边沿摸了几圈，猛地停住，轻轻一磨，翻过盖端详，又用磨砂一擦，铜锈落去，现出四个字："東冈子赠。"彭馆长惊叫起来："我们终于找到证据了，东冈子是陆羽的号，这个号，他只在蕲春一带用。"说完，握住校长的手，高声嚷："感谢我永远的老师！"校长说："是一凡启发了我。"馆长又握一凡的手。大德高叫："恭喜，恭喜！陆羽的物件，有名有姓有证有据的，目前全国只有这一套茶具，你的博物馆马上要一鸣惊人了。我有个建议，蕲春太小，怕镇不住，最好上交湖北省博物馆。"

馆长正色道："省博的胃口不能太大，1978年，随州出土的曾侯乙编钟被你们霸去了，那可是世界奇观。省博风光了，却惨了擂鼓墩，整个博物馆只有一个空坑，几具棺木，展厅内到处写着：此件在湖北省博物馆。前天，我们接待了擂鼓墩的吕馆长，他反复说，当年那套编钟，要是留在随州就好了。他们肠子都悔青了，你又来编我，免谈。"

大德笑笑说："我只是省博的参事，编外研究员，开个玩笑，我倒真希望美花四处开。湖北是考古大省，这一带到处有地宝。一凡第一次来，等一会儿，我建议去看看楚荆湖。"

馆长收起宝贝，笑得合不拢嘴。吃过饭，直接去楚荆湖，那是一个已探明但没开发的古城遗址，据说是王都，是楚国第八代首领熊杨的居地。登上一个小土坡，但见一马平川，农舍镶入田野，树点缀，蒙茫一片。大德拿手一指："这儿是西周时期的城门。"校长挥手一标："那儿是护城河，王宫，还有兵营、商肆、宅区。"说得一凡一惊一诧。在他眼里，那只是一凸坡，一方田，一凹地，间夹几间破草棚，便自语："我那点皮毛太轻了，学习无止境。"大德要来一把锹，戳两下，弄出半截垒块。一凡辨出，是秦砖。校长接过铁锹，挖几脚，又撬出几片汉瓦。地下的脉络，他俩一清二楚，仿佛土行孙。后几年，一凡紧随校长或大德跑了几个考古现场，频繁出入博物馆库房，上过手的国宝至少三百件，仅茶壶，摸了七十多个，穿越五千年。由此获取两大心得：上下七千年，装水的器具最重要，茶壶负阴抱阳，折射大智慧；历史不仅要读，还要摸，上过手之后，纸上的知识更踏实，对世界的认识更实在。

一晃到了旺春，一凡在盘山道上散步，远远看见一男一女，手拉手，背影颇熟。接近时，一凡试喊一声："峰头！"那人立马回身，正是谢峰，女的是伊含，含带三丝羞涩。一凡笑了笑，朗朗说："正看反看都绝配，你们早该合拢了。"谢峰道："走过千山万水，终于归了宿。要说，还是你做的媒。1月3日小庆，你若不叫我，也许就错过了。"一凡笑曰："情系一眼，兵贵神速，这才是缘分。"

伊含柔缓说："红线缠腰，赤绳系足，总有一双无形的手。感谢你，月下中年人！"一凡道："峰头我透熟，他的目光从来没有这样清纯，有了那个东东，鼻子眼睛都变了。见到你，他突然会照顾人了，破了天荒。"伊含打笑："希望不是装的。"谢峰急回："我要会装，娃儿早会打酱油了。"伊含柔柔一笑，抓紧了谢峰的手臂。

突然飞来一大群鸟，少说几百只，聚在一起绕圈圈，几乎遮天蔽日，过一会儿，天上频频掉鸟屎。三人赶紧躲到大树下，一凡感叹："或上或下，或里或外，这道丰山总有奇异点。"谢峰想起什么，笑几声，关切问："问题不大吧？昨天碰到嫂子，说你被锏了，还警告我不要助纣为虐。"一凡道："风大雨点小，周末大扫除，向丽发现了我们探溶洞的工具，威逼利诱一晚上，我扛不住，如实交代，把你也供出来了。夫人骂一阵，锁了工具，严禁再下洞，我还写了保证书，签字画押，无比庄严。"伊含说："我坚决站在向丽一边，那地方太危险，有人下去没上来，你两个别再冒险了。"谢峰急忙安慰："娘子放心，八抬大轿请我，也不去了。那一次，我和凡头差一点被几百只蝎子困住，幸亏带了喷油枪。"鸟群终于飞走，三人继续前行，不知不觉，来到东山头。一凡说："你们深入亲密，下午有个讲座，我要准备一下。"

回家后，一凡报告了路遇，向丽说："他俩挺般配的，发现没，伊含有点像日本姑娘，两人站在一起，像菊与刀。"一凡说："这正是峰头的心缘，他酷爱日本文学，外表大咧，骨子里求温柔。真高兴，这家伙终于安了心，他的《兰波文集》会做得更好。"向丽说："这叫一物降一物，也是命。"

夏季走入中段，尚品从美国回来，打电话说，要去工人村拜望老爷子，理由很充分：话儿放了一年多，不能再拖，对老人不能打诳语。一凡当即应诺，邀了谢峰和伊含，通告了父母。周六上午，三拨人汇集江都大学，一同赶向工人村。见了面，二老喜笑颜开，凡母拉着伊含的手，连连夸赞："伊姑娘又漂亮又温顺，还是知识分子，打着灯笼都找不到。谢娃子，诗莫写了，先安个家，给你爸妈抱个孙子。"大伙齐颜欢笑。容儿倒完茶，去菜地。谢峰喟叹："在这里，我待了几十年，感情厚，每次来都很亲切。刚才，我去四周转了转，变化不大，只多了一个亮点，是您家的菜地，还养了鱼。"正说着，容儿从地里回来，手里拿着两枚鸡蛋，兴奋地说："爸爸，爷爷在墙头搭了个棚子，养了一群鸡，还生了六个蛋，我拿回了两个，是热的。"尚品说："刘伯，再养几只鸟，您这里就海陆空齐全了。"老爷子欣欣说："这叫综合利用，才从书上学的。鸡粪是最好的有机肥，弄到地里，菜的味道又不一样。过些时，我给你们的老头老娘送些去。"尚品忙说："感谢了，您别奔劳，到时候，我让司机来拿，爸爸妈妈成天念叨您的菜。"

凡母问谢峰："你们么时候办事？"谢峰答："已经拿了证，放了假就办。到时候，接两位喝喜酒。"一凡打趣道："绿豆落入团鱼眼——遇了圆（缘）。半年不到，就谈婚论嫁了。"谢峰急说："爱，就在一瞬，如诗如画，休管乌龟与王八。"正说着，向丽进屋报菜谱："各位，今天吃的全绿色，鱼是钓的，鸡纯土，蛋是才下的，青菜临炒去地里摘。"一凡补充："一大早老爸挑了地菜，做了我们小时候爱吃的蛋饺。"老爷子正色道："以后想吃就来，随便一点，莫带东西，今天你们又是酒，又是烟，几大包，太见外了。还是像小时候一样，有好吃的，像猫子一样溜过来，吃完了屁股一拍走人。条件好了，随便点，我更高兴。"

谢峰喝几口茶，巡视一圈，欣然问："墙上的水彩好有特色，谁画的？"奶奶急说："是容儿。"伊含睁大了眼，失声叫："哇，不可能吧？刚进屋，我就注意到了，还以为是世界名作呢！我也画画，画了二十几年，其中的神韵，我望尘莫及。"尚品出了十几本画册，更是鉴画高手。他愣愣看许久，小声问："老哥，这类画有多少张？"

一凡答："正规的，有三十几张。"

尚品庄严说："这些画你们要保存好，我有个要求，集到六十幅，我想为容儿出个画册，这个专利，你必须留给我。"一凡答：

"你发了话，是定音，万无一失。但是，我不想太早。小学还有几年，让容儿平平实实地过，没有俗，难有大雅。有些事，我心里有数，出画册到中学再说。"向丽窃声问："孩儿的画真有你们说的那么神奇？"尚品吟起了诗："不识庐山真面目，只缘身在此山中。再过七八年，你们就知道了，我想当一回伯乐。"又问容儿："最近在读什么书？"容儿答："《上下五千年》，我爱历史。"尚品欣然曰："历史好，与我同行。你爸的历史也很扎实，过些时我送你几本彩图书，台湾出的，很有趣。以后的历史书，我包了。"吃饭时，三剑客大谈童年，老人添砖加瓦，妻女插科打诨，部分追回了逝去的美好时光。谢峰不时给伊含夹菜，凡母看在眼里，笑在心头，柔缓说："小时候峰娃最得宠，两个姐姐都让着你，有点好吃的，你抱着不放，得了个外号叫'南霸天'。上了外校改多了，今天大变样，阿弥陀佛，过日子就该这样。"

时日跑得飞快，颠几腿，抵达七月初八，谢峰和伊含的婚礼如期举办，地点在鸿宾楼，那是任家路最好的餐厅。谢峰厌俗套，没请婚庆公司，婚场交给餐馆。剩下的，黑头义务包揽，他有团队，得心应手，易如反掌。大德负责音响。一共办了三十桌，尚品当司仪，一凡祝词。十二点零八分，婚礼正式开始。尚品微笑登场，几句话，活跃了气氛，肃穆了场面。谢峰西装革履，伊含面容娇丽，仪态万方。程序一路往下走，优美而别致。轮到一凡上场，他顿片刻，深情说：

"谢峰、尚品和我，我们三个一起长大，从小学到高中，一路同校。大学各奔东西，来往却很稠密，大伙给我们起了一个外号，叫三剑客。尚品出色的主持映出了几十年的友情。要说的话很多，此刻，我只选两句话送与新郎新娘，总共六个字。第一句：'我错了。'夫妻之间大多是鸡毛蒜皮，偶尔起点矛盾，峰头，你是男子汉，率先说一句'我错了'。搞不清错在哪，没关系，说了就明白了。伊含呢，一如既往，以柔克刚。谢峰小时练过拳，胆大包天，但是，他最怕你那低头弯腰的温柔。第二句更简单，是'我爱你'，相互说，更见效。简单语句往往含有大道理。法国语言学家本维尼斯特做了一个统计，在全世界，'我爱你'三字，有三十六种常见表达法。说的时候，要换个花样，加点表情。还可以看着她，啥也不说，柔柔地看，此时无声胜有声。最后祝两位新人幸福到永远。"

伊含发表了精彩感言，语兴四座。谢峰吟诵一首自创的诗：

> 临近中午，才发现
>
> 太阳是圆的
>
> 我两脚画出的弧线
>
> 托起
>
> 一片天
>
> 低头看
>
> 杯中绽开一朵马蹄莲

开席后，喜气洋洋。最热闹的是老邻居，满满六大桌，有尚品的父母，一凡的爸妈，老首长，外加六七个蹭住干部楼的老处长。话题有二：一说当年的峥嵘岁月，忆苦思甜；二揭三剑客的短，说他们光屁股的尿样，偷吃的矫捷，挨打的哀号，以及脱胎换骨的当今风采。四位家长满脸笑，轮桌敬酒，走起路来像弹簧。谢峰两个姐都赶回了，一个在日本，一个住新加坡，她俩此刻最忙碌，笑得像牡丹花。尚品和一凡随陪伊含的父母聊大天，都是读书人，话儿很投机。

新郎新娘被同事缠住，一人举一支筷子，嘴对嘴，在啃一个悬空的苹果，不许手帮忙。向丽随护一旁，手拿一瓶掺了酒的矿泉水。闹过一阵，众人欢叫："苹果，苹果，平安结果；筷子，筷子，早生贵子。"谢峰两眼闪光，喜得半天闭不上口。回到姐姐身边，谢峰又小一截，几乎像儿童，顽劣也翘起了尾巴。大姐对弟媳说："峰儿像孙猴子，你是唐僧，我们放心了。"伊含说："你们和爸妈是如来佛，他跳得再远，也跳不过你们的手心。我努力念好经，争取不冤枉他。"谢峰纯纯地笑，风和日丽。

接近尾声，黑头登台宣布："各位来宾，还有一个节目，下面由尚品与两位新人唱一段样板戏，取《沙家浜》里的智斗，唱词做了小修改，属于再创作。这也是新郎的拿手戏，他演过刁德一。"话音落下，大德率领六位琴师拉起了二胡，三人登上台，谢峰引吭高歌：

想当初，老子的队伍才开张，拢共才有十几个人，七八条枪。遇皇军追得我，晕头转向，多亏了阿含嫂，叫我水缸里面把身藏。她那里提壶续水，面不改色，无事一样，哄走了东洋兵，我才躲过大难一场。这救命之恩终生不忘，俺谢某讲义气，终当报偿。

伊含道白：

谢司令，这么点儿小事儿，您别总挂在嘴边儿上，当时我也是急中生智，事过之后您猜怎么着，我还真有点儿后怕呀。这会儿想起，心还怦怦跳呢！

尚品高唱：

这个女人哪不寻常，人往缸里一塞，拉出来变成了新郎，就在刚才，双双拜了堂。刁德一我洗心革面，走正路，考了博士。在此刻，我代表广大来宾，祝两位幸福美满。代表新郎新娘，祝各位来宾万事顺畅。

紧接着，黑头、一凡、向丽走上台，大德换了曲调，六人一起唱起《青松赞》，也改了几个词：

要学那泰山顶上一青松，久久相爱碧苍穹。
八千里风暴吹不倒，同甘共苦暖融融。

13

投胎 红狐 书斋（六合谈之二）

耗时五年，顾院长完成了《宋代贬谪文学十解》，七百多页，是一项国家重点项目，几经修改，交付出版。一凡借机进劝："顾院，你文笔柔美，有诗人气质，该写一部普及读物。蔡元培和胡适都说，大学者一生，要深入浅出一回。"提到两位大家，顾院动了心，想了想，说："哪天去听听你们的故事会，大名鼎鼎，一定有货色。"尚品得知讯息，当即定夺："我们为老顾办个专场。"

依旧在他山咖啡，六名骨干都来了，附加九个编外人员。顾院提前到，尚品着西装，庄严开场："各位会员，顾长吉院长是唐宋文学的权威专家，学养深厚，见解独到，文笔卓美。在当今学术界，一句顶一万句。今儿吉星高照，六合生辉。且是小锅小炒，机会更难得。有请大师。"

顾院抿一口茶，激动说："早听说尚品办了个高品读书会，今日一见，气度果然不同凡响。这个气很重要，我想起谢赫的气韵生动，说的是画，也点明了文学的灵魂。学术做到现在，我对故事产生了浓厚兴趣，惚兮恍兮，其中有道。同一件事，有人说出干瘪，有人讲得丰裕，有人感天动地，有人妙趣横生。见高下的，是气韵。光气不够，还得有韵，这个韵是长年的积累，是心念，是情怀，也是大智慧。中国的四大名著，国外的《哈姆雷特》《悲惨世界》《战争与和平》《雪国》等都有精彩故事。只不过，对故事的定义，单一不得，像曹雪芹那样，把琐事说得津津有味百读不厌，也属故事，而且是超能耐。好了，空话少说，下面讲一个亲身经历，掺和道听途说，真真假假，虚虚实实，我用第一人称讲：

那是一个秋末，临夜九点，我在山腰散步，前方几百米，空无一人。路灯都亮了，树影婆娑，如妖如幻。这是道丰山的中环道，就在我们背后。山的北中段，原来有一片坟，扩校时，整体迁走，却忘了行仪式，之后经常出怪象。

平日里，教工们喜欢在环山路上晚练，老人居多，大多数倒着走，还拍手，前两下，后三响。这么退，据说，可以治百病，还能预防老年痴呆。

那天晚上却很例外，我走了一刻钟，只见二三人。行至坟场边，突然刮起一股冷风，几片枯叶在头上盘旋，许久不落。我抬头追看，垂眼时，发现一个姑娘，距我十余米。白衣裙，长发，二十来岁，身材特别苗条，却带一股阴气。

我心头一警，想后退，女孩回过头，朝我一笑，朗声说："老师好，这路上一个人没有，好怕怕，我跟您走，行吗？"那张脸极媚丽，又随和，一瞬间打消了我的惧念。于是，我们并排前行，边走边聊。走到拐弯处，终于见到一群老者，一如往常，倒着走，巴掌拍得脆嘣响。

女孩脸色苍白，猛地抓住我的手，身体微抖，指甲掐得我生疼。我横瞟一眼，发现女孩脸上蓝了一块，逆行者过后，才恢复常态，手也放了，我的小臂上却留下五个蓝点。我研究过鬼妖，立刻明白了处境，微微战栗，嗫嚅道："这位，这位同学，你知道我是做什么的吗？"

女孩昂头一笑，速答："知道，您是江都大学中文系的资深教授，叫顾长吉，全国著名的唐宋文学专家，对聊斋做了独特研究。属兔，耳朵已顺。在您的背后，我还读了很多书呢。"

我暗忖：这女孩玄乎，非同一般，却通文墨，我可以文攻，便说："知道吗，《画皮》，我读了上百遍，倒背如流。我夫人属虎，脾气暴，煞气大，阎王都让她三分。我还会念几十条镇妖符。"

女孩真诚看我一眼，坦言："顾老师，您通阴，我涉阳，都是明白人，阴阳互济，话就往明处说了。您刚才举的都是老学问，与时俱进，现在的妖都不吃人了。"

"啊！！为什么？"

"化肥过多，污染太重，思想日益僵化，愚昧而不自知，肉呆板，血都变质了。而且，很多人身上带有变异癌细胞，吃了，投不了胎。这是当代妖的大忌。"

"现在你们吃什么呢？"

"一般吃牛羊肉，我是素食者，吃树叶和草。话已挑明，老师放心，我向往人类，不会伤害您。"

"谢谢姑娘好意，你今天找我，有什么事？"

"我想搬个家，请您帮个忙，搬得好，我或许投个上上胎，实现妖的崇高理想。"

"住道丰山多好啊，临吉安湖，既野又文明，还有校园文化。"

女孩看一眼远去的倒行者，细说原委：

"这山上最早住了五十妖，四十八户编了号。我是民办教师，三年困难时期饿死的，家里穷，哥哥挖个坑，匆匆把我埋了，他饿得无力，没给我坟上堆土，我就成了黑户。实际上，我比你大二十岁，按辈分，你该叫我姑姑。"

女孩看看表，又说："我之外，还有一个小孩，叫小野，也是饿死的，被抛在山沟，成了野鬼。四十八户，只有一家立了碑，民国的，他做了我们的头领，德高望重，其余的按坟堆大小排位。地下有章法，相互不歧视，很憨实，虚招只能在阳间通行，当官的用得最多，官越大越娴熟。我们实打实，在阴间处得挺好。"

我欣然插嘴："没想到现在的阴间仍然有条理，颇温馨，跟古代相通，有唐传奇，有蒲松龄，还有弘一法师，古人伟大，民国绚丽。"

女孩没接我的茬，按自己的思路往下说："十年前江都大学扩建，把整个山都围进去了。集体迁坟，有牌号的妖都走了，只剩我和小野。他常哭，我总安慰，我们相濡以沫，日子过得也舒坦。清明时，老户常来看我们，闹起来很开心的。但近几年，江大出现了倒走风潮。这是新状态，你可能不详，我们妖最怕人类倒着走。一里之外没感应，但这条环山路就在家门口，最远处才两百米。"

"人倒走对你们有什么影响？"

"逆向退行，时间回潮，我们胸闷，心悸，耳鸣，睡不着觉。另一闷来自我们的善良，倒行逆施短阳寿，鬼知晓，人却懵懂，一时又找不到传话的人。我们急呀。今儿遇见你，也是人类的福分。"

我接着问："你搬了，那个小野呢，他咋办？"

"这一问落到点子上了。人有意外喜，妖有飞来福。去年小野在防空洞里采到一棵千年人参，吃下去，嘴拉长，屁股高翘，变成了狐狸，相当于投胎。后来成了网红，每天有人送吃的。苦日子，他算熬到头了。"

话至此，女孩突然悲戚，苦苦说："妖现人形是有次数和时限的，今晚十一点过，我只剩一次扮人的机会了，仅两小时。再错过，我将永久熬地狱。"

我本能地看了看表，离十一点还有五十分。便问：

"我怎样帮你？"

"很简单，早上八点，你打凉水洗脸，洗脸水留着，切三片黄瓜丢里面，泡一小时。晚上八点，把黄瓜洗脸水倒在我屋门口就行了。"

我"哦"了一声，没立刻表态。随后，我们并排走一截，找到一棵近千年的银杏。那是江大的树王，我很熟，是苏东坡栽的。在道丰山，东坡一共栽了三棵银杏。树旁有个石椅，天晴时，我常在那读书。树脚下，长了一朵蘑菇。女孩说："水往蘑菇上倒，后天晚上，我等你。"我定答："姑姑放心，我一定来。"

第三天，我如约浇了水。蘑菇摇摇头，散发一股香气，带点奶味，我知道，那是姑娘的谢意。回屋后，我潜心写作，不再想妖。过了两周，《楚天》登出一则花边短文：我市市民杨翠花在江大银杏王下摘到一棵特大灵芝，叶径一米，重六公斤，是至今发现的最大灵芝王，世界独一。

看了照片，我一乐：杨翠花是我的大学同桌，大德见过。她家住鹦鹉洲，有山有水，那是武汉最好的一块风水宝地，还是江景房。我自语："女孩该满意了。"

几天后，翠花打来电话，大谈她在江大找到灵芝的枝干末节，并告诉我她儿媳两个月后生产，她将灵芝磨成粉，儿媳吃了胎儿发育超好，等等。足足打了半小时，我只说了三句话。

翠花的孙女办百日庆典时，我赶到晴川饭店，送了一份厚礼。看到小婴儿，我又一惊：这口，这鼻，这眼，这脸型，好像道丰山的姑姑哟！那股奶气我特熟。婴儿盯着我一个劲地笑，喔喔喔，说个不停。我亲了亲孩儿的脸，欣欣说："姑姑好，祝你快乐成长，做个不僵化有大出息的人。"

顾院喝口茶，停止讲述。

黑头欣然评说："顾院，您的大名，如雷贯耳。今晚听您一席话，受益匪浅。开头的引语深入浅出，好多深奥的道理。您一气韵，我们都明白了，而且，听得贴心。我是做生意的，也曾打打杀杀，一路走来，深有体会，行商也讲个气，先是运气，再是和气，最高处，是儒气，没有后一股气，生意做不大，一时暴富往往持不长。故事会，我每次都来，在文人的感染下，我读了一些书，生意大有长进。这是故事和气韵的胜利。"

大德接话："我们几个，黑头兄进步最大，刚来操的黑话，此刻也周吴郑王，又文又绉了。顾院的诡异故事，很精彩，我们听了大长见识。但我觉得，故事的后面还有故事。"顾院笑了笑："数精怪，还是大德。"环顾一周，发现除了伊含与向丽，没有陌生女性，也没自己的学生，便松了弦，继续说："我接着讲，同一主体，换个角度，我用第三人称。"

依托聊斋，宋吉华教授与鬼打了几十年交道。见识了道丰山的女妖，他眼界大开，觉得鬼的故事还有另一种写法。琢磨几日，决定暂别究学，离群索居，写一系列鲜活篇章。

心头还揣了个小兔兔：我相貌平平，为人古板，除了老婆，没沾过别的荤腥。远离，或许有点艳机。那日离开，女妖在他脸上印了一吻，悄声说："生活在别处，我喜欢古战场。某一刻，我们或许会重逢，忘去一切，深入浅出。"说得吉华心头痒痒的。

请了一个月的学术假，来到合川钓鱼城。南宋与蒙军在此地打了三十六年，弄死了蒙哥，惊天动地。到如今，景色绚丽，气韵生动。先前，吉华去过武赤壁，那儿太敞，剧烈，没有一点灵异象。

吉华挑三拣四，选中一爿林间小店。大德开的，硬件好，环境雅，四围静得虚幻，仿佛伊甸园。头一周，相对安稳，吉华读了些书，写了两篇鬼故事。晚饭后，常去山头转悠，探沟沟，找洞洞，追浓雾，赴紫霞，却没发现一丝妖迹，没有半点艳色。吉华戚然自语："罢，罢，罢，鬼话哪能当真。"便打消了非分之念，全心写作。不知不觉，又过一周。

那日下午，吉华游了附近一个景点，吃过饭，喝茶，与店友及大德欢谈，回来已十一点。委实太累，脱去鞋，径直往床上一躺。

有人按门铃。

吉华呼令："请进！"

门轻轻打开，走进一位女侍，腰粗如桶，长相奇丑，端一盆热水，搁在床边。按吩咐，吉华两脚放入盆里，由她按来捏去，没感觉。

低头细细瞧，却发现水上漂着三片黄瓜，吉华心头一颤，凝神注视。女侍抬起头，从她眼中，闪出一束熟悉的光。吉华惊叫："道丰山，大灵芝！你是投胎女孩，你是美妖，你是姑姑！"

女侍含情一笑："小声点，叫我紫灵。你一呼，她就来了。"说着，背过身，脱去蓝大褂，露出白衣裙。吉华喊一声："紫灵！"女侍反转过来，如同川剧变脸，也换了身材。

两年未见，女妖丰润了，苗条依旧，该凸更凸，该凹愈凹，那魅艳，世上罕见。吉华愣在那，傻傻的。

紫灵柔声命令："闭眼。"吉华双目刚合，两片柔唇贴上，温香的身体压过来，吉华就势倒下，翻江倒海，地动山摇。吉华暗忖："未曾想，六十过了，我还这般威猛。"

会当凌绝顶，吉华却有点虚晃，器物一一发红，房顶空洞。望窗外，月圆如盘，时真时假，仿佛梦境。吉华关掉白炽灯，月光洒进来，一切又显真。水盆在地上，木床贴切。掐掐自己，有点疼。

完事后，两人对视一笑，躺在床上，话起了衷肠。

学究如宋老师，也如狼似虎，其实，你的体内也藏了一个妖。平时压得紧，妖动不了，久而睡去。一旦觉醒，加倍疯狂。人体内都存有妖。

吉华绕开自家的伏魔，反问："第一轮转世，你做了女婴，正好落在我同学家里，本该两岁多，咋又变成少妇了？"

紫灵答："人讲灵与肉，妖投胎也分内外层。第一借体，第二附灵。每个阴魂可投两次。第二投，很难，全靠机运，成功的，凤毛麟角。"

"要看时辰和地域？"

"时辰无所谓，地点附个带，关键要抓住宿主魂不守舍的一瞬。我的运气好。那天，奶奶，就是你的同学，推着我，去江边看戏。台上有个男的特帅，眼睛勾魂，唱腔动人。我旁边坐了个美女，直愣愣地看，又迷又惑，不停地叫，还拿手摸我的小嫩脸，搭了阴阳桥。她张口那一瞬，我跳过去，入体、附魂，一气呵成，记忆暂时还是她的。此后，她的面容渐渐像我，大伙见了都说，她变化真大，像换了个人。那是我在蜕变。头一转，只是借体，这一回，我魂体合一，大功告成。"

屋外树影婆娑，吉华暗中感叹：阴间的事比我们想象的，要复杂得多，仅守书斋，做不了大学问，经历很重要。还有一说：蒲松龄只是道听途说、纸上谈兵，他没见过真鬼。这聊斋还可往下写，写好了，会更精彩。

随后两周，两人珍分惜秒，云悦雨欢，既波澜壮阔，又平平常常。人与鬼抓住初心，天南地北地畅聊。来往间，气场在逆转，吉华日益像妖，紫灵越来越像人。许多事，妖比人理性。

离别前两日，又疯狂了三刻，实打实的。尔后，双双躺下，再诉衷肠。

"能再延一个月，该多好啊！"吉华嗫嚅。

紫灵看着窗外，两眼闪烁，文绉绉地说："浪荡固然美丽，不如看他适可而止，低下头，高傲如皇帝。艳美拉长一刻，质地却暗去三分。这是规律，许多事强使不得。唐宋是你的书斋，聊斋是你的卧房。离了，你轻如鸿毛。"

吉华推却谏言，自话自说："听说雁塔是妖的总部，清明前后最热闹，哪天，一同去看看？"

紫灵说："人各有志，路各不同，有恩必报，但妖道有界，随不得意的。我喜欢江城，钓鱼台是我的第二故乡。心愿已了，我该走了。"

"以后呢？"

"气候反常，太闷，我要换个环境，移民加拿大。手续都办好了，随时可以走人。"

正说着，猫头鹰叫响，夜半起了旋风，恍兮惚兮，黑白莫辨，其中有象。

吉华评说："加拿大是好地方，祝贺你。"突然间，有些不舍，便伸出手，摸了摸紫灵的脸，正经道："东入异土麻辣弱，明天我请你吃重庆火锅，饯个行。"

紫灵看他一眼，柔柔说："很晚了，睡吧！"

教授睡去。

翌日起来，吉华的床左边空了，屋里却收拾得干干净净，一如初到的形景，许多时日一笔勾销。仿佛才来。吉华在屋内找了一圈，不见人影，也没画皮，桌上却留下一张卡片，上面印了四个字：恩师，保重。

钓鱼城是一座山，很陡，不通车，夜里大门紧锁。吉华没弄懂紫灵是怎样走的，不知她何时出的门。心下想，抑或，那紫灵压根没来过，种种艳事只是我的幻想，如痴如梦。但我记住了一条真言：做人不能魂不守舍。

回到道丰山，吉华突然发现他听得懂兽语，一时间，对唐诗宋词有了新解，心头狂喜。半年后，道丰山上冒出一只红狐狸，火了江大，掀动了江城。中腰却怪象频频：野兔分组对唱，蛇群起舞，大树怪叫。暴雨来前，乌鸦在路面排汉字。最近列出的，是一个"庆"，拆开即户犬。狐狸兴高采烈，到处说，山里要来一条狗，新增一户。宋教授却认为，那犬太自恋，活不长。因为"庆"上的"户"去一小点，是个尸体的"尸"。

至周末，风和日丽，吉华看看天，望望山，喃喃自语："由来已久，该见个面了。"便带了一包发饼，来到银杏王下，停住，拿手拍拍树干，抬头眺望湖面。草摇晃，狐狸走出，拱爪揖拜："宋教授，知道您会来的，谢了，请坐。"

树旁有个石椅，狐狸跳上去，拿尾扫去枯叶，又一揖。教授含笑落座，娓娓开谈：

"恭喜你，终于投了胎，能做狐狸，独居道丰山，高临吉安湖，说明你积了很多阴德。"

狐狸急说："谢谢，谢谢，您老洞察秋毫，深明大义，光天总比阴间好，更何况有山有水。我是1958年饿死的，当年才十岁。在这座山上，除了一尊民国墓，其余的，都是饿死鬼。我和紫灵姐最惨。那一天，我上山找野果，腿饿软了，滑一跤，头碰乱石，晕过去，没人发现，两小时后，断了气。紫灵埋在我身边，没起坟包。到阎王那里，我们俩入不了正籍，只有偏名，我叫野鬼，紫灵叫孤魂，比我高半档。这称谓相当于阳间的贫下中农。在冥界，贫农最低贱，很受气。但我勤快，任劳任怨，像雷锋，啥事都做，很讨鬼喜欢。"

教授说："能吃苦中苦，方做妖上妖，有些理阴阳通用。"

红狐应："正是，正是，五十户妖中，只投了八胎，都是能吃苦的。到了阳间，个个有出息。羊头当了大麦手机的总裁，马尾做了行长，牛蹄任省长。狗蛋的官做得最大，具体头衔保个密。阴间传话，有时限，我才投胎，不能乱说的。紫灵姐在加拿大做了会长，她人特好，就是有点崇洋媚外。"

说到紫灵，吉华眼中闪火，嘴唇微抖，想说点什么，临舌又打住，走了旁门，喃喃道："光顾说话，礼物都忘了。"便取出发饼，递去，狐狸接过，惊叫："啊，发饼，发饼，当年我的最爱。知己啊，宋老师，其他人全送难吃的火腿肠。我记得清楚，那年月，这饼儿三分钱一个，外加半两票，又松又甜，解馋，饱肚子。"

说着，说着，狐狸鼻一低，落下泪来，好一会儿，挪出长尾，轻轻一擦眼，感叹道："当年若有几块发饼，我不会做鬼了。"

吉华教授"哎"了一声，取下眼镜，拿软布拭了，稳稳心绪，切入正题："加拿大那边，有什么动向？"狐狸急摇尾，正要作答，左方蹿来一条小白狗。红狐微微仰头，腼腆一笑，释道："宋教授，大学里讲跨学科，狐狸我找了一条流浪狗。您瞧，媳妇来了。昨天说好的，今儿要陪她采野草莓。在此别了。"

"去吧，过几天，再聊。"吉华无奈摆摆手。

半路上，狐狸对白狗说："下一次，宋老师肯定要追问紫灵，我岔一岔，先跟他谈时政。"白狗警告："绕个弯，可以，但别过分。宋老头，我了解。他家有个波斯猫，我们是好朋友，这老头一根筋，很重情的。"

狐狸肃然："爱爱放心，我有分寸。紫姐交代了，教授魂不守舍，后患无穷，一定要让老头安心治学。人与胎妖可短处，不得长守，这是新常态。我知道，说话要策略，要善待恩主。人可失道，妖得守礼。"

一周后，师狐再度会聚银杏树下。狐狸抢先发问："宋老师，我有个惑，揣了很久，可以问吗？"

"和我说话，不用拐弯抹角。"

"想当年，您是北大灵异所的名牌教授，国内权威，世界闻名，咋跑到差一等的江大来了？"

"孔子曰：礼失求诸野，除了优厚薪金，我看中了这座山，看重山上的五十个善妖。还有一说，此处更自在。这山上还有一条吉蟒，也在报恩。"

"眼下的情景，不大妙，堂堂高校，风声鹤唳，这么搞，后患无穷啊。"

"这些与我无关，我讲鬼，说唐诗宋词，远离国事。"

"不见得吧，聊斋里不只有鬼，还有正义。唐诗里，那么多人被贬，怨声载道。您知道的，杜牧吟了一句'停车坐爱枫林晚'，被关了三天，罪名是公开涉黄，有人说，坐和做是通假字。"

吉华朗朗大笑："小家伙，这三十年，你在江大没有白待，我的课，你们也没有白上啊。"

狐狸震惊："蹭课的事，您咋知道的？"

教授坦答："我上课，讲台下方经常有两只蛾子，一大一小，说到精彩处，它们直抖翅膀，相互碰触须。紫灵更调皮，有时巴在我背上嗡嗡地笑。"

狐狸猛摇尾巴，叽叽叫："您老明鉴，火眼金睛，五十妖中，我和紫姐最爱学习。紫灵还听了六年法语课，谢峰主讲，还是博导，后来说得可溜了。"

吉华便问："最近有她的消息吗？"狐狸转转眼，字斟句酌："近况不太清楚，总的说，挺顺的，紫灵已有人家，是个华侨，从扁担山投的胎，孩子都怀上了。胎胎幸会，苦尽甘来。"

吉华一愣，脸发白，转过身，在林中走一阵，又擦眼镜，返回时，喃喃自语："有归属就好，这样更好。妖入正途，魂要守舍了。"看看天，顿一顿，朗朗说："小野啊，你成明星了，看，好多人给你送食物来了，去吧。"狐狸长尾高扬，道一声保重，欢欢离去。

宋教授看一会儿湖，踏上盘山道，径直走向书斋。路过他山咖啡，发现有个半老头在讲故事。他听了一会儿，有点郁闷，这家伙金蝉脱壳，居然把我宋吉华也扯了进去。你属兔，名里也有个"吉"。一时间，天地玄黄，宋教授忘了自己是谁，也不知身处何方。

"我的故事讲完了。"

夜风轻轻吹，屋内沉默良久。谢峰惊呼："顾院，您这诡异故事，太生动了，语言简洁，意象悠远，策略卓绝，完全是一则杰出的中篇小说。您的普及读物一定超级精彩，我们期待。"

一凡说："院座讲故事的能力大大超出我们的意料，其中的韵味，我们得慢慢消化。"顾院欣言："我要感谢各位，你们的反馈增强了我的信心，对我来说，这一刻很重要，我会尽快动笔，争取写一部上佳通俗读物。"

散场前，老顾置了一个悬念："刚才讲女妖搬家，我用了一个词，落入文字，很多人会看走眼。这一则故事会发表，到时候大家找一找，找见了，对人生或许会有一点新认识。"

星空闪烁，四野含笑。

　　在回家的路上，向丽肯定说："吉华就是老顾，他内心丰富，很细，很绚烂，年轻时一定有许多艳历，后期，也非一团死水。"一凡笑语："文人哪能干瘪，瘪了无趣，学问也做不丰满，卓越的文字离不开生命体验。"

14

外　出

　　进入八月，百花盛开，后山的鸟儿叫得更欢。容儿催促父亲："你答应过我，要去农村的，过了四五年，还没动，到底去不去。"向丽火上浇油："我开了几年车，还没上过高速呢，你成天写书，也该松一松。"一凡宽宽一笑，立刻打电话，得知姑妈在大湾熊，当机立断："时不我待，说走就迈步。"当天买了礼品，翌日早早出发，上了高速一路欢奔，仅用一小时抵达目的地。姑妈欢声嚷："稀客，稀客，快进屋。听说你们要来，一大早，两只喜鹊在门前树上叫个不停。"

　　眨眼间，门口围了十几个孩子，有的背着小的，有的流着鼻涕，眼巴巴地望着。一凡急说："容儿，快发糖果，一人两颗。"容儿取来软糖，一人发了四五颗。两个男孩往口里一丢，猛嚼，吃完伸手又要。容儿再给，姑妈高声干涉："包子，憨头，接宝接宝，接一回是宝，哪有要两回的？走！走！远点玩去！"容儿问："妈妈，什么是接宝？"向丽答："就是给孩子们带的小零食，也是见面礼。这是大湾熊的风俗。"

　　孩儿们散去后，大人陆续围上来。"大教授，你回了，贵客，贵客！"一凡赶紧递上一支烟，中年汉子接过，细下一瞧，赞道：

"还是红塔山，教授的烟大不一样。"说完，点上，美美吸一口。三妇女分头说："我的伢们和男人在地里干活，一时回不来。"一凡又抓几颗糖，一一递过去，外加一支烟。妇女拿了接宝，满意离去。刚要进屋，从巷子里，走出一个白胡子老头。向丽眼尖，轻声说："凡儿，就是他，就是他，又来了。"一凡刚转身，老人朗朗道："一凡大爹，回来了。"一凡笑脸相迎："您家鲜健，八十几了吧？"老人伸出五个指头："今年八十五，吃八十六的饭。"一凡抓一把糖，又送了一包茶花牌香烟，老人接了连声道谢，望着容儿问："这是小细姑不？"一凡直点头。

容儿上前唱喏："您家好！祝您长命百岁！"老人欣然赞："城里伢就是懂事，嘴蜜，会说话。"向丽接着说："您家好幸福，八十五岁走路，还那么稳健。"老人兴奋道："姑奶奶也回了，全家福啊！怪不得，门前塘的水在鼓泡泡。"顿一顿，又嚷："一凡啊，你好福气，姑娘乖巧，媳妇长得像十八岁，还是当教授好。往后常回来玩，乡里空气好，吃的清白，不像城里，掺假的多。"和姑妈打个招呼，老人乐乐离去。

进了屋，容儿欣欣然："真有白胡子老头叫我姑姑。"姑妈说："还有个老人要叫你婆婆，他去了武汉，住在后头。"一凡拿出一袋食品，交给姑妈，追加一个红包。姑妈数了数，惊叫："把了一千块，礼性太大，要不得。"一凡说："我从小在您那蹭吃蹭喝，有点病痛，您到处为我抓药，一晃八十多了，晚辈哪能不尽个孝心。"姑妈感动一笑，收了钱，兴嚷："新屋你们头一回来，去看一眼，我来弄饭。"

这是一栋两层楼，占地一百多平米，六室两厅，一厨双卫，有水有电有网有电话，设备齐全，相当于别墅。堂屋中央设了神龛，上敬毛主席，下供关公，还摆了祖宗的牌位。屋后有个大院，凿了井，种了菜，养了鱼，在湾子里堪称旺宅。

隔一会儿，响起摩托车声，三毛回了。三人立刻回屋，一阵寒暄，亲情浓烈。容儿惊叫："好漂亮，野鸡，可惜死了。"三毛说："老娘说，你们要来，我特意叫林场弄的。"随意间又说："大表哥，十来年不见，今晚我们睡一个屋，好好夸个天。"一凡明白用意，连连点头。三毛去后，向丽凑上问："你和表弟住，我咋办？"一凡笑了笑："这两天，你只能和容儿住了。"

"为什么？"

一凡压低声音："不让我们干那个事。"

"上次回农村，我们也住在一起的呀？"

"那一次，我们玩在大湾熊，住在刘家湾。"

"不一样吗，都是乡下？"

"刘家湾是我的祖屋，我乃长门长子，睡妻睡妾都可以，在亲戚家过夜却不行，说是不吉，这是甘州的土规矩。"

"什么陋习。"

一凡悄悄说："别担心，农村是个广阔天地，村后有竹林，很隐蔽，穿个宽一点的裙子，夜里可以加个餐。"

向丽莞尔一笑。

农村已用罐装煤气炉，姑妈却烧起柴火老灶，一大早，煨了四份瓦罐汤，两土鸡，两排骨，那是一凡的最爱。在大湾熊，一凡待了五年，一共喝过三回瓦罐汤。两回外婆做的，一回姑妈做的。小罐放在灶膛两边，大火煮饭它取暖，核心魅力来自草木的余火，一般要煨三小时。一如既往，烧灶用稻草把子，一凡请缨，换下了三毛。烧过一阵，向丽连连称赞："挺像回事的。"姑妈说："小时候家家做饭，都是一凡烧火，他是老伙夫。"容儿掺和进来："爸爸，我也要烧。"一凡腾出半截木凳，容儿坐下，一个劲往炉膛里塞草把。不一会儿，火变小，浓烟直往外冒。一凡拿过火钳，把灶膛掏空，烟消火又旺。并趁机开导："烧火有一句口诀，人要实心，火要空心，太满伤灶心。"容儿连连点头，若有所悟。三毛在后院烤好了野生叫花鸡，姑妈又做几个家常菜，摆上桌，琳琅满目，土色土香。容儿一人吃了半只鸡，都是姑妈夹的。一凡和向丽一个劲喝瓦罐汤，到处莺歌燕舞。也有遗憾，百可和老泰进城打工去了。三毛说："下次回，早点通知，我把两个童友叫来，我们好好喝个酒。"

小睡一会儿，一家三口去后山，给外公外婆和熊二爷等前辈上了坟。容儿感叹："我们的祖宗好多呀，我一共磕了三十六个头，爸爸说得在理，埋祖先的地方就是家乡。"随后去三湖镇，走到石桥边，一凡停下脚步，深情喟叹："此地是我命运的转折点。"容儿急催："一定有故事，我想听。"一凡看看脚下的河，悠缓说：

"我回乡的第三年，熊二爷办了个学前班，打着学毛著的幌子读《三字经》，地点在二爷家里，高宅大院，神秘得很。学员只有三个人，两个嫡孙一个本家。我想进读，被谢绝了。熊二爷很传统，不收外姓学童。三个小伙伴我都熟，他们上课，我在屋外偷听，墙太厚，啥也听不到，急得我团团转。

"七月间下了一场暴雨，我来到此地看鱼儿抢水。这条河叫安堰，上接红塔水库，下通长江，那时候比现在宽两倍。左前方，你们看，在那，有一段古石墙，是春秋的遗迹。壁上刻了许多字，我认出了一个'日'，一个'水'。那时我五岁半，借助娃娃书，已识得上千汉字。我久久看河，突然间，从古墙边游来一条庞然大物，十多米长，有须，带爪，眼睛突突的，像龙。金黄的背脊上，现出一个红色的'中'字。长龙游过的地方，卷起漩涡，一圈又一圈，鱼群见了一哄而散。我大声叫，风虎云龙，风虎云龙。这一句熊二爷常挂在嘴上，我记住了，后来才知道是王安石的诗句。听到我叫唤，那条龙朝我游来，眼睛亮亮的，口大张。游到石桥边，从它头顶喷出一柱很高的水，落在我头上，我向龙直挥手。天上却打一个雷，红中龙向我翘一翘长须，沉入水里。我等了许久，它一直没出来。天上却射下两道阳光。

"我往村里走，在大塘边，遇见熊二爷，队长和庭叔也在场。我兴奋嚷：'先生，先生，我看到龙了。'二爷倏然严肃，急问：'在哪里？'我说：'在安堰的古墙旁边。'

"'么样子？'

"'六个爪，两条须，黄黄的背上长了一个红中。'

"不知为什么，我留了一手，没说龙喷水。熊二爷摸了摸我湿漉漉的头，和蔼问：'从中里，你看到了什么？'我立刻答：'看见了太阳。'"

向丽问："中和太阳有啥关系？"

一凡答："'中'去头掐尾，横过来不是个'日'吗？熊二爷愣了片刻，柔声说：'凡娃子，从明天开始，你跟我学认字，所有费用我包了。'我高兴得跳了起来，立即跪下，给二爷磕了三个响头，这是拜师礼。二爷扶起我，和言道：'落了暴雨，到处有鱼，玩去吧！'我走后，二爷和队长还有一段对话，是后来得知的。队长说：'大伯，一凡是外姓，您家为什么要破例？'二爷答：'他见到了真龙，这是奇缘。'队长提醒：'细伢不会扯谎吧？湾里好多人都说见了龙。'二爷说：'那是鬼扯！见冇见到龙，关键在一个字，就是那个"中"。遵守老人的训令，这个"中"一直把守着，湾里只有三人见到过，一个是我爷爷，他考上了进士；第二个是我，中了举人；一凡多看到两只爪，我估计，他得了龙水，走得会更远。我收一凡，还有两个缘由。大湾熊前有圆形大塘，后有月形竹林，日月同辉，有天子，有娘娘，是一块风水宝地。明朝正统年间，钦差在村后的竹林见到了七彩光，那是当皇帝的征兆。钦差禀报英宗。一个月后，来了一帮黑衣人，把林中最高一根擎天竹砍了，断口处淌了一摊血。风水师说，大湾熊断了龙脉，出不了天子，只能出娘娘。这光宗耀祖就离不得外姓了。这个关节，我好久才想通。还有一点，湾里的孩儿，只有一凡袭旧规，一直称我先生，这里有龙门气象。'"

容儿发问："爸爸，你说出了'中'，队长也在场，万一传出去，都说见到这个字，又怎样分真假？"一凡说："这个问题提得好，但不用担心，村里流行一句话，识龙三双眼，过后无真言。过了三，就失效了。"一凡看看老村庄，继续说："外婆知道后，欢声叫：'文殊菩萨显灵了，你要好好珍惜。'第二天，我进了学堂，熊二爷正规其事，给了我两个本子，一支铅笔，在当年，是很高的待遇。我和三个学友处得像亲兄弟，平时见面，总要对几句古文。每周写一篇小作文。"

向丽问："你们具体学什么？"

一凡答："第一，读毛主席诗词；第二，背《三字经》；第三，习《增广贤文》，还讲历史故事。八岁那年，我回城里读书，放了假，经常回大湾熊，先生又教我们《论语》和《道德经》。七七年恢复高考，我们四个都考上了。熊二爷是我命中的第一贵人。"

太阳快落山，三人回到湾里。吃过晚饭天已黑，姑妈说："大凡，有空去西头看看和庭叔。那时候，他当队长，里外照顾，到处夸你。一眨眼都八十六了，下次来，不晓得是个么光景。"

一凡说："打算明天去的，您一提醒，我们提个前。"

便拿了酥糖、京果，外加两条好烟，闲聊一会儿，与妻女一道，直去西村。和庭叔在门口纳凉，月光柔亮，并灯光，映出满头白发，脸上堆满皱纹，身体却硬朗。见了面，音高八度，浓了亲情。一凡呈上礼物，老人推两回合，欣欣收下。

和庭婶闻声而出，嚷几句，回屋搬板凳，一凡急去帮忙，又端出一个大方椅，充当茶几。茶水端来，向丽帮着分了杯。容儿敬呼了长辈，拿出相机，用闪光给二老拍了几张合影，一瞬恒定了时光。和庭叔感叹："现在的伢们好幸福，一点小就会照相。过去，连个陀螺都买不起，只能漫山遍野地跑。"

一凡说："的确如此，从五岁起我就给家家挣工分了。"

容儿问："工分是什么？"

和庭婶说："工分就是钱，一个满工十分，年终结算，划七毛多，好年成一块。每天早上起来，一凡拿撮箕和耙，到处捡猪屎牛粪。他眼尖手快，一个早上，可以捡一篓，都是肥料，交到队上，得一个工分七钱，那时候的七分，可以买三个馒头，不是小数。"

和庭叔道："一点小，我就看出来，一凡大了有出息。"

向丽急问："您咋看出来的？"

老队长说："蛮小一件事，过年前，湾里要打鱼，那是农村的节庆，欢喜得很。一凡是城里伢，我给了他一个特权，可以捡野鱼。"

容儿又问："爷爷，什么是野鱼？"

和庭叔答："主要是喜头，还有参子，大喜头斤把一个。下了苗的，比如鲢子、胖头、青草鲩都是家鱼。每一次，一凡提个小竹篮，捡个三四斤，收兵回屋。返来后，帮着大人收鱼，见事做事，勤快得很。"

容儿欢叫："老爸好样的，从小不贪心。"

和庭叔续说："有比较更显高低，东头也有个城里伢，给他一点颜色，他开起了染坊，头一回，提着个大篮子，一捡二十多斤。

湾里人都不高兴。那时候，一年打一次鱼，一家分得十几斤，金贵
得很。第二年我就收了他的特权，这个伢后来越活越惨，前几年偷
东西，进了牢。很多事，从小看大。"

容儿评说："这叫人心不足蛇吞象。"

和庭婶赞许："这是湾里的老话，容儿小小年纪，懂得蛮多，
不简单。"

向丽轻声问："老队长，一凡小时候有什么缺点呢？"

和庭笑笑说："列娃儿心气大，和细伢一起，总想当老大，有
不服气的，他气鼓鼓，还要打人，蛮怪物。"

一凡做了个鬼脸。

容儿又问："爸爸，你是怎样称王的？凭武功吗？"

一凡答："不，靠的经济。我寄居大湾熊，父母每月寄十元
钱。有时候，外婆会给我五毛零花钱。在当时，五毛可以买六碗热
干面，或二十个烤馍。得了钱，百可、老泰等四个都围上来，捧着
粉着我。我小手一挥：'走，打牙祭去。'五人一路高歌，往镇上
跑。我买三个烤馍，自己一个，他们一人分半个，吧唧吧唧，吃得
喷喷香。吃了馍，他们都听我的。"

杯空了，容儿给大人续了茶。和庭叔看在眼里，和蔼说："小
姑娘蛮灵醒，又懂事，跟你爸爸一样，一定有大出息。老辈子经常
说，大湾熊要出娘娘，用现在的话说，是女强人。容儿好好努力，
听爷爷一句话，条件好了，莫松劲，遇到难处要挺住。做人要踏
实，偷奸要滑长不了。心太贪，最后害自己。你爸爸知道的，村里
的求福巴巴心太大，坑了一家人，死的时候不如一条狗。"

容儿诚言："谢谢爷爷，我记住了。"

天上布满了星，一凡看看表，十点半了，便告辞。和庭婶进
屋，拾掇一阵，拿出二十个土鸡蛋。一凡诚谢，收了厚意，携妻

女款步回屋。第二天晚上，容儿迷上电视剧。一凡背起挎包，对姑妈说："我们明天一早走，这会儿，出去逛一逛，看看湾里的夜景。"姑妈急说："带上手电。"一凡接了，同向丽一道，走向村后的大竹林。

广野静悄悄，只听得虫鸣。进茂林，照一圈，四下无人，灭了光，向丽猛地抱住丈夫，尽情拥吻。破了禁，激情如火。一凡取出上衣，铺在草地上，两人顺势躺下，肉欲横飞，一奔千里。行至巅峰处，向丽喘喘说："我想叫。"恰巧，路边村响起了鞭炮声，一凡低语："天赐良机，你尽情叫吧！"于是，浪语合鞭响，双双放荡。骤雨后，向丽柔柔提醒，快把衣服穿好。一凡顺应，收拾了残局。

安然又躺下，向丽悟叹："我终于知道为什么要戴着镣铐跳舞了，有了禁律，会增一分偷偷摸摸的快乐，破禁也是人的一大本能。"一凡笑："近来你说话也诗情画意了，动辄引经据典。"向丽说："你大红大紫，我也得涂脂抹粉。记住了，以后再捡野鱼，你娃儿把屁股揩干净一点，眼不见，心不烦。"一凡憨憨一笑。

月亮长了一圈毛边，鞭炮声停了，人声又闹腾起来，估计是某家孩子考上了大学，或者闹新房。两人缓步回村，身后拖出一串虫鸣，近稻田，听取蛙声一片。

过了两周，尚品打来电话，邀约去青州，看看印刷厂。一凡心头荡漾，又带犹豫，他正在写《蛇不吞象》，灵感如涌，心旷神怡。尚品深知好友秉性，循循开导："不了解下端生活，你的书写不好。我说过多次，若撒点野，《过》会更精彩。再者，写作要劳逸结合，前段时间，我明显感出，你有点恍惚，去野外走走，对你很有好处。"

一凡想了想，满口答应。

青州印刷厂是尚品的业务据点，他的书都在那儿印，每半年，孙厂长要请他去住几天。翌日一大早，一凡坐尚品的车，直奔青州市。司机姓戴，跟了尚品十多年，技术好，口紧，办事利落。开了两小时，抵达目的地。孙厂长率一拨人，迎了上来，问候，打趣，俨然一家人。尚品引介，孙厂长高呼："大作家好，久闻高名，今日得见，三生有幸，我还是你的粉丝呢！尚总常讲三剑客，见过谢峰两次，你终于露面了。"一凡说："你的大名，我如雷贯耳，出了两部散文集，还当了省级标兵，红黑白通吃，出类拔萃。"厂长开心一笑，连连自谦。

又介绍三个手下，为首的是龙主任，两位女经理一个姓杨，一个姓方，容颜靓丽，举止大方，言辞得体，一瞬拉近了距离。厂长提议："一凡教授是出书的，头回来，先去车间转一转。"一凡欣欣曰："我向往已久，听首长安排。"大伙直去二车间，一凡聚精会神，从拼版、折页、印刷、核对，一直看到装订，完整见识成书流程。厂长与尚品坐在一角谈着什么，估计又是一笔大生意。龙主任一路奉陪，杨经理生动讲解。足足看了三刻钟。厂长走过来，笑说："教授是真文人，原以为二十分钟够了，哪曾想你翻了一倍还拐个弯。"一凡接："隔行如隔山，一路狗牙露白飞网爆肥，我大大开眼，收获巨大。"按尚品的提议，中午在食堂吃了个便餐，歇片刻，直奔小溪沟，那是青州市才开发的一个景点，以水闻名，人称小九寨。

去了三辆车，直达景区。天空很蓝，放眼看，大树参天，两座大山夹一条溪流，落差三百多米，气温比别处低七八摄氏度。每隔一百米，铺展一汪潭水，占地十几亩。那水又清又纯，蓝得不可思议。三个潭的颜色依次变化。上层浅蓝，中层天蓝，底层深蓝。照片远远没有实景美。六人从山顶往下走，个个觉得新奇。下到第三潭，尚品由衷感叹："真没想到小小青州竟有这等仙境，拿到世界也是一绝啊。"一凡说："最最珍贵的是，今天人少，整个景点几乎是为我们六个开的。过两年，就没这个景致了。"孙厂长说："你们满意，我们就安心了。"

大伙继续畅游，方经理与尚品常在一起，不时窃窃私语。两小时过后，游完了全程。太阳西沉，司机等在路边，大伙上了车，开一刻钟，抵达一个会所，那地儿临水靠山，满眼树，超凡脱俗。小楼仅三四座，色彩靓丽，风格中西结合。孙厂长说："这里环境优美，很安稳，今晚你们可尽情享受别地没有的艳丽。"龙主任递上房卡，服务员拿过行李，毕恭毕敬，一直送到房里。厂长说："现在五点，你们休息片刻，六点半开饭，宴厅在B楼202，走几步就到了，待会儿见。"

一凡住一个连体套间，客厅超大，卧室极宽，装设美轮美奂。还有一间警卫房。卫生间三十多平米，淋浴并盆池，还安了水床，超五星的标准。四周静得出奇，左右却住满了人，个个大模大样，非富即贵。跑了一天，有些累了，一凡简单洗漱，用手机设了闹钟，睡了一小会儿。

赶到202，人已齐聚。一凡打趣："山窝里睡得真香，一刹那就云深不知处了。"孙厂长笑曰："大作家若相中，以后常来，住他个把月，一定会有妙笔。"尚品补充："这会所是老孙的大弟开的，很安全，美国的BAB突击队都攻不进来。"一凡盛赞："看第一眼，就爱上了，真可谓，青州一方，天下一绝！"正说着，龙主任端来两个大礼盒，厂长解释："你俩热衷考古，恰好，手下淘了两个蓝花壶，民国的器物，同窑烧的，一个画大肚弥勒佛，一个画骑牛的老子，区区薄礼，希望两位喜欢。"尚品打开包装，看了好一阵，欣欣说："宝贝，宝贝，我向佛，一凡从道，各得其敬。感谢老哥的良苦用心。"戴司机接过礼品，装好，放入车里，返回坐在最下首。

菜已陆续端上，龙主任斟上了"三杯倒"，那是当地绝品，给一凡的醒酒器里倒了二两。一凡急拦："不好意思，我滴酒不沾。"厂长劝："这酒不上头，喝多少算多少。"尚品说："教授是不沾酒。"一凡道："这样吧，我倒一小杯，装模作样应个场。"猛然发现什么，又说："咱俩换个位置，我坐那边。"厂长道："今晚你是主宾，动不得。"尚品笑一笑："你入乡随俗吧。"一凡不再争辩。厂长举杯说："一凡教授头次来，我们热烈欢迎，先干了这一杯。"一凡抿一口，大伙都见了底。接下来，大谈小溪沟，附带印刷厂，个个眉飞色舞。

酒过三巡，厂长说："我喝酒也很拙，尚总知道的。龙主任在吃药，多喝不得，请方经理代我陪几杯。"方经理莞尔点头，先自干三小杯，再与尚品一来二往。一凡恍然大悟，这方经理一路寡言，原来是陪酒的。细下打量，另见洞天。美女五官小巧，身段妙曼，极是柔婉，别有一番滋味。杨经理也是个人物，时荤时素地穿针引线，酒桌上的话，操得极其生动。场面稍一冷却，她站起身，举杯邀说："一凡教授，这三杯倒，只喝一小杯，会雄赳赳，气昂昂，用四川话说，叫雄得起。来来来，我俩整一小杯，只一杯。"话毕连喝三盅，把空杯倒过往前一亮。一凡无奈，只好硬着头皮，喝了一小盏，加上前面的，一共喝了两小杯。几分钟后，脸暴红，舌头也卷了。孙厂长笑曰："一凡教授没来虚的，的确喝不得。"便吆喝服务员："快，上苹果醋。"一凡喝一大杯，渐渐缓过气来。

尚品已喝到位，或许超了一点，不时揽着方经理，窃窃耳语，双双欢笑。喝到尾声，孙厂长又斟一小杯酒，深情说："尚兄是我十几年的朋友，也是头号客户，为青州印刷厂做了巨大贡献。感激的话都在这杯酒里，我干了，大家随意。"尚品也干了，欢欢散了席。回屋的路上，尚品对一凡说："晚上有人给你按摩，老板付了钱，你若满意，给几个小费。"

一凡点点头。

半年后，一凡去北师大讲学，又出了一次远门。讲了三小时，一凡有些疲倦，匆匆吃晚饭，回房小躺一会儿。叮咚叮咚，来了两条短信，一凡取出手机，一一回了。随手翻翻名录，恰好落到小月的名下，心头一顿。告别欢乐岛，已有五年没联系。一凡知道牌友在北京，具体不详，顺手发一条短信："暌隔五载，古月三叩问小月。"过一会儿，电话响了："大侠来北京了？"声音婉丽，语气娇媚。一凡问："是小月吗？"对方柔柔嗯了一声。

"你怎么知道我在北京？"

"手机我玩得比你溜，我还知道，你住宏达酒店。"

"今晚有空吗？请你喝个咖啡，在宾馆一楼，或你定个点？"

小月顿了顿说："就宏达吧，那地儿我熟，我马上订座，半小时后在枫叶厅见，若有变动，我短信通知。"

一凡赶紧起床，漱了口，净身，理理头，整好衣装，提前十分钟下楼，很快找到枫叶厅。那是一间特供VIP房，中央置一小桌，旁两把扶椅，布置典雅，格调纯亮。过一会儿，走进一位绝色美女，看上去二十多岁，身材妙曼，女人味极浓。一凡愣了许久，喃喃道："比照片上的美多了，完全两个人。"小月笑曰："我没说那是我呀！"

一凡赶紧拖出扶椅，殷勤道："小妹请坐。"随后自报真实姓名。小月微微一愣，没有自我袒露。两人点了饮品，小月柔声说："柔儒之外，你比我想象的更威武。"

一凡："见光没黑，千恩万谢。"

小月："几年没去网上打牌，给灭了？"

一凡："幸亏从了良，不然做不了正事。对我，你更是个谜。"

小月："神秘最美，此刻见了面，就失衡了。你在明处，我在暗处。我读过你的《过》，不止一遍，还在写吗？"

一凡："在攻一个长篇，比较慢，我想拿出点耐久的货色。"

小月："女人看韵点，我觉得，你会锦上添花。今天碰面也是缘分，三天后，我要去美国，举家移民。"随即感慨："江花烂漫红似火，最最美的只一闪。"

一凡接："却胜过人间无数。"

小月嫣然一笑："我们三观一致，以咖啡代酒，碰一碰。"

杯盏轻轻一响，漾出会心两笑。

一凡随口问："唐诗宋词，你最喜欢哪两句？"

小月答："我的喜好比较生僻。"

一凡："洗耳恭听。"

小月低吟："木末芙蓉花，山中发红萼。涧户寂无人，纷纷开且落。"

一凡评："有点冷。"

小月说："芙蓉花期短，惊鸿一瞥，艳丽非凡。"

一凡说："小妹的选择有禅境，花开过，一片静，从空中来，到寂里去，更有回味。"

小月拿起小勺，轻轻搅动杯里的咖啡，随意问："你住几楼，感觉可好？"

一凡："高高在上，三十七层，可以看到天安门，与民同乐，一会儿上去瞧一眼？"

小月喃喃："要远走了，今晚我听你调度，趁夜色，顺便向首都告个别。"

又聊片刻，结了账，两人走进电梯，一凡伸出手，蜻蜓点水般抚抚小月的脸，赞道："真魅！"小月微嗔："当心，有监控。"一凡笑一笑，直起身，道貌岸然。小月却搔了搔一凡的腰，那是一张许可证。入了房，关上门，一凡柔令："眼闭一会儿。"小月依从，一凡两手轻扶小月的肩，慢慢地在她唇上贴上一吻。小月张开嘴，贴身相应。激荡许久，一凡抱起女孩，放上床，倾情压上，缓缓退去衣裙，轻抚，狂吻，踏遍全身。小月呻吟："快来，我要。"

两人纵情驰骋。美女深情吻了情友，柔声说："谢谢你为我送行。"又拥一刻，双双穿好衣，依依告别。小月身态婀娜，面态安稳，拿出手机，拨了号，镇定说："把车开到宏达门口。"一凡探问："我送送你？"小月说："不用，外界丑陋，把艳美的一瞬留在房里。"两人在门口吻别，从此断了联系，却在文字里催开一朵朵绚丽的花。

15

滚 动

《蛇不吞象》写了八万多字，辅线太呆板，久久展不开手脚，几度突围，都不理想。经历了小月，心门大开，一凡全身心投入，在键盘前，一坐七八个小时，有时半天不喝一口水。那几日，向丽出差，容儿在夏令营，他尽情狂奔，为所欲为。三天后，却频繁出现幻觉，还分了层次。第一幕，大漠孤烟直，万马飞奔。第二幕，马面人横冲直撞，一波又一波，无止无尽。第三幕，杂音并合，脑中隐隐作痛，有时耳鸣。还有其他症状，如坐车走大街，一凡老爱数商店的招牌，一字一字地数，偶尔错过，心中微痛，耿耿于怀，返回再看一遍，会舒坦许多。摸地也出了新花样，下面摸了，还要摸墙，极度紧张时，上下同时摸。一凡警觉起来，停下笔，喃喃自语："路转峰回，又遇到那一道坎了。"

最开始，一凡写诗，呕心沥血，如火如荼。他的诗有感觉，有新意，但缺颠三倒四的劲度。便加紧读书，四处访友，八方拜师。八十年代中期，他几经周折，联系上了张枣。两人约聚北大后门的小餐馆，点两碗羊肉面，要三瓶啤酒，就一碟豆腐干，大谈拜伦、兰波和济慈。突然间，张枣举起一根筷子，在桌边一敲，悄声问："这意味什么？"一凡茫茫然，张枣自解："这说明我离死亡又近了一秒，再敲，又是一响马蹄。"一凡茅塞顿开，连连点头。张枣又问："人世间，什么最快乐？"一凡本想答考上研究生、出国、找到心仪女孩之类的，又觉不诗意。与高人交谈，如打禅语，得混淆黑白，声东击西。然而，在他脑中，全是俗念，只能再摇头。张枣喝一口啤酒，低调说："做爱最快乐。"一凡瞳孔放大，再次点头。

吃到末尾，张枣拿出笔记本，读起一首诗，题为《镜中》：

> 只要想起一生中后悔的事
> 梅花便落了下来
> 比如看她游泳到河的另一岸
> 比如登上一株松木梯子
> 危险的事固然美丽
> 不如看她骑马归来
> 面颊温暖
> 羞惭。低下头，回答着皇帝
> 一面镜子永远等候她
> 让她坐到镜中常坐的地方
> 望着窗外，只要想起一生中后悔的事
> 梅花便落满了南山

一凡要过黑本，又看了两遍，逐字逐句，一板一眼。张枣问："你觉得如何？"一凡沉吟片刻，答："彩蝶飞舞，峰峦婉转，有宇宙之音。这将是一首传世之作。"

与张枣交往，一凡测出了自身与极品诗的距离，动了退念，却没死心。两个月后，谢峰来北京，又见了顾城，地点在西山。谢峰还带了一个秀气女孩，叫云儿，也写诗。一行四人在林中穿行，走过一阵，顾城瞧见一片栗树，大伙跟上，满脸惊喜：地上落满了板栗，一个个，像小刺猬。拿脚一踩，硕果溜将出来。四人分头捡开，不一会儿，口袋全装满了。顾城的口袋最多，又大，周身鼓鼓的，像果农，又像厨师，他的头上，戴了一顶白色高筒帽。谢峰冲诗人喊道："顾兄，这么好的东西，别糟蹋了，把帽子摘下，至少多装十斤。"原本微笑的顾城立马变了脸色，两手捂头，连连说："不行，不行，这是我的家，脱了，没安全感。"一凡本想跟劝一句，见说得庄重，便吞了话头，脑中却冒出一句话："大诗人都怪，各有异端。"在那顶帽子里，他看到了诗，看到了累累伤痕。也看到了自己。

回到谢峰租居的农舍，大伙在院中架起火，烤上板栗。凉菜早已拌好，云儿开了一瓶二锅头，又烤了羊肉和土豆。板栗喷出香气，四人欢快进餐，顾城吃得最开心，脱口吟诵：

你圆润，透黄，我是忐忑的梦。树在结果，或甜或苦，我们吃着，不说话，就十分美好。文字是家，也是悬崖。

吃几串肉，又吟：

你
一会儿看我
一会儿看云
我觉得
你看我时很远
你看云时很近

大家热火交谈，诗情翩舞，一凡倾力参与，见机搭几句，心下却说："顾城诗的纯，我望尘莫及。"

马匹婉转，长鞭飞扬。

几年后，又结识了几位狂野诗人。那个春天，尚品出资在重庆举办诗歌笔会，邀了二十位诗人，都是新锐，地点在歌乐山别墅，那儿曾是蒋介石的公馆。入会者每人一间房，女士住套间，欢吃畅饮，开怀谈诗，间或论道。饭桌上，三个人表现最璀璨，两男一女。其一叫上三，另一叫下五，女的叫幺六。个个诗意奔涌，惊世骇俗。那日吃辣子鸡，一桌上了两大盆，干红椒堆如小山，占了十分之七，配料绚美。鸡肉却稀疏，扒半天才找得一两块。上三有感而发："写诗最忌这等局态，红红火火，鼓一堆，却乏干货。"下五接："底汤却是一绝，那是菜之魂，有如散文。诗可以取巧，散文不能。我欣赏毕加索，是因为他的素描出类拔萃。"幺六发挥："民以食为天，诗歌也讲色香味，世界妙在三合一，变化之中含原色。在另一个维度，我酷爱三明治。"

尚品笑曰："妙语让你们都说了，我就留下这兰花菜盆，希望它是我，能装多种菜，盛满你们诗歌的色香味。"众人便吼："尚老板最伟大，货色都在你盆里，你不搭台，我们跳不起来。"

又一阵吆喝，大伙纷纷举杯，觥筹交错。在诗里，一凡没自信，只能随众吼。到了夜里，一凡坐在窗前，戚然自语："我天性憨实，家里负担重，难以出格，往后只能写写散文，力争雅俗共赏。"

一凡别离诗歌，还有两层原因。其一，诗文写到激奋处，他常出现障碍：走路怕天上的电线。线若横着，他很难通过，老觉得头发被牵。走过之后，耿耿于怀。便以地类天，踩了地上的线，电线才勉强跨得过。其二，每回写了一首好诗，晚上就做同一个梦：前方冒出一个天坑，花儿奇艳，心旷神怡，却飘来一阵大雾，人往下坠，头撞悬崖绝壁。三波五折之后，一凡庄重写下一句话："诗杀我，停，我要幸福。"落款是1990年9月10日。

调整几个月，一凡写起小散文，发在报刊上，始于留英见闻，扩及日常生活，走向形而之上。半年后，写出了些许名气。又开了一个专栏，拥有粉丝上百万。也含一本经济账，每月发四篇，稿费比工资高一倍。一年后，他的短文常被转载，大部分报刊不给一分钱。一凡便说："既然如此，我自己转。"于是一稿多投，花儿艳瓣瓣，稿费又翻了几番。随后在文学刊物上发了六七个中短篇小说，开始有影响。但总体上说，还处于摸索阶段。改革开放，机会多多，一凡随时可走另一条路。别的不说，尚品就多次邀他入伙。

定型人是陈忠实。去西安开笔会，两人住一间房，说话很投机。那时《白鹿原》还没发表，忠实的名气不如当下，却也是响当当的人物。忠实说："你的东西我读过一些，朴实多味，语言精练，分别度很高，大有前途。"一凡坦露："我心里是虚的。"忠实说："信心是写出来的，也有技巧，比如，结尾不要太饱；做长篇，多让细节说话。我坚信，你会越写越好。"一凡道："谢谢老兄鼓励，我努把力。"

又写半年，终于来了信心，还墨出一些趣事。九十年代中期，尚品驻扎兰州，春末谢峰来兰大讲学，三剑客聚在一起。那一日，谢峰在一凡家里谈诗，尚品办事回来，去"一滴水"吃饭，那是他的据点，离一凡的住所不远。随意间，说起一凡的怪癖。老板问："你认识刘一凡？"尚品答："何止认识，我们一起和泥巴长大的。"老板笑说："喝点酒，你又攒邦子了。在半小时内，你若把一凡叫来，从今往后，你来吃饭，我不收一分钱。"尚品不言语，掏出手机拨了号。

一凡拿起话筒，尚品急催："快，快来'一滴水'！"正要细问，电话却挂了。一凡忙说："尚品那边有情况，我们赶紧过去。"两人立马起身，临出门，找了两根短棍。向丽冲到阳台上，高声喊："马上要吃饭了，你们干啥去？有话好说，别胡来。"一凡高声回："没什么，我们去操场练一练棍，午饭不回了。"向丽只能目送。两人一路小跑，十来分钟赶到"一滴水"。却见尚品在和老板聊天，有说有笑。来者莫名其妙。老板欣欣嚷："果然是刘博士，与照片上一模一样。"尚品简要解释，四人哈哈大笑。老板让厨房加几个菜，几个一同吃起来。

老板说："一凡兄，我是你忠实的读者，老牌文学迷，你在《兰州晚报》发的美文，我一字不漏，全看了，而且收齐了。写得真好。"一凡连连自谦，岔开话题，大谈别家的文学。没料到，老板竟能大段大段地背诵《红楼梦》。论小说，头头是道，比科班教授还在行。一凡诚心称赞："清泉石上流，高手在民间。"接下来，三人常去"一滴水"。尚品象征性吃了一次免费午餐，再来，明码实价，该给的钱，一分不少。在小餐馆里，一凡又见到了贾平凹、王朔、迟子建，眼界大开，笔力剧增，仿佛置身巴黎的丁香园。不久后，老板发了大财，扩了店。《过》出版时，他请上媒体，邀来名家，在"一滴水"为一凡举办了声势浩大的发布会。店里买了两千本书，广为赠送，老板逢人便说："一凡是我发小，他的《过》源于'一滴水'。"

回头看，当时弃诗归于两个字：怕死。应该说，怕得正当，生存乃宇宙的第一法则。诗人两头点蜡烛，性命常常短一截，有重大突破的诗人更短。与张枣热议的三位诗人，拜伦活了三十六岁，兰波三十七，济慈只活了二十六个春秋。海子仅活二十五岁。四十八岁那年，张枣自己也离开了人间。

没想到，走到深处，小说与诗相通。一凡想起莎翁的绝句："生与死，存与亡，这是个问题。"就人类而言，这个"存"包括两个层面：肉体与精神，合称身心。一凡心知肚明，在某种程度上，病魔造就了他笔下的奇特，但是，他不愿意为了奇特继续毁坏自己。临近小说的悬崖，再一次，一凡选择了安康。有点俗，却弘扬了人道主义。他关上电脑，看闲书，安然做饭，练练拳，周末回工人村陪陪老人。每日静默三次，每次一刻钟。啥都不想，任由气韵滚动，如同修禅。状态明显好转。

应向丽之劝，一凡去了一趟医院。头回去，觉着异，便叫上了谢峰。人都说，看心理毛病，不能由配偶陪。谢峰开车，一路通畅，半个多小时到了目的地。一凡挂了个专家号，两人走过长廊，来到一个露天大院。回字廊上，坐着七八个病人，千奇百态。有的脸朝上，大白天里数星星；有的横眉怒眼，见人只吐舌头；有的两手摆动，浑身发抖。见此景，一凡突然觉得自己比谁都正常。谢峰说："请记住，你是来保健的，这地方，我也来过。"一凡不响，内头却动了两下。

轮到号，两人一同进入，一凡坐下，谢峰站一边。医生拿个小皮锤，在一凡的膝盖头敲了几下。像张宗昌在《大明湖》里写的一样，那块儿，一敲一蹦跶。医生问："你有病吗？"一凡答："当然有，否则，我不会来了。"医生转向谢峰："挺好的，来看什么？"谢峰说："可能有点强迫症。"医生看看一凡，又问："职业？"谢峰代劳："知名教授。"听到是知识分子，且在高端，医生柔和起来，瞧瞧病历，和蔼道："刘教授，我们进入下一轮。"

随口对谢峰说："辛苦你了，去休息一下。"谢峰悄悄退出，问诊开始，细节从略。

大夫最后说："轻微的，又是激越型，问题不大，心平气和了，啥都没有。真正平下来，要费点力气，心宽体胖，有心则成。还可做几次心理疏导，每周一小时。我们的导师是法国博士，刚从巴黎七大回来，反响很好。聊一聊，有好处，还可具体了解精神分析法，搞文学的，这条路径该熟悉。"一凡说："话到这儿，我有个疑问。十几年前，我常去法国，已经有点不适，本想看看法国医生，几次都退却了。文化差异太大，总觉得弗洛伊德、拉康的那一套不太适合中国人。"医生说："原理大致相同，我们引进，加了自己的东西，比如《三字经》《矛盾论》。在力比多里掺和了福禄寿，很有中国特色。若在法国就诊，有一项要注意，语言不过关，不要贸然去。"

一凡笑笑说："幸亏没去，我的法语只能应付一般交际，搞岔了，更难收拾。"顿一会儿又说："谢谢了，张大夫，这次来，不仅通了心路，还学到了许多东西。心理疏导，我定三次。"医生和蔼说："针对知名教授，再送几句话：欲望归零，心体放宽，少固执，短激动，规律起居，任其自然。别忘了，你是来保健的。"

出了门，见到几朵枯花，一凡眼前一亮，心头一闪，在形而之上，悟获几句真言：世界虚幻，六根无常，活儿比命长，都是向死去，事情哪有你看的那般重要。该守的要守，该放的要放，必要时该守的也可以放下。

天高云淡，回程很轻松，快到家时，一凡轻声问："这地方，你什么时候来的？"谢峰答："胡娟离开后半年左右。"一凡"哦"了一声，没再细问。法国谚语说，不要唤醒沉睡的猫。谢峰却吟起莫里哀的名句：Tout le monde est un malade qui s'ignore（每人都有病，只是不自知）。

　　每年初春，要改研究生的入学试卷，改试卷点设在西头，离家三四公里。一凡劳作了一个上午，出门急忙打手机，向丽说："稍等，我马上到。"一凡走几步，活动活动手脚，却来了三位女生，其中一位欣欣说："刘老师，我们等了好一阵，您的《过》，我狂爱，能请您签个字吗？"一凡面呈微笑，拿过书，聊几句，写两行，认真署了名。女孩激悦，上前抱了抱心仪的作家，随同的热烈鼓掌。向丽的车恰好开到路边，目睹艳景，脸色猛然一沉。上了车，向丽默默不语。一凡找话调节，妻子带醋意说："光天化日之下，搂搂抱抱，我都替你脸红。"一凡辩解："人家抱一抱，没出格，来得又突然，我拒推，或逃跑，更难堪。"向丽阴沉说："看到了是抱，没看到的呢？苍蝇会叮无缝的蛋吗？"一凡动了气："你强词夺理，不可理喻！"向丽猛然刹车，厉声命令："滚下去！"一凡岿然不动，向丽熄了火，冷冷地说："你不下，好，我下。"便打开车门，欲往外走。一凡只得悻悻下车。向丽坐端正，发动引擎，一溜烟，跑了。一凡走了半小时，愤愤然。设身想一想，又平和许多。遇到阎王，只能当小鬼。回到家，妻子的气也消了，缓言道："男子汉大丈夫要能屈能伸，我们吃饭。"一凡连忙摆碗筷，乐道："我知道这是爱。"向丽盛了饭，给一凡夹一块大肉，悠悠说："想荤，在家里吃，又糯又粑。"一凡美美吃一块，雨过天晴。

　　心头却想，好怀念刚买车的几个月，那才叫爽。去大门口，妻子便问："你有会？来，我送你。"哪怕只有几百米，也乐颠颠的。回来还要接。伏案久了，妻子凑上来，热心提议："劳逸要结合，走，我带你去兜兜风。"兴奋期一过，却大幅度疲软，有时苦苦央求，也不理会，还挖苦说："你长脚是干什么的？长期不动要萎缩的。"一凡只能返璞归真。正规的远道，依旧接送，但要顺着她，精神成本太高。人也怪，从前走路，任劳任怨，不乏快乐，尝到代步的甜头，就依赖上了，如同吃了禁果，不知不觉，走出了伊甸园。

接下来，向房地产挺进，一得空，向丽就去看房。跑了七八处，不尽如人意。尚品报了个信："徐东大街南路有个新楼盘，叫华乐居，已竣工，每个平米才二千三。"向丽找去一看，感觉上佳，叫去丈夫和女儿，三人都满意。合计一晚上，向丽果断决定："我们一次买两套。"新房在同一楼，一高一低，一共花了六十万，付的现款。该出手时向丽从不犹豫，该省的地方绝不浪费。为一件新装，她常常等半年，打了折才买，经常说，精打细算也是一门大学问，我按计算器等同写论文。容儿却赞："妈妈过谦了，你教中学英语，国内赫赫有名。我们附小都传开了，你的课大伙最爱听。"向丽坦言："学生爱我，我更爱学生，为此我一直没扩大英语辅导班，副业太多，精力顾不上。"

装修交给老三，该付的钱一分不少，只是简装，附家具电器，做下来花了二十万。半年后，附近修起地铁，房价翻了两倍。紧接着，一凡的朋友开公司，租了这两套房，月租五千。兰州的两套房也租了出去，还有丰厚的稿费。两人存了一大笔钱，配了手机，添置了家具，提前进小康。几年后，华乐居的房价又翻了三倍，容儿问母亲："当年毅然买两套房，你看上了什么？"向丽说："第一，那一带是武昌的中心地段，有三家大商店；第二，二桥不收费；第三，已有规划，附近要修地铁。"容儿赞道："老妈，你经商，也是一把好手。"

岁月如梭，光阴照旧。容儿过了十二岁，小学已毕业，一直坚持画画练拳。那日中午，容儿找到父亲，郑重说："爸爸，给你说件事，红顶蛇走了。"一凡问："什么时候？"容儿答："有十多天了，考完试后，再也没看见它。最后一次，它还叫了几声，我听不懂，它朝我点了三次头，爬下树，在草里滚一圈不见了。想起来，挺不舍的。"一凡起身望一圈，确真不见蛇影，便对女儿说："这样更好，你可以实实在在地长，该做什么做什么。"

父亲离开后，容儿拿起笔，想一阵，画了三幅漫画。第一幅，画一条蟒，口微张，似乎在许诺，尾巴摇出一堆金元宝，面前站着一个人，直摆手，身旁鸟语花香，背景安详；第二幅，画的也是蟒，口大张，牙锋利，前面站着一个人，拿一把刀，大蟒眼睛半闭，痛苦夹杂无奈；第三幅仿《小王子》，画一条蟒吞了一头象。附注：象是地球陆地上最大的哺乳动物，人也是哺乳动物，大蛇吞掉的，是人类的兽性。下端引出一个问句：走之前，红顶蛇为什么要打一个滚？

转眼到了深夜，又说红顶蛇，向丽问："你说，它会去哪儿呢？"一凡答："可能去了峨眉山，你的家乡。小时候，听熊二爷说，蛇成仙分两步，小成在屋边，大成去峨眉，最高境界是淡化，后一句，我没吃透。但我坚信，红顶蛇还会见的。"向丽说："它走，可能还有别的原因。"一凡说："即便有，也别瞎想，面对神异，如同人事，还是糊涂一点好。"

风吹树动，岁月安详。

与多才多艺的伊含交往久了，向丽倍感压力。想了许久，猛然觉出，婚姻是一系列连续的平衡，一方高翘，另一方要增加重量，不然，会翘出事端。一周后，她买了钢琴，捡起儿时的技艺，几乎每天练，恢复迅速，越弹越好。并合文字和色彩，音乐增添了家中的美韵。常常是，容儿画画，一凡写作，向丽弹琴，有声有色有意境。一凡走红后，经常外出，或讲座，或开会，或签售，频繁见报，还上了电视，想抱他的女粉丝越来越多。那日一凡出差，向丽送容儿去奥数班，等候时在楼下找了家咖啡馆。正前方，坐了两个靓妹，在热谈一凡。妹甲说："这家伙书写得好，人也帅，一米八的个头，柔中带刚，好魅惑。哪天，我们去听听他的课，用诗迷一迷他。"妹乙道："好呀，同在一所学校，可以跨科听课，地点一查就知道。"向丽心头一警，幽然自语："与时俱进，我还要多读点书。"回去后，从书架取了几本小说，又找出一本理论著作，读几页，来了兴趣。那本书名叫《写实与虚构》，专讲小说创作的，深入浅出，才一百多页，几天就看完了，又读大量当代小说，心头实了三分。

《蛇不吞象》已完稿，修整三个月后，一凡写了两短篇，其一的《滚》投到《人民文学》，月内将出刊。一凡的作品上过《收获》，去过《十月》，登过《当代》，却没在《人民文学》发表过。这一篇，他很看重。又读了些闲书。那日中午，向丽优雅归来，左手提包，右手攥杂志，略带异样地宣嚷："凡头，恭喜你，上了《人民文学》，可是国字号哟。"一凡急说："娘子包了家务，指导有方，军功章要掰你一半。"妻子没接话，径自收拾饭桌，从包里取出三个食品盒，柔声命令："今儿早点吃饭，聊一会儿，我买了你喜欢的烧白和豆花。"

一凡存了文档，走向饭厅。向丽翻开《人民文学》，亮出《滚》，脉脉看着丈夫，温中带冷，评判道："这一篇写得纯粹，好像动了真情。"顺势朗读一段：

陌生女孩柔语："我不看你作画，我坐你对面，只瞧你的表情。"画家浅浅一笑，四周虫鸣鸟欢。猛然间，吹来一股风，画家抬起头，艳惊："美女别动，就这姿势，我给你写个生。"十来分钟，草图挥就。女孩接过画，沉吟："真正的大师手笔，把我的魂都勾出来了。"画家谦逊道："多提意见。"女孩却不言语，直起上身，举起右手比作枪，放低，慢慢回收，尔后抬起手，对着花丛，砰，砰，开了两枪。画家会了意，却僵了手脚。恰巧，一只瓢虫飞来，落在女孩光裸的肩上。画家说："女神，别动，我要和瓢虫说几句话。"便走过去，蹲在女孩身后，手扶芳臂，吹走了瓢虫，顺势在女孩肩头印上一吻。女孩仰起头，两眼微迷。

向丽戛然而止，图穷匕首见："这一节好像是亲身经历。"一凡心头一紧，赶忙辩护："你知道的，艺术贵在无中生有。莎翁说，写作即撒谎。"向丽接过话："这句之后还有一句，却可映照真实。"丈夫又辩："洋人说不透中国特色，按国内的界定，文学源于生活，高于生活。"

向丽嘻嘻一笑："这话引得好，能否告诉我，在刚才那段中，哪一抹是你的生活原色，哪些是高出的部分？"说着，翻过一页，指着小说的结尾，揶揄道："两人挺会升华的，最后滚上了花坛。你也爱画几笔，平日见了绿草地，总要打个滚。两者间难道没联系？"一凡手足无措，哑口无言。

见丈夫窘愣，可怜兮兮，向丽没有痛打落水狗，递他一根救命稻草："也许是从书上看来的，你再好生想想吧。"一凡委屈道："在一流刊物发表小说，本是件好事，咋搞得像审犯人似的。"向丽自知过火，补救说："莫怪我吃飞醋，最近看了《写实与虚构》，知了一二，心头有道坎，不搞清楚堵得慌。"

那一晚，过得很沉闷。上了床，双双无话。一凡碰碰媳妇的腰："我们抱一抱。"向丽冷言："等搞清了再说吧。这会儿，没心情。"

翌日晚上，一凡紧急招来两剑客，聚于他山，尚品问："这么火急火燎的，有什么喜事？"一凡苦苦一笑，说了事由。谢峰便问："先定大格局，故事确有其事？"一凡点点头，更正道："是结婚前的一个小插曲，我的第二恋，和小说里写的相去甚远。"尚品问："你认了吗？"一凡连连摇头，谢峰欣然高声嚷：

"好样的，你临危不乱，你顶天立地。男人一辈子，很难只待在一个坑里，更何况是婚前财产。无论前与后，有些事偶尔做了，万万说不得。说出去，伤害老婆，亵渎爱情，愧对人类……"

一凡赶紧打住："得，得，你老兄的格言，我都背得出：叨死不认，打死不说。此刻莫理论，先帮我找一找，哪儿有相似的情节。这个描写，我曾经读到过，一时又想不起出处。"尚品常年出书，记忆卓绝，眼一骨碌，答案出来了："这情景在《国画》里出现过。在浴缸旁，朱怀镜的情人用手状枪，对男人的下体啪了一火，尔后绵缠。谢峰说：有关瓢虫，雨果写过这么几句话：'我伸出嘴，吹跑她肩头的瓢虫，却得来一颗心。'写的是初恋。这两本书，我家里都有。"一凡急说："谢天谢地，谢峰头，连带尚品，快快拿给我。"

谢峰离开片时，取来书。一凡捧在手里，如获至宝，立马刨出相关的段落，果然，情景与他写的大同小异，不禁感叹：作家创新真没那么容易，许多你自认为新鲜的却早已是人家的陈货。这便是德里达的"痕迹说"。以前半明半暗，这会深信不疑。

谢过两剑客，立马打道回府。向丽看过样本，云消雾散，春暖花开，对丈夫柔声细语。如同画家与少女，两人翻天覆地，滚得死去活来。

16

教与训

　　在江都大学，一凡招了九个博士，各有特色。周涛来自农村，家境较贫，异常刻苦，知识面广，为人厚道。他读的是在职，拿到博士可能立马当教授；王雅丽活泼靓丽，见解独到，冰雪聪明，才气涌涌，其父是三阳市委书记，属于官家；冯语天出自书香门第，纯朴，专一，执着，阅读广泛，有深度。两个男生各发了六七篇论文，在学术界崭露了头角。王雅丽除了三篇论文，还发了五篇小说。另外六个都是好苗子，还有十几个硕士。博士已答辩了三个，西北大学剩的五个都已出笼。每个月，一凡会分批把弟子招到他山咖啡，各自汇报，共同讨论，逐一点评，最后给出新书目。

　　一凡指导论文，要求做三种卡片。第一类，摘录所研究作家与论文相关的语句，注明来处，大致标明放在论文的哪个部分。网络时代，动笔的机会日益少，将名家语句抄一抄，记得更牢，有一些会融入血液。当年鲁迅住八道湾，孤身一人，经常抄碑文、录经典，积下了厚实的学术功底。第二类，摘录名家评论，注明来处，标明用地。第三类，是心得卡。围绕论文，学生常有闪光念头，必须随时记下，如同上两类，大致标明用地。三类卡片积到一定量，论文就出来了。检查进度，一凡重点看卡片，每每有奇效，他自己也是这样走过来的。

第一次聚会，却重点考察处世小节。那日招来五个学生，一凡点了普洱茶，一壶六小杯。头一盏，由服务员上满，一凡喝尽，将杯放在茶几上，心中念叨："今晚，看谁第一个给我续茶。"未曾想一刻钟过后，大伙都纵身于学问，无动于衷。一凡笑了笑，给自己添了茶，又给学生续杯。硕士甲猛醒，拿过茶壶说："老师，我来。"一凡微微一笑，和蔼道："这就对了，虽然迟一步。"喝一口，正色道："我和你们的父母年纪不相上下，给长辈续个茶，是基本礼节，更何况还是老师。你们大多是独生子女，往往唯我独尊，走上社会，这就是一大缺陷。上司用人，开初看重的就是这点小眼力。在当今社会，端茶倒水是一大修养，也是能耐。"那以后，学生一个比一个殷勤，于小事中，长了大本领。

守时，也是当今一项优良品质。一凡上课，一般由学生主讲，限了时。有的学生全然不顾，规定一刻钟，他一泻半小时，几度叫停，依然如故。完毕，一凡轻声问："同学甲，今天的课堂报告，你估计，我会给多少分？"学生答："我准备了一个月，起码八十吧？"一凡正色："不，我给你零分。"学生肃然，一凡详解："生活节奏加快，安排更周密，守时是一大优品，也是一种能力。我没当过正规的官，却经了些世面。上级来访，事务繁忙，要你汇报，都定了时间，说十分钟，你一秒不能多。一旦首长打断你，前途便暗去三分。首说官场不是我崇官，而是因为你们毕业后，一半以上做公务员，走的是仕途，习惯养坏了，要吃大亏的。高校的评审，我经常参加，汇报都限了时，时刻到，你还讲，大家对你的印象会坏一截。提醒再三，还喋喋不休，若是十分制，我一定先扣你三分。总时间在那，你多占一分，别人就少六十秒。守时是对他人的基本尊重，这点修养没有，以后干得了什么？最最重要的，发言不在于你说了多少，而在于别人听进去多少。"

同学们个个受益，以后很少超时。

与人交往更是一门大学问，一凡也会结合自己的经历点拨几句，强调两个关键词，赞与让。朱熹曰，让之为懿德。底色是真诚。仅举一例。一凡与马原是同事，也是好友。几年间，一凡连得两个国家级大奖，小说热卖。马原表面坦然，心头戚戚。一凡自语，利益如蛋糕，都定了量，我得了便宜，要多为他人着想，该化解的，主动化一下。那日开学术会，一凡点评，真诚多说了几句好话。马原听了，乐许久，纵有不快，也会淡释几分。一凡也有眼红时，只不过，他心境较宽，有退路，投入文字，可看轻一切。

江大每年要评先进，附奖金，获评三次，加一级工资，晋职优先考虑。那是一件大事。系里的做法是打分，主要参照课时、奖励、项目和成果。奖励居首。那一年，一凡获全国百优博士论文指导奖，得分最高，马原排第二。在评比会上，一凡诚恳说："今年马原的课最多，成果丰硕，还要管很多杂事，对系里，他的贡献比我大，这个先进应该归他。"马原由衷感激，残存的隔阂几乎一扫而光。

也说教训，在西北大学的开初几年，一凡自恃才高成果硕，什么都想要，却发现，到头来，失去的远比得到的多。还要信一点天命，是你的跑不了，不是你的要不来。很多时候，人算不如天算。

还有一个怪癖。给研究生上课，一凡总想抽抽烟。吞吐几口，常常脱凡出奇，妙语连珠。但学院规定，上课不许抽烟。大教授想因缘变个通，抓住一个词，叫熏陶。此语首出梁启超，原句如下："（达尔文）为教师亨士罗所器重，受其熏陶，慨然有立伟功于学界之志。"巴金、钱锺书、沈从文等大家都是熏出来的。《说文解字》曰：熏，火烟上出也。香烟也有烟，而且是主体。拿它熏一熏，或许会熏陶出几个类似巴金的人物。还有一个客观理由。博硕士都小班上课，地点在会议室，空间大，通风好。熏过之后，没啥副作用。最后依托一个亮词——民主。

上第一节课，一凡开门见山："同学们，抽支烟，我的课会讲得更精彩，但要征得你们同意，票数须达三分之二。附加一个条件，开了空调闭了门，我绝对不抽。抽烟时，打开我这边的门窗，保证空气对流。下面全民公决，不同意我抽烟的，请举手！"

全体三十七人，没有一个反对。一凡悦悦而笑，心下却明白，如果改成无记名，很可能是另外一个结果。一凡点燃一支烟，讲得果然很精彩，课后没有闲言碎语，更无小报告，年年如此。

也出过几次无声的抗议。那日忘了开门窗，抽到中途，有同学咳起来，又跟一个，一共咳了四人。后两位明显在干嗽。一凡赶紧灭烟，起身去通风。随后一小时，没再抽，如曹操断发，他要自我惩罚。

还有惊喜。那日讲小说中的闲笔，灵感如潮，猛然兴奋，一凡直掏荷包，摸遍全身，没有找到烟。他两眼发木，口齿干涩。调节许久，大体恢复常态，却短了绚彩。

雅丽与语天嘀咕几句，双双举手，打个招呼走出教室。一凡微微不悦：课堂上哪能卿卿我我。约莫十分钟，两人返回，递出一盒烟一个打火机。一凡几乎盈眶，立马点一支，再讲课，灵气十足。他串合《废墟》《边城》等作品层层剖析，妙语连珠，得出了几个令人耳目一新的结论：

叙事、描景、对话于作家而言，是基本的基本功，如同直立行走，看似辅助的闲笔更能反映作者的才情，用好了，可蓬荜生辉，化腐朽为神奇。贾平凹以拾荒老头的吟唱增强了现实的冲击力，厚实了作品；《受戒》的味儿主要来自对风俗的旁敲侧击，汪曾祺诗了逸，闲出了文体；离开言语奇诡的东扯西拉，冯唐只是三流作家；没了智趣的贫嘴，王朔半钱不值；去了地韵旁笔，《边城》只是一则贫白故事，最多登上《故事会》。闲笔的度很考智慧，那是作家高与低的重要标示。

自熏过后，一凡能大段大段背出引文。书目先已给定，学生拿在手，及时找出，暗中对照。一致发现，老师背引的准确率达到了百分之九十，有两段一字不错。下课铃响后，同学自发鼓起了掌，经久不息。这景况已出现了好几次。一如往昔，一凡站起来，抬右手，给大家行了一个军礼。左手拿的烟正好烧到尽头。

下课后，一凡叫住两人，给出一百元。语天和雅丽都不接，连连说："教师节快到了，算是学生的小心意。"一凡正色道："一是一，二是二，你们解了我的燃眉之急，哪能还让你们破费。这钱，必须拿着，不然，要坏我的江湖名声。"语天接了大票，喃喃道："还要找您三十九块。"一凡赶紧摆手："不用了，零头作跑路费。"语天只好收回手。一凡顺便问："买包烟为什么要去两个人？"雅丽答："路儿有点远，我开车来得快，但我不懂烟。语天懂烟，但不会开车，我们只好临时合作。"大伙欢欢笑起来。

上完学期的最后一节课，语天却说："刘老师，我们好失望。"一凡问其故，语天答："我一直在等您忘烟，忘一次，可挣三十九块，买三盘上好的粉蒸肉。守了四个月，两手空空。"一凡开心一笑，第三天，他请所带硕博士，在秦园餐厅美美吃了一顿。

谢峰在巴黎四大拿的博士学位，洋为中用，更注重在实践中培养学生。他掌管法国文学研究所，够不上官，经费却充足，经常邀约名家讲学。近两年，从法国请来了三位当代著名作家，五位知名教授，含一院士两校长。接待与游览工作全部交给研究生，重大场合由弟子当翻译。那日陪罗贝尔去潜江访问，当地高度重视，书记和市长都来了。罗贝尔是法兰西学院院士，当过文化部部长，举足轻重。法方一行五人，谢峰带了两个博士三个硕士，一个萝卜一个坑，一对一接待。书记的欢迎词精彩而幽默，翻译很到位，罗贝尔频频点头，面呈感激，轮到他，郑重说："尊敬的吴书记，尊敬的游市长。"学生却翻译成了："尊敬的两位领导。"谢峰记了一笔，没有当场纠正，稍后却与书记耳语几句。书记欢欢一笑，交谈更通畅，最后落实了一个大项目。送走了院士，谢峰又召集学生，大肆表扬后严肃说："记住了，开头的称呼不能偷工减料，主宾说了吴书记，要一字不漏译出来。各地都由书记主政，两手一把抓，会坏事。如实翻译出来，接待方还能得到一个重要信息，来宾懂中国礼节，因势利导，更能成事。"弟子们洗耳恭听，又见一片天。

　　诺奖得主勒克莱齐奥到来又是一种风格，讲完座，谢峰选一个下午，把大作家请到他山咖啡，同时邀了三个博士。宾主看看山，望望湖，用法语聊起来，天高地阔，旁若无人。对谈一小时，学生没插上一句话。勒氏回过神，抱歉说："我们太投入，冷落三位了。"博士甲说："我一直在观察，你们的眼中一片蓝，纯如宫崎骏。我想起接待孔子的老聃，披长发，视而不见，茫茫应和大道。用孔子的话说，其犹龙邪！"勒氏连连点头。博士乙说："你们目空一切，有如两尊雕像。由此说起雕塑大师罗丹，谈起卡蜜儿，连带谈中法文化的差异。卡蜜儿才高貌美，是罗丹的学生，随后做了情人。只可惜，才女神经太细，经不起爱与恨的撕扯，后三十年在疯人院里度过。"勒氏透露，断气前，罗丹用铅笔写了一个une，即中文的"一"，呈阴性，这个"一"意味深长。有人说，指某一重要女人。死前十多个月，罗丹与萝丝举行婚礼，确定了妻子名分，那个不确定的une应该是卡蜜儿，隐含罗丹对她的怀念或忏悔。

博士丙推出一个新解："une为阴性不定冠词，里面却藏了un（阳性不定冠词）。une乃男女混合体，暗接东方的阴阳说，挑明一景，罗丹作品的核心魅力来自强暴与温婉的巧妙糅合。"从une中，谢峰看到了中法文化的共同点，兴奋说："une前加l，构成lune，那是法语的'月亮'，与我国的'月'秘响旁通。《说文解字》曰：'月，太阴之精也。''月'字去掉两条腿，却是'日'，也就是说，'月'中含了太阳，阴阳互糅。la lune也可称为太阴，因为法语的三大阴性标示都在该词中，有定冠词la，不定冠词une和阴性标e。再细看，lune又含有上阳，此词可分解成le和un，头一个是阳性定冠词，后一个为阳性不定冠词，法语的两个阳性标志全在月亮（lune）里。由此可见，在阴阳观上，中法两国相通，我们的文化模式面异神合。"勒氏激动定论："同学们是我见到的最好的法语学生，谢峰是世界级学者。"

课堂之外也有景观。每到年底，出于人之常情，学生或家长要给老师拜年。一凡亦然，年年要拜会容儿的老师。再往上走，孔子逢年也会收几条腊肉。一凡是凡人，含杂念，也纳礼，却有底线，坚守两个"滚出去"。那日周涛嘿哧嘿哧地提来两瓶茅台、两条大中华，欣欣说："老师好，我给您拜个晚年。"一凡反问："这包礼物花了多少钱？你父母在地里干一年弄得到多少钱？"学生嗫嚅："只是一点心意。""心意也得量体裁衣，你的心意我领了，烟酒拿回去。"学生面红耳赤，手足无措。趁倒茶的当儿，向丽笑言解困："周涛打老远来，你换个方式。"一凡想了想说："好吧，下不为例。开学后，你帮我做一个当代批评索引。"

一凡有三笔科研经费，两项是国家项目，共五十多万元，有固定预算，不能随便动。另一笔是横向经费，实际上是私赠。由尚品引荐，一凡认识了一个亿万儒商，给他的企业写了一篇散文，广为流传，为集团带来了厚利。儒商回赠十万元，一凡接了，交由学生掌管，用于吃饭、喝茶等聚会开支，也包括扶贫。

索引交出后，一凡付给周涛五千元，再度强调："记住了，我有两个'滚出去'：家庭困难，拜年送礼太重的，给我滚出去；毕业后回来看我，一条烟都不带的，也给我滚出去。"周涛连连点头："老师，我记住了。"做得最好的是陈睿南，全拿家乡特产，或一袋洪湖野藕，或两提双黄盐蛋，花样频出，务实赏心悦目。硕士毕业下了海，很快做到总裁，回头又读博士，堪称儒商。那年一凡出国讲学，总裁得到信息，给导师定了个公务舱。在空中，一凡破天荒睡了个好觉。逢大年，王书记亲自登门，送了十条好烟。一凡礼让两句，坦然笑纳。却有来有往，离别时，送对方几条河汊口的鳜鱼。

进入初中后，容儿的数学露出破绽，期中考试，只得了83分，满分120分，排名在班上偏后，全年级居第92位。对于一直当领头羊的学霸来说，这无疑是个打击，而且是沉重一击。拿到成绩单的晚上，容儿愁眉苦脸，饮无欲，食无味，夜里久久睡不着。父母反复宽解，容儿从容了外表，心结依旧。一凡探寻许久，窥见了缘由，专门去大溶洞。那地方结了蜘蛛网，红顶蛇确实走了。星期五，容儿外出参观，午饭只有夫妻俩。向丽忧忧说："读小学，容儿的成绩数一数二，这一滑的确难适应。我很怕勾起连锁反应。该怎么办，怎么办呢？"

一凡平和说："灰暗时，要看到亮点。容儿的语文和英语还排年级前十名。小学也是数学相对弱，那时可能有神助，顺过了。红顶蛇一走，会有一个调节过程，也是容儿成长的必经之路。还是那句话，面包会有的，而且会越烤越好。"

向丽宽慰些许，却突然刻薄地笑道："都是遗传惹的祸，你的数学一塌糊涂，高考几乎剃光头。"一凡憨憨一笑，没有辩驳，也驳不了，他的数学的确差。当年在农村备考，他把重点放在数学上。苦熬一周，终于搞懂了一元二次方程，他欢喜若狂，叫来尚品做证，围着百亩棉田跑了两大圈，沿路的鸭子嘎嘎叫。考试却没有一元二次方程。那一年采用百分制，一凡的数学只获5分，一直没搞清那5分是从哪儿得来的。语文考了86，位居湖北第七，英语更高，得97。很幸运，那年外语和数学只做参考，一凡因此去了北大。

向丽端来一杯咖啡，笑嚷："别沉溺那个5分了，容儿的事还要拿个对策。"一凡喝一口棕液，胸有成竹地说："方案想好了，我们要请一个家教。去年我带出了一个硕士，叫林禅，他父亲是数学特级教师，在华师附中独当一面，我想请他给女儿把把脉。"

"你说的是林再道？"

"对，正是他，九月初我们还见过一面，他来感谢我，为了儿子。我找他，他肯定会出马。"

"太好了，林再道可是全国知名的大咖，能请动他，容儿无忧了。"

一凡想立竿见影，掏出手机。向丽赶忙阻拦："别太急，先跟容儿谈一谈，我啰唆了几回，孩儿有点烦，你出马效果会更好。请家教的事，也征求一下孩子的意见。"

"遵命。"

翌日中午，父女俩去了必胜客，吃到中间，一凡轻声问："红顶蛇走了，对你有影响吗？"容儿说："我也想到这一点，过去做数学，经常有灵动。蛇走后就木了许多，有时半天转不过弯。仔细想，我对它可能有点无形的依赖。老爸别担心，我已找到原因，很快会调整过来。在豁达上，我接了你的衣钵。我还做好了最坏的心理准备，不就是个考试吗？我尽力而为，实在不行，我画画，或开个小面馆，一样活人。"一凡欣然曰："这么一说，我放心了，心态放平，效果更好。"又说请家教的事，女儿满口答应。

当天下午，一凡给林老师发了短信，对方立刻回答："晚上八点在他山见。"向丽立马出门，取了一万元，装入信封，叮嘱道："这是头期的辅导费，记得交给林老师。"丈夫连连点头，又找出一个小提袋，放入两条黄鹤楼1916。

一凡提前赶到他山咖啡，林老师准时到，寒暄过后，切入正题，一凡详细介绍了女儿的情况，没提红顶蛇，只说曾经有点神奇因素。林老师说："可能有个特殊的坎，翻过去就好了。一般说，问题不大，我会尽力的。"一凡道："给您添麻烦了。"林老师笑说："一点不麻烦，星期天下午，我在辅导两个学生，都是官家子弟，上头压下来的，容儿来了一锅煮，多个人多双筷子。"

一凡取出装烟的小袋，随手塞进信封："区区拜师礼，请笑纳。"林老师接过小袋，取出信封，庄严道："烟我收下，钱您拿着。"一凡急解："这是必须的，只是第一笔。我夫人也在开班，我外出讲座，都有费用。国有国法，行有行规，破不得。"林老师坦言："不瞒您说，那两个，我收费，但我们之间却是另一码事。林禅在您的指导下度过三年，收获巨大，前不久提了副处。对您，儿子很感激。能替他报个恩，我很荣幸。您若执意给钱，容儿我就不能收了。"

一凡只好收起信封。第二天，开始辅导，向丽一路接送。林老师不愧是业内高手，仅用一个月就给容儿疏通了堵点。孩子也很努力，一时放下画笔，反复刷题，熟中生巧。期末考试，容儿的数学得了115分。随后每月有小考，总体排名一直稳定在年级前十，还得过全班第一。在以分数论英雄的大旋涡里，一凡夫妇终于舒了一口气。

临寒假，一凡夫妇买了两条铂金项链，并好烟好酒，提前去拜年。林老师说："你们太客气了，我只点拨了几句，通达全靠容儿。"一凡道："我们都是教书的，关键处点一下，力胜千钧啊。"

拿到靓丽的期末成绩单，容儿却不怎么高兴。一凡安慰："全年级第七已经是佼佼者了，别太贪心。"容儿自顾自说："挺怀念红顶蛇的，生活有点神奇，真好。此刻在矮檐下，我们只能低着头。"一凡暗中感叹：全世界最辛苦的人，是中国的中学生，高三第一，初三第二。一切环绕分数转，中学走了样，少年变了形，都知其中弊，却无能为力，还要随大流，形成恶性循环。作业熬到晚上十一二点，翌日清晨，还要早自习，住得远的，六点就要起床。周末几头培优，多方辅导，中学生们几乎没有休息。虽有种种弊端，高考却是当前选拔人才最公正的渠道。几十年来，社会阶层开始固化，利益集成团，有权有势有钱的受惠最多。一旦取消高考，穷的更穷，富的更富，与人类文明的进程背道而驰。处于两难之中，只能先适应，边考边完善，人生的无奈何止这一项。

来到江大后，一凡也经历了许多坎坷，获批博士点，一凡评上道丰教授，岗贴飙升，又加一级工资。他原来的薪酬就高，带过来，加几级，总额仅在顾院之下，许多人不平衡，尤其老教授。与人交往，一凡也有短板，他过分敏感，固执己见，爱戏讽，还要加修辞，说激动了，常常忽略场合。有芥蒂的听了，备受伤害，由此扬起了许多闲言碎语。

主要攻击两个点。

第一，小说不算科研成果，身为教授，沉迷虚构，等于不务正业，说到底，是个绣花枕头。这一击有点失实，一凡出了两部专著，都不厚，反响却大，常被引用，都是硬货。《当代文脉》出了繁体版，译成了日语，获得一项国家大奖。论文发了十七篇，不算多，八篇被转载，两篇全文登上《新华文摘》。

恶攻也有说得过去的端口：近几年，一凡发了二十一个中短篇小说，七篇转载于《名作》，五篇上了《小说月报》，一篇得了鲁迅文学奖。《过》已发行两百多万册，稿酬丰厚。与大红大紫的创作相比，他的学术成果要黯淡些许，数量少于很多人，说不务正业也沾了一点边。

如实说，最刺人的是金钱。在文学院，像模像样搞创作的还有三四人，都有些名气，却没弄到什么钱。金宇行出了两部小说，只卖出五千多本。一凡与他聚过几次，难以共鸣。这小子看人眼角有点斜，许诺时，手脚失调，经常当面一套，背后一套。渐渐地，两人淡了联系。

恶攻的第二切口，说一凡表里不一，外表谦和，骨子傲慢，两面三刀，人品有问题。此说部分成立。一凡在国外待了几年，崇尚自由，看中个体，常常目中无人，经常指桑骂槐。有的情节植入了小说，虽然加了马赛克，总有人对号入座。说到底，都是小说惹的祸。

期末，学校搞了个举贤活动，在网上进行。最后捞出了十贤，文学院占两人，卢副院长和刘一凡。一凡压根不知，那两周，学生集体外出，他辟谷写小说去了。最后一轮，在院里做民主测评，一凡的优赞率达百分之九十三，却有五人给了最低档。一凡苦苦说："我与世无争，没想到，在百来号人的文学院里，竟有四五人对我恨之入骨。"

顾院长已明确表示，古代文学的博点评完后，无论成败，他都要离任。许多人盯着那把交椅。一凡推测，黑他的人十有八九是怕他挡了升官的道。五个之中，很可能有方副院长，外加两个自我膨胀的系主任，金宇行居其中。另两个可能是嫌一凡工资太高的老教授。

几度忧烦，一凡决定退让。能躲的会议，尽量躲；必须参加的会议，窝在一角，不时自黑几句。平常一心上好课，空闲时读读书，做做学问，写写小说。年末要建学院教授委员会，领导找一凡谈话，希望他出任教委会主任，一凡坚定不移，婉言谢绝。

即便如此，还有人咬住不放，而且，出招更毒。某人在网上发布："著名作家刘一凡，光天化日搂搂抱抱，暗地里，不知会动哪一条腿。"一时间，广为流传。有人跟帖嚷嚷："知人知面不知心，原来是一条披着羊皮的狼。"一凡深受影响，走在校园里，常见异样目光，许多人在背后指指点点。一个月里，他创作瘫痪，书也看不进。还波及妻子与女儿。

实情却是一个求签名的女学生，当着两个同学的面，在光天化日之下抱了一凡一下。求签名的女孩是历史系的研究生，很地道，叫来当事人，专程找杨书记说明了情况，又去学校澄清是非。杨书记高度重视，请三位写个说明，与校方协商，登上校网。再去宣传部，请人删了恶帖，平息了风波。隔两天，又把一凡请到他山咖啡，开门笑嚷："当名人有名人的烦恼，花边绣起，你得有个度量。"一凡感激道："麻烦书记了，更佩服你的手段。你知道的，这事牵涉夫人，我当笑话讲过，院长也在场，没想到翻个手，就暖了昧，涉了黄，那家伙咋这般歹毒呢？"杨书记说："人过一百，形形色色，林子大了什么鸟都有。对于作家，却是一笔财富。"一凡连连点头，心中温暖，关键时刻，组织的关怀很有分量。

散了场，一凡没直接回家，而是去山上转了转。归返时，已到晚上十一点。容儿睡了，向丽靠在床头改作业。一凡打个招呼，刷牙，洗澡，上了床，辗转反侧。向丽柔语："都风平浪静了，你还在翻腾，何苦呢？"一凡低吟："我想查一查，看谁在捣鬼。若是不认识的，可以理解。若是熟人，性质就变了，我拼出老命，也要教训他一顿。"向丽忙说："事已了结，别节外生枝！再说了，网络很复杂，你哪里查去？"一凡说："尚品手下有个网络高手，他堂兄在省网监管事，不会没有手段。大恶不惩，天理难容。你放心，我做事有分寸，不会乱来的。"

尚品得知屈情，力主速查。一凡拿出一沓钱，尚品说："钱的事哪用你掺和，但要提醒一句，你老兄练过武，若是身边人，下手合适点，出了伤残，不好收拾。"一凡道："这一点，你放一百个心。"

三天过后，发帖人查了出来，是金宇行，随评也是他跟的。一凡愤愤然："早觉出这小子不地道，果然是个下三滥。"筹谋许久，终于觅到了机会。翌日下午四点，一凡守在文学院大门前，远远看见金宇行从教学楼走来，门前聚了五六个同事。一凡向几位打了招呼，在离大门十米处拦住金宇行，劈头厉问："姓金的，我俩无冤无仇，你为什么在网上散布我的谣言？"金宇行微微一愣，回辩说："哪有的事？误会，一定是误会。"一凡拿出一张单据，往对方眼前一亮："看仔细了，白纸黑字，时间地点，你家的端口，几个密码都在上面，有一个是你的生日。"金某看过，一阵慌乱，口里却振振有词："没有的事，瞎说，胡扯！"

一凡抬起手，沉沉给了他一记耳光，响得脆亮，附一句："有种做事无胆担当，你算个什么鸟？"金宇行愣片刻，摸摸脸，丢下提包，舞拳扑来。一凡拿手轻轻一拨，出右脚，往对方的左大腿猛地一蹬，没用大力，金某却满脸痛楚，瘫倒在地。这一脚踢在了他的酸筋上，不伤要害，却够他痛一阵的。

同事们围了过来，纷纷劝解，卢副院长赶到急嚷："一凡兄，有话好说，当老师的，哪能动手动脚。"一凡浅浅一笑，简要说明缘由。最后抛一句："歹毒不惩治，精神文明要落空。"大家伙窃窃笑。金教授瘫坐几分钟，慢慢站起身，走两步，无伤大碍，颜面却一扫而光。他悻悻离去，走路微微有点跛。

两天过后，金宇行放出大话，要修理刘一凡。一凡不以为意，真要来事，哪会高调嚷嚷。这事却传到黑头的耳朵里，他在附近设了个装修点，经常跑江大。黑头找到一凡，问明原委，嘿嘿一笑："山重水复，这一回该我为老哥出点力了，姓金的，我在读书会上见过，模子清晰，我的司机还送过他一回，好办。"一凡说："我已经让他颜面大失，莫搞凶了。"

黑头说："老哥放一百个心，我只吓唬他一下，动软，不来硬，让他给组织做个检讨，给你道个歉，别瞎想。你有所不知，现在有的人，随么什事都做得出来，万一他狗急跳墙，你和容儿不怕，嫂子可是弱女子。而且，明刀好躲，暗箭难防，还是多个心眼好。我治一治他，为你扫除隐患。"一凡拍拍黑头的肩："感谢的话，我后面再细说。"

跟踪摸底花了整整两天，第三日逢了良机，金某带着妻女去森林公园游玩。两辆奥迪跟过去。三人在草地野餐，黑头走近，欣然叫："夫人好，金教授好，麻烦移一脚，有点小事请教。"教授随黑头来到百米开外的木桌旁，黑头说："我们不是初见，有话我直来直去了。一凡是我的救命恩人，比亲人还亲。听说你四处扬言，要请黑班子触碰我大哥。有这回事吗？"

金宇行连忙辩解："那是一时的气话，没有实质内容。"黑头接："丑化说在前头，我这人笑起来像弥勒，恶起来像阎王。你若动我大哥一根汗毛，我撬你全家，到时候，莫怪我手粗心黑。你在网上造谣中伤，作恶在先，受点皮毛苦，理所当然，那是道义。刘哥对你够留情面，他掌握了你诽谤的确凿证据，告上去，你至少要坐半年牢。后果如何，你是文化人，比我清楚。最后问一句，下一步，你打算怎么办？"金宇行立马回答："理亏认亏，收回气头话，和平相处。"黑头轻声道："你还要给院里写个检讨，向刘教授道个歉，兜个底，平个仓，越早越好。"

金宇行说："和为贵，我尽快落实。"黑头伸出手，欣然嚷："梁山好汉，不打不相识，种种过节，就此告一段落。打扰了，代问夫人和女儿好。"金宇行与黑头握了手，拉开车门，坐进车中。两辆奥迪扬长而去。金宇行满脸恐慌。

第二天下午，一凡下课回家，在教学楼旁遇见了金宇行，四周无人。金宇行上前几步，和颜说："刘教授鲲鹏展翅，我眼里充血，一时模糊，做了不该做的事，请多宽谅。人已赔礼，不可再持强。"一凡悦色道："过去的，就过去了，同事归同事。"两手浅浅一握，各奔东西。

17

转 化

　　山雨欲来风满楼，小池塘里，也会鼓泡泡。副院长方兴国的泡儿鼓得最大，声音最响。几年来，这小子雄心勃勃，一直盯着院长宝座。能与他竞争的，除了卢副院长，就是刘一凡。后一位更恐怖，他能力强，口碑好，专业过硬，深得院长、书记青睐，身后还站着张校长。为此，兴国经常散布小言论，反复说搞创作的自由散漫，妄自尊大，做了行政将是一方的灾难。一凡听了莞尔一笑："你小子说得不错，只是太没眼水，我看重什么都不知道，还瞎嚷嚷。"

　　如实说，方副院长人不坏，只是官瘾太大。在语言学界，他卓有建树，高名远扬。但是，过强的官瘾是祸害，不加控制，会贻害无穷，一凡很想化一化。月末，方副院长在权威期刊发了一篇论文，一凡读了大开眼界，路过办公室，只有他一人，便打个招呼，含笑进去，朗朗道："方兄，《网络语态又一景》写得真好，对我启发很大，祝贺你。"方副院长满脸笑，连连邀坐，殷切上茶，兴奋说："只是一家之言，请多指教。"一凡据实点评，句句落到亮点上。方副院长越发真诚，反赞一凡的小说和学问，借机探一句："凡兄文武双全，呼声高，往后文学院的天就靠你来支撑了，你做院长，我大力支持。"一凡朗朗笑，沉缓说："方兄，你是研究语言的，听音识意，也该知我所求。人各有志，在西北大学，副校长我都没做，其他的，会放在眼里吗？"方副院长热切续茶，表情更舒坦。那以后，他不再别有用心说一凡的坏话，有时候，还唱几句赞歌。一凡却肚明："推官的民意测评，这家伙只会投自己一票。遇上无记名测评，他一定会给我打最低分。"

老天有眼，顾院领衔的中国古代文学终于获得博士授予权，彻底接通了道丰山的文脉。张校长专程来开庆功会，全院欢天喜地。大会结束，校长随顾院走一截，登上南平台，都不说话，气氛却祥和。两人停立大露台，面对道丰山，校长看一看古木，深情说："老大哥，说来我真不地道，校长你让给了我，我却请你做院长，一干六七年。这状态在全国都独一无二。政治上，我们创造了一项吉尼斯纪录。一度有人骂我忘恩负义，今天，我却要说，我做对了。古代文学是江大的酵母，一柱擎天，至高无上。在你的领导下，文学院终于扬眉吐气了，道丰山刻下了你的大名。还有两年，我也要退了，到时候，我们再脸红脖子粗地争。"校长手舞足蹈，已然不像校长。顾院说："道高一尺，魔高一丈。你做班长，我就觉出，以后你会干一番大事业。我很清楚，在官道上，你比我强。你主政是江大近半个世纪最辉煌的时段。"校长道："都别谦虚，道丰山要感谢你和我，缺一不可。"顾院长却说："有约在先，博点评完了，我要自由自在。"校长道："请老兄放心，你随时可以丢印，只不过，接班人你要把把关。"顾院恳言："这一点，我不会懈怠，文学院永远是我们的根。"

第三天，老顾正式递交了辞呈，新院长的人选成了当务之急。受校党委之托，杨书记找一凡谈了两次话，希望他出任文学院的院长。一凡感谢万分，婉言谢绝，理由是太爱自由，不适合做领导。宏书记亲自出马，一凡如常说："我很感激学校和您对我的器重，真的很感激。但我有自知之明，骨子里我太散漫，憋一时，过得去，闷久了，可能要我行我素，这是当领导的大忌。实践证明，酷爱写小说的人很难当好领导。我觉得，在普通教师岗位上，我对江大的贡献会更大。"宏书记说："你很真诚，我很感动，学校会尊重你的意见。和校长一样，我也很矛盾。选你却有充足理由：院长、书记合力推荐，民意测验，你得票最高。大家一致反映，你人品好，学问服众，领导能力强，三合一最理想。你若执意做学问和搞创作，我也不劝了。站在高处说，大学者更是一个学校的脊梁。以后往资深教授的方向走，学校为你创造条件。"一凡加倍感动，连连说："谢领导，我好好努力。"

一凡退出，显出了真神面目，大伙肃然起敬，说他小话的人戛然而止。如实说，一凡也重名利，别有用心，他想在文字中得到时间的青睐。一个李白淡化了多少皇帝，一个苏东坡暗去几多君王。从文字里，一凡也得到了丰厚奖赏，《过》已再九版，稿费每年五十来万，明面收入比校长还高。此乃物质与精神的高端转换，也是唯物辩证法。两个副院长眼光更毒，以作家小传为切口，给一凡勾了一幅漫画。卢盛说："草动显伟岸，雅于匪，精通世故，面带淳朴，黑得发白，仿佛是受了意外之惠的某个怪胎。"方兴国道："善恶参半，真假交融，出自下端，文了粗鲁，绚于虚构。得意时，往后退半步，算得半个英雄。"一凡会心一笑，如实记下，写《蛇不吞象》，或许能从这两段话中抽出一条冯唐所说的金线。

官幕已拉开，许多人动将起来，八方游说，上下钻营。方副院长和两个系主任跳得最高。卢副院长也急，却稳住了阵脚，他精通老子，更懂老顾，深谙无为之奥妙。做分内事，不卑不亢。待人却更加亲和，向上汇报更殷勤。

那一个月，院长和书记特别忙，每天都有人找。周三下午，杨书记刚送走两位老师，门又敲响。进来一位白发苍苍的老人，杨书记赶紧离座，老人说："书记好，我叫杨吉祥，做文论的，退休快二十年了。"书记道："久闻大名，江大的文艺学是您老开创的。"老人应邀落座，开门见山："听说院班子要调整，我来提点建议。"书记赶紧拿起笔和本，老人说："金宇行是我的研究生，又是博士，学问比较扎实，在国内有些名气，系主任做得挺不错，在院里管管科研或许是把好手。"书记说："感谢您老对文学院的厚爱，您的提议，我都记下来了，我们会高度重视。"送走老教授，又有人找来。一个下午，杨书记接待了六批说客，建树者少，拆台的多。

顾院长的座机响个不停，他不仅要见人，还要接电话。刚才接的两个，都为方副院长游说，言辞比较统一：方兴国是我多年的朋友，人不错，对您很尊重，有能力，很上进，请多多关照。与二人都有一面之交，顾院和蔼回复，得体应对。宴请之类的全推谢了。对方便说："您先忙，感谢的话，后头当面说。"

第三个电话又来了。

"老顾好，我是长安，几年不见了，挺好吧！"

"啊，是老领导，托您的福，里外通畅，有何指教？"

"一点小事，方兴国是我儿子的导师，在您的指导下，据说干得不错，这次调班子，可能是个人选，请多提携。"

"我尽力。"

正要出门，又来一个电话，是本校某部的一把手打来的，还是为方副院长说情。顾院嘴一撇，皱起了眉头。俗话说，事不过三。过了三，常常会变味，甚至逆转。在顾院的心目中，卢盛和方兴国是他的左右手。两人学问好，为人不错，能力各有千秋。很长一段时间，他左右摇摆。接了第四个电话，心中的天平开始倾向卢盛。还有一层原因，在学术上，卢盛对他更尊敬。兴国也敬，有时却控制不住。比如，对唐代被贬诗人的游历图，兴国觉得该往现代语言学里走一步，乔姆斯基等人的理论更能夯实某些论点。话不错，但场合没选好，他当众驳议，说时手舞足蹈。顾院表面和气，心头阻梗。那一天，一凡也在场，看得真切，院长脸颊微红，腮帮的肌肉频频抽动，一连喝了八口茶，成语叫七上八下。一凡心下说："做院长，兴国没戏了。"

生活在下界，很难一尘不染。顾院是人不是神，除了学术霸意，也收礼，说口正当的款项会笑纳。老板请出游，对路的，他欣然接受。与石头相关的，则一路欢喜。但是，他有正义感，讲规矩，守底线。综合来说，还是兴国争过了火。除了鼓捣上层，他还撺掇一帮人到处请愿，在网上兴风造浪。用《易经》的话说，当了有悔的亢龙。

一如既往，检举信满天飞，主告四类。绘声绘色，有鼻子有眼。第一，粉红，主攻生活作风，拿男女关系说事。有人居然拍到某某在洗浴中心抽烟的情景。第二，大红，主打政治，收集过头或反动的言论。常常断章取义，捕风捉影。第三，深蓝，针对学术不轨。有人找出美国某家杂志，附两种译文（直译和意译），复印涉嫌文本，悉心比较，据实显影抄袭的痕迹，如同科研。第四类为黑色，直击腐败。这一项记得更扎实，比如，某某于5月30日晚六点，在小江南大吃大喝，陪同五人，某某某某某。喝了两瓶飞天茅台，份菜一千八百元一位。临走得了三个礼包，上车前，宴主又塞了一个鼓鼓的黄信封。各类匿名信，院长和书记收到十四五封，校纪委收到二十二封，主攻卢盛、方兴国、马原、金宇行。一凡也收到七八封。杨书记说："有一点好事，文学院就成了贼窝，到处是福尔摩斯。好在纪委大有进步，不再看重匿名告发。"

接下来，商谈院班子人选，重点评议方兴国和金宇行。头一个，两人一致认为，争得太急，必须慎重。谈到金宇行，书记斩钉截铁："在网上搞一凡，纯属造谣，他本人也承认了。这是硬伤。"顾院说："这事我一直纳闷，说嫉妒，不在一个系。论当官，一凡要出来当院长，和他巴求的副院长不沾边。两人又没私怨。"书记接："我也没全懂，这事影响太坏，用他会给我们自己找麻烦。"顾院想法一致，大局敲定。书记最后说："学校已找我谈话，准备提副校长，我清楚，是你在背后挺我，你是江大的无冕之王，感谢的话后面慢慢说。"顾院戏笑："什么王不王，我只是一教书匠。至于你，若没人品和能力，谁挺都没用。"

说无冕之王，一点不夸张。老顾在港大带了五个博士，又在武大文学院兼职带了三个，硕士达两百多人，他的弟子好多做了高官。老顾敬职敬业，学生敬他如父母，他说一句话，弟子都会听。还有一项伟大使命，只有宏书记知道，他给中央一二号首长讲过三次课，关系融洽，关键时刻，可以一语通天。

折腾一个月，终于出了结果：卢盛任院长，马原任副院长。杨书记高升，做了副校长。李副书记转正，周主任当行政副院长，调来一个副书记。其余照旧。随后调整二级班子，伊含任系主任。

汤副院长却出了事。三年前，他荣幸调到后勤当老总。那是江大的肥缺，经手资金多，色相缤纷。一周七天，很难在家里吃一顿饭。头两年，还比较低调，渐渐就压不住了。到第三年，汤总换了车，戴上劳力士表，还在五星级宾馆设了包房。事体败在色情上，汤总是被情妇实名举告的，引线只有五万，用大灯照几天，审出了四十万。许多人说，这只是冰山一角。汤总的副手也被牵入，不经揣，一口气吐出了三百万。半年后，又扯出了管后勤的屈副校长，下涉两个处头，搅动了江大。还听说，张校长也湿了鞋。结案后，汤总被判五年。

因是熟人，震动更大。伊含感叹："那么好一个人，说抓就抓进去了。"向丽道："我们都很震动，半年前，楼上漏水，到处推诿，我呼汤总，他亲自跑来，几个电话，事情就解决了。文学院的教职员工都很感激他。没想到啊，没想到。"

尚品说："人是肉长的，见财起心，手会伸，这是人性。凭几条语录，靠几款道德，或许压得一时，久了，总会露馅。人为财死，鸟为食亡，出了事，还会前赴后继，就看谁点子低。我常年跑江湖，看得更清楚。一凡和峰头英明，专心做学问，工资高，经费足，旱涝保收。说到底，暴富和巨荣不是一般人承担得起的。"

又是一个云含雨的下午，方兴国与金宇行会聚他山咖啡，找了个小角落，点两杯茶，一瓶开水。方副院长戚戚说："我们大动干戈，落得一地碎片，惨不忍睹。"金宇行说："刚开始，把目标定错了，害得我被那小子当众搞了几下，也是完败。"

方副院长："一凡好说，回头可以弥补。姓卢的很阴险，动了干戈，这副院长，你那主任，就没做头了，我们要挪个窝，楚天大学你觉得怎样？"

金宇行："挺好的，不管咋说，是个211，我还比较熟。"

方副院长："师兄在那做副校长，管人事，很希望我们过去。那边的待遇比较好，有安家费，还提供住房。"

金宇行："此处不留爷，自有留爷处。换个地儿，东山再起。"

两杯红茶相碰，溅起酱色涟漪。半年后，方兴国调到楚天大学，任重点语言研究中心主任，相当于院长。金宇行做了跨院研究所的头目，比原来升了半级。还带走了两个骨干教师。老顾这边赶紧招兵买马，一年内又引进五位高端人才。有了博士点，仿佛在道丰山上筑了一个金巢，以前只见孔雀，此刻，飞来一只只凤凰，还有老鹰、金丝雀、蓝鹇、画眉等。稳定后，老顾安心做学问，院里的事，很少过问。一凡与金宇行彻底陌生化。方兴国的父母住在江大，他经常回道丰山。遇见一凡，加倍热络。碰到老顾，会礼貌打个招呼。却仇视卢院长，不屑马原，几个人再也没有聚在一起了。

　　《蛇不吞象》改到高端处，一凡如痴如醉，目中无人。向丽连连警告："你创作，我支持，但不要过分，你跟人过，自己的身体也该顾惜。"一凡虚心接受，过时却忘形，再度迷入文字，又目空一切，忘乎所以，甚至变本加厉。向丽黑起了脸，言语粗糙，某些动作也变了形。临子夜，一凡停笔来就寝，向丽抛出一袋校样，冷冷地说："你和书睡去。"一凡嘻嘻："才十一点三刻，我没超时。"拿手去抚慰，妻子用力推开："别碰我，滚到书房去！"一凡愣一会儿，愤然回去，躺上小床念念有词：娇生惯养，唯我独尊，这一回，我不让了。

　　冷战延续三四天，火上不断加油星，煎熬双重连绵。当着女儿的面，或来了朋友，向丽会给丈夫上个茶，敷衍几句，人走立马冷若冰霜。一凡几度搭讪，都爱理不理，渐渐失去耐心，以歪就歪，我行我素，最后引发了火山。正下午，两人怒坐饭桌旁，斗鸡一般相互看着，向丽高叫："姓刘的，你自私自利，龌龊不堪。"一凡辩："我写书不也是为了这个家吗？"向丽吼："家是幌子，你图虚荣，心念女粉丝。"一凡反驳："这是你的一家之见，与我无关。"向丽暴怒，抓起桌上的小茶杯，投过去，一凡挥手拨开。向丽又投一个，一凡蹿起火花，沉缓警告："你再甩，我不客气了。"向丽已歇斯底里，用力砸去第三个杯。一凡"哎哟"一声，冲过去，抓起妻子，按在墙上，用左手掐住颈脖，恶狠说："再自以为是，老子灭了你。"本想掴几耳光，却止住了，掐属正当防卫，掴打落入家暴。或许用力太大，向丽翻起白眼。一凡松了手，妻子瘫落墙下，号啕大哭，却无词句。这一回，一凡强硬到底，请伊含代两次课，以讲学为由，直飞海南小客栈。心头做出了最坏的准备，还叫去一个恋他多年的女粉丝。

头两天，向丽心高气傲，咄咄说："追我的人多得是，随便招一个，都比你强。狗坐轿子，不识抬举，得了便宜唱哑调。"过三天，却冷静许多，因由凡二：从丈夫眼里，她看到一束光，含了刀光剑影，逼急了，他敢杀人。临走时，一凡留下两句话："十几年来，都是我认错，你真以为每次都是你对吗？""从结婚到当下，我在你面前挂过一次脸吗？"细想几天，向丽喃喃道："他毛病多，我也有点过。"接下来，向丽没有以出轨解气。这一守，至关重要，它是一凡转意的康庄过道。骨子里，一凡浓染大男子主义，经常说，有些事只能州官放火，不许百姓点灯。尚品因此打笑，你白喝了几年洋墨水，骨子里还是个土农民。

岛上的日子斑驳陆离，滚荡肉海，放浪了躯体，也搅出许多负差异。身体的配搭并非是个异性都和谐，阳的长短阴之宽窄也讲缘分。肉欢只一时，延续靠气质，后一项却是向丽的特长。激荡之余，女粉丝觉出了作家的隐憾，自身也不满，苟且三日，抽身而去。一凡仰天长叹：天下乌鸦一般黑，灰色显金贵。再度调整心态，潜心码字，立下一个新标杆：亮笔暗两度，与主人翁拉开一定距离，如同钱锺书调贬方鸿渐。

一凡奋笔写道："出乎所有人的意外，安娜服毒自杀了，三天后才被发现。她美丽温柔，家庭和睦，才评了副教授，一切的一切，都与短见抗逆。明面的缘由是抑郁症，猜测却五花八门。有人说她生不了小孩；有人说她恋上了某个高官；还有人说，她炒股亏了两百万。以恩爱出名的丈夫却很平静，走路更稳健，眼里跳出了轻快的光。某日喝醉酒，他恶狠狠说：'那是一条毒蛇。'出事那几天，吉马在两百里外的山村辟谷写作，得知噩耗足足愣了半小时，反复念叨：'怎么可能，怎么可能！'周一他给安娜发了一条短信：'山里黑得快，好想抱抱你。'安娜鲜活回复：'四小时之内，你若赶过来，你想抱到哪，我随你。'吉马在百里开外，没有动身。"

天已黄昏，一凡离开键盘，走上小露台，暗中自问："她若是鹿，我算什么？"透过椰树望大海，脑中又冒出几串文字："欲望强大，以隐为进，得不到的东西，她总想毁了它。仿佛是遗传，她母亲优点多多，却太好强。顺着她来，慈祥如圣母。说起比自家儿女更优秀的别家孩儿，她眼露凶光，呼吸短促，身不由己全力贬低。对多嘴的人恨之入骨。女儿看到了遗传的恶，不断修正，天天向上，唯我独尊却纹丝不动。许多事要么模糊，要么改朝换代……"

实象与虚构交缠，头脑有些昏了。一凡明白，过了火，自己也会入魔。于是远离文字，静心观海，又散一会儿步。睡觉前，上网遛一遛，查一查向丽的行踪。金宇行事件后，一凡学得几项网侦手段，不时用一用，一直没有发现老婆的异象，内在安稳许多，不再设想离婚的种种细节。翌日吃过午饭，一凡去大露台看作画。老板画了一个民国时期的孤儿，一凡猛然一颤，暗中嘟囔，向丽也是孤儿啊，尽管孤晚了一点。此念起，怨气消了七分。本想发个短信，终于克制，指头却痒痒的。

到了周末，谢峰随伊含来看向丽，进门便嚷："凡头出远门，有啥重活，招呼一声。"向丽不言语，只顾上茶。伊含轻声问："身体不舒服？你脖子上有一道红印。"向丽低语："蚊虫咬的，没事儿。"眼睛却润了。谢峰看出异象，高叫："凡头欺负嫂子了？咋回事，他成天教导我们，与老婆起矛盾，丈夫要率先认错，他自己却忘了，像某些干部，说一套，做一套。欠揍。"向丽涩涩一笑，伊含劝解："他们仨，一丘之貉。峰头气我也一套套的。尚品一直不让我们见他老婆，名堂更多。"向丽说："这一回，不全怪他，我有点急。"谢峰安慰道："吵是亲，走是爱，冷他几天会爱上加爱。"

渐渐地，向丽失了安详。以前丈夫出差，再忙也会打个电话，或发个短信。猛然白一周，屋里的家具都变了形。又念起男人的许多好处。坚持了十多天，终于忍不住，发了五个字："有话回来说。"

一凡已订了回程机票，收到短信，欢心一笑，立刻回复："我马上订票。"向丽续问："想吃什么？"一凡答："麻婆豆腐。"赶回家不到两点，容儿上学去，向丽洗了澡，化了淡妆。两人见了，相互望着，都不说话。一凡丢下行李，一个公主抱，把妻子丢到大床上，压上去，倾情狂吻，宽衣解带，向丽反扑过来。随后龙腾虎跃，颠鸾倒凤。平静后，向丽柔声感慨："你真没良心，出走半个月，居然长胖了。"一凡道："还是家里好。"

银杏灿黄时，三剑客又聚他山咖啡，是尚品约的局，他的博士论文完稿了，导师比较满意，只需做点小修改。尚品兴奋诉苦："在职读博真叫难，三个同道中途放弃了两个。一度我也想打退堂鼓，多亏两位鼓励。"三人举起茶杯，碰出一响，几片银杏叶飘下来，如歌如泣，如诗如画。一凡说："答辩日期确定后，早点通告，我们提前安排，都来旁听。"鲜烫的咖啡端上来，散一股异域的棕香，三人慢慢喝几口，滑入家常。

谢峰说："品头威武，终于降了诺娜。"

尚品道："说起来都是泪，贱内生于走婚地，男人偷鸡摸狗，习以为常。读几年云大，吹两天美国的风，好的没习到，只学会了嫉妒，还打着平等公正的旗号。"

一凡评："那是爱，再要么，你被抓到了活把柄。"

尚品说："做生意哪能洁白如玉，应酬一词，怎么说，她都听不进。有时捕风捉影也闹得你六神无主天昏地暗，口又直，四处找人评理。那几年，我最怕带她见朋友。"

谢峰道："你小子也别过火，诺娜美丽动人，心地善良，敬老爱幼，巴心巴肝，把你照顾得像特宝儿。"

尚品憨憨笑。

一凡问："你们怎样和谐的？"

尚品答："她一直信佛，从去年起，加倍虔诚，每天念经，定期吃斋。突然豁达了，主动说，你四海跑，哪能不湿个脚。记住一句话，酒肉穿肠过，佛祖心中留。激动得我特意去五台山的五爷庙为她烧了三炷高香。"

谢峰合十："我佛慈悲。"

尚品轻声说："还有个小机密，今天豁出去了。诺娜会武功，而且是高手。"一凡哈哈大笑，许久止不住。谢峰说："终于看到底牌了！你躲躲闪闪，鬼鬼祟祟，原来是被镇住了。老兄城府好深啊，一句话，可以憋二十多年。"尚品道："是人都有痛点，有暗角，在当时，我又恨又悔。恨她太深沉，婚前不明说，恨我没出息，爬了那棵树。后悔当年没跟你们学刘家拳。"一凡更正："学了不坚持练也是空架子，遇到高手，立马现相。我败过三次，只好弃武从文做教书匠。"

谢峰问："你啥时候见的真神？"

尚品答："结婚当年我们游纽约近郊，临黄昏，在林间漫步，迎面走来三个高大黑人，要钱，吓得我直哆嗦，连忙掏出一百刀。黑人接钱的一瞬，诺娜出手，只几下，三个黑人瘫倒在地。那一刻，我猛然觉出，泸沽湖的柔婉里含有凶暴。"

谢峰又问："她每天练拳，你总该见个影吧？"

尚品详解："那几年，我常五洲四海地跑，在家时间少，回去又爱睡懒觉。她六点起床，说去练身体。经她解释才知道，练身体就是练武，泸沽湖一带都这么说。也是一大优点，老婆守武德，即便暴怒，也不欺负弱小。我却胆战心惊，原子弹摆在发射架上最具震慑力。"

一凡道："各家都有一本难念的经。前不久，我和向丽也小闹了一场，被投来的茶杯打了一下。"谢峰说："还小呢，向丽的脖子被你掐红一大块。"一凡辩解："那叫正当防卫。被打后，一如品头新解了母系社会，我对男女关系有了新解：在我的'我错了、我爱你'之后，应该加一句，'一生中，大丈夫要据理狠一回'。没有后一句，前六个字只是浮萍。论家暖，最该羡慕峰头。"

谢峰道："话儿说到这儿，我恨你一头包。那天你们来我家中玩，一连两次，你把伊含叫成徐颖，你们走后，我像被'双规'，老婆审了我整整两周，我口干舌燥，捉襟见肘，差一点全线崩溃。"

一凡笑曰："抱歉，抱歉，幸亏你有打死不说的坚定理论储备。"

谢峰喝几口咖啡，由衷感慨："我们像开屏的孔雀，正看很美，背后却是臭屁股。文明又指使我们努力让人看正面。这叫高下相形，美丑互应。用波德莱尔的话说，我们都是恶之花。C'est la vie（这就是生活）。"

18

塔　语

　　楚天大学的教学大楼傍山而建，山顶耸立一座白塔，既像庙，又像教堂，画一条黑龙，不伦不类。谢峰来此兼职已半年，鬼节前记错了时间，下午的课，上午赶去。借此闲机，他登上山头逛了逛，摸摸塔，赏赏四周的美景。突然间，有人呼叫谢老师，音色清脆。教授以为是某个学生，回头看，却是一老妪。满头银发，一脸慈祥。谢峰急切问："老人家，您咋知道我的姓？"老人淡淡一笑："我在这里住了九十多年，上山的是谁，都清楚。我还知道，你在法国出了两本书，反响很大。"谢峰惊诧，夹杂几许得意。

　　老人坐在对面，聊起家常："有些人，心黑，手辣，大傻，却自以为是。阳界管得邦邦死，到了阴间，也不让你舒坦。你看这塔，型没型，样没样，专门用来封堵阴间的口舌，歹毒得很。有些事，我老婆子更清楚。黑白一岔气，就破了阳规，丢了阴法，玉皇大帝要发火的。"

　　谢峰建议："奶奶家，您可以给校长说一说呀。"

　　老人望望行政大楼，喃喃道："阴阳两隔，有些话，说不通。他们自作聪明，无法无天，往往错得没底。就说这龙吧，在地上，它耀武扬威，谁都不能碰。到了地下，却变成了蚯蚓。戾龙最造业，每天下油锅，要炸一个月，魂焦了，再也投不了生。"末了轻声说："小伙子，你有异眼，要珍惜。"

老人家说话阴阳交错，意味幽晦，谢峰似懂非懂。沉吟片刻，老人又说："谢老师，我孙女在你班上，叫杨小琪，你要管严点。"这一句话，谢峰完全明白，急忙说："请老人家放心，您孙女学得很好，还是班干部，教好学生是我的天职，我会更用力。"老人说："谢谢，往后路还长，拜托了。"

在空荡的山顶，谢峰与老人聊了两个时辰。下山时，回头瞄了一眼，发现老人在用红砖敲打塔身，却没有细究，径直去食堂。下午课间休息，谢峰叫住小琪，平平说："上午碰到你奶奶了。"小琪一愣，轻声道："老师，您在开玩笑吧！"谢峰一本正经："是真事，就在后山坡上。"小琪睁大眼："奶奶十年前就走了，原先埋在山顶，就在高塔那儿，小时候我住这栋楼的左下角。扩校押土地，我们家搬到光谷，奶奶的坟迁到了扁担山。"

谢峰"哦"了一声，口型半天复不了原。再看教室，学生仿佛在走阴。还隐隐觉得，此岗与道丰山在呼应。谢峰平时不大关心江大的校情，此刻却多了好奇，经过多方打探，摸清了高塔的来路。七年前，楚天大学突发异象：每逢阴雨天，山顶响起哀号，入夜喊声浩大，呼叫连营。物理系成立攻关组，没能破谜；公安局守候一个月，无济于事。最后，请来香港风水师。大师在山头转一圈，只说了半句话："建塔！"后勤部立刻行动，低调而高效。白塔落成后，哀号果然消失了，大伙舒了一口气。时过三个月，又冒出新怪象：基建办的头目，任命一个疯一个。五年间，一共疯了四任部长，全是精神分裂症。发病时，个个嚷叫反动言论，比妄议还凶险。清醒时，却道貌岸然，说的比唱的还好听。更有甚者，每疯一个，白塔上便冒出一幅栩栩如生的白描头像。仰望高塔，谢峰五味杂陈，耳边响起老人临别的话："封口下作。也封不住，按下葫芦浮起瓢，等到阎王发怒，局面就不好收拾了。"

与此相应，道丰山在平凡中惊喜，在惊喜中平凡，或悲哀。张校长离任时，连续下了七天雨，许多老师都哭了，学生们在网上发了几百个颂帖。张穆并非完人，但是，大方向把得好。他在位十二年，以人为本，自由和谐，蓬勃向上，那是教师最有尊严的时段，也是江都大学最美的时光。后面的却每况愈下，老师们越活越紧张。立春后，山上又来一只野狐狸，很白，很纯，与红尾狐却没有配上对。各界都在沧桑，红狐和狗已打成一片，据说，做了流浪狗的总头。一个周末，白狐跑出东门，在马路上，被一辆北京吉普撞死，江大悲了好一阵。两个学生将狐尸埋在道丰山的大榕树下，又出异象：一个月后，山顶白了一块巨石，大榕树上挂满了白纸条，都是名言名句。比如："春风十里，不如你""理想很丰满，现实很骨感，未来苍白""黑色给了你黑色的眼睛，你得继续用它寻找光明"。后一句是顾城的诗，却被做了手脚。白条挂得很奇诡，有的飘在三十来米高的树巅小枝上，雨天打不湿，夜间窸窣响，犹如天警。谢峰明显觉出，道丰山的白也含戾象，通恐怖，与楚大的白塔沆瀣一气。与此同时，地球物理系出了个高被引[①]名人，在 *Nature*（《自然》杂志）上发表一篇论文，依托确凿数据，精准测出，千禧年后十二年，地球的南北极将对调，此刻极针开始左斜，几年后，水里将缺分子，戾气高升，但为时不长。黑白混淆后，正与负的转化扑朔迷离。

---

① 高被引论文指近十年来被引频次排在世界前1%的论文。

西方也有异象。上个月，谢峰去了一趟巴黎，为了证实朋友的玄说，在圣母院旁的洪钟咖啡馆里坐了三小时。那日晴空万里，四野绚丽。临近晚上七点，从南部飞来一架客机，在蓝天拉出一条白线，十分显目。从下往上看，飞机驶向教堂顶端的小立柱。柱儿像个小棍，顶着一个神兽。谢峰上下调整，在视阈中，让客机飞入神兽的口。飞进后本该从柱后现出，却不见了。谢峰跑到开敞处巡望，蓝天一片，没了白色的客机。这便是法国朋友所说的天狗吞月。探索了两年，还没找到原因。

几个月后，又见一座白塔。

应谢峰之请，当婉来江都大学讲学一周，主要针对法语系。此宾是索邦大学的著名教授，原籍越南，毕业于巴黎高师，学问一流，言表诗意，上课堪称一绝。听她讲座，同学们很少眨眼。离别前，当婉柔声说："我祖上来自湖北，在江边开过戏园，三景互应，我想看看武汉的歌舞厅，有可能吗？"谢峰去过巴黎的丽都，对国内的娱乐场所却一无所知，如实说："我从没去过，先打听一下。"思索几绪，想起了黑头，立刻打电话，黑头就近推荐了一家名店，叫旗飘。谢峰问安全否，黑头答："铜墙铁壁，明码实价，给了钱，可以趾高气扬。还有一个名店，叫滚石，在光谷，地方比较远。"

谢峰上网查了查，旗飘位于蛇山脚下，也叫白塔厅，因为舞厅的背后有一座用白石砌成的佛塔，八面九层，高十六米，建于中唐，隐于树丛，与首都北海公园的大同小异。冲白塔二字，谢峰选定了旗飘，兼含某种诗学追求。旗飘与白塔有点拗，超现实主义却认为，将两个遥远或对立的意象搁一起，往往产生神奇张力，某一刻，你或许看到人间的某种真谛。谢峰定了辆车，顺便带上外教洛朗。此君蓝眼高鼻，满头鬈发，标洋立异，添加几许安全感。

　　赶到目的地，天已黑，高大的楼眉挡住了后景，正面看不到白塔。歌厅装裱华美，朗朗大气。门口站了二十多个保安，配短棍，着迷彩衣，个个威猛雄壮。谢峰悬着的心落了下来。进了门，都很规范，三人按要求存了外套。内堂很大，当中设舞池，四围布座席，形态各异，五彩缤纷。三人找到空位，点了饮品。来的都是年轻人，前面的三台烟雾环绕，几个女孩又喝又抽又跳，摇头晃脑，目中无人。舞池里蹦的迪斯科，大伙各跳各的，把平时的压抑全荡了出来，和巴黎一个样，那是人性。三人喝一阵，聊一会儿，一道去舞池跳一阵。回到座席都有一点喘，三分累，七分激奋。

　　突然间，门口噼里啪啦响起来，谢峰以为在放电子鞭炮，没在意。两三分钟后，几个保安仓皇溜走，冲进三十几个后生，清一色的黑衣，手持木棒，见灯就砸。最后奔向内台，把音响设备砸了个稀巴烂。还好，没有攻击顾客。洛朗问："这是什么节目？"谢峰已知不妙，小声说："黑帮在火拼，原因不明。"两人煞白了脸，随后谢峰溜向边角，躲在大桌下。当婉整个人在抖。洛朗比较镇定，半趴着，不时笑一眼。谢峰压低声音给黑头打了个电话，黑头说："你们躲着别动，只要不管闲事，小崽不会碰你们，我马上过来。"谢峰安慰女教授："别怕，黑帮砸场子，不伤顾客，更不会触动外国人，这是道上的规矩。"当婉受的是笛卡儿式教育，理路清晰，立马说："我是法国籍，长得却像中国人啊。"洛朗说："到时候，你挽着我，我就说你是我老婆。"当婉终于挤出一笑。

　　闹了四五分钟，黑衣人迅速离去，堂内顿时静下来，几个小伙儿往外溜，绝大多数躲在桌下窃窃私语。又过几分钟，警笛响起，两个警察走进来，高声宣布："事端已平息，大家可以退场了。"三人钻出方桌，舒了一口气，繁华一瞬变萧条，都有点失落。服务员已归位，三人领回寄存物，再轻松几许。大门前流了血，一片狼藉，众口在热议。待了十来分钟，大致摸清了事因。旗飘的老板夺走了浑天乐首领的情人，对方拉来五十杆炮，报了夺情人之仇。估计还没完，飘飘的旗后常有暗招。三人走向边角，从两栋楼之间看见了白塔，只见半身，像一位老人，历经沧桑，从容镇定，静然露出一头白发和一身带黑边的白长袍。

黑头赶了过来，后面跟了五辆车。歌厅的经理立马迎上来，卑谦说："也惊动您老人家了，罪过，罪过。"黑头说："雨点远雷声，我来接几个朋友。"谢峰介绍两位法国友人，经理急说："让你们受惊了，没想到还造成了昏暗的国际影响。"随口催促："二头，赶快把费用退给三位贵客。"谢峰如实翻译，当婉连忙阻拦："别别别，这等事件千载难逢，平时拿钱买不到，退了款就没味了。"

黑头谢了经理，对三位说："我带了车，送你们回去？"洛朗和当婉齐声道："今天太特别，我们还想去江边转一转。"黑头叫来跟班："你开小巴士，一路陪随，今晚负责送客，不得闪失。"谢峰对黑头说："你在读书会许诺的保险今天用上了。"黑头呵呵一笑，坐入奥迪离去。三人安然走向江边，当婉又活跃起来，用法语吟诵："岁月沧桑，旗飘暴力，柔情如匪，我看见了人生的底片。"白塔无限高，纯纯的白。不远处，一江春水向东流。

尚品的博士论文如期答辩，说如期只是相对来说，他的论文写了八九年，已到最后期限。尚品染了发，穿上最好的西装，领带是诺娜特意定做的，内侧绣了一行字：开口吐莲花，马到功成。谢峰和一凡坐最后一排，不停地记。论文题为《自由与限制——论拿破仑三世治下的法国作家》，十五万字，写得扎实，应辩出色，最后获得了全优。尚品笑得像马兰花。欢过午宴，送走评委，他美美睡了一觉，到晚上，又请两剑客小聚他山咖啡。

"江山如此多娇。"一凡诚赞，"这篇论文，你下了真功夫。"

尚品道："可以说，脱了一层皮。最后一个月，家人都不敢提论文两个字。"

谢峰点评："好好整理一下，将是一部杰作。这个当口儿写的人少，抓紧时间，很有可能造奇迹。用你老爸的话说，胸怀世界，光宗耀祖。"

尚品笑了笑，交底说："已有计划，半年后出书，再搞个通俗读本。我成天为他人作嫁衣，也该给自己制两套行头了。为了下一步，请两位再指点指点。"

谢峰道："我觉得拿破仑三世与雨果的个人恩怨该说细一点，最好加几章文本分析，做个统计，比如说，专骂三世的《惩罚集》，文学价值到底有多高？当代人还读不读？读了有何反响？时间是否淡薄了它的分量？若是，说明雨果骂得有些过，从另一个角度也肯定了拿破仑三世的某些功绩。"

一凡补充："雨果的缺点还该加几笔，大文豪是一个矛盾体，向外，高扬自由民主，对待家人却很霸道，骨子里与三世一脉相通。夫人买个什么，他一一过问，每天要记账。家人的行动，管得邦邦死。多找女人，可以理解，但是，儿子的恋人，他不该夺的。"

辩论出真知，交流出灼见。聊一阵，尚品信心更足，欣欣说："两位说到了点子上，我再改一改，争取拿出一本力作，说到底，我们的归宿是文字。"谢峰笑曰："风吹草低见牛羊，末尾一句最霸道。"

夜色渐浓，月亮莹莹，尚品谈兴大增，拿出一摞资料，兴奋说："我有个新点子，以六合读书会为根基，我们办一份杂志，取名《六合谈》，两位意下如何？"谢峰说："点子当然好，但刊号很难申请。"尚品道："的确很难，却有曙光。我在业内闯荡几十年，积累了些人脉，曾经帮朋友获了一个刊号。这回好好打点，或许又一春，已有眉目。"一凡问："杂志怎么定位？"尚品答："高于《故事会》，低于《读书》，胸怀《收获》，瞄准美国的《读者文摘》，在'雅俗共赏'四个字上做文章，集中火力讲好故事，定期发几篇创作谈，请大作家执笔，稿费从优。这是一项繁荣国家文化的工程，我没想挣钱。"一凡说："刊名很大气，有味道，创刊词里加一句：中外结合，与时俱进，弘扬三言二拍的优秀传统。"三人共同兴奋，又细化办刊宗旨，具体栏目，确定编委和顾问名单，等等，说得晚风柔软，夜鸟群欢。仰头看，月亮又大又圆。一凡微微皱了一下眉头。

奋斗十多个春秋，谢峰的《兰波文集》终于出版，六个月卖了一万册。法国《费加罗报》采访作者，发了整整一版。秋季参评，又获国内高校文科优秀成果一等奖。文集共三卷，凡一百九十万字，注释精辟，译文卓美，序言写了二十万字，相当于一部专著。

写书不易，造人更难，折腾五年，谢峰增了三十斤，肚子高隆，像怀了六个月。伊含却瘦到九十八，腹部平如少女，一千八百二十五天没有写出一个孕字。又去拜观音，求佛祖，祈祷圣母玛利亚。还去了日本真福寺和法国巴黎圣母院。终于，怀上了，去冬得一子，谢峰笑了半年。给孩儿取了个小名叫蝌蚪，据说涉及中日关系，具有人类学之厚度。对孩子的出源，两人有些争议。谢峰认为是真福寺的观音发了善心，他酷爱日本文学，动不动往樱花里钻。伊含感觉是胭脂路的感恩堂动了慈悲，那日参拜抱着小耶稣的玛利亚，伊含发现婴儿看了她一眼，玛利亚翘起嘴角，晚上与谢峰交合，明显觉出小蝌蚪缠上了卵虫儿。谢峰说："基地在你那儿，以你的感觉为准。"这类争论却源远流长，获知孩儿来自男女之交，人类用了整整十万年。开初都以为是喝了某一条河里的水，吹了哪座山上的风。为了迟来的孙儿，谢老总举九十二之高龄，请老邻居们喝了一场大酒。人称工人村最后的晚餐。许多老人都走了，包括老首长和尚品的父母。

绘画，容儿一直在坚持，进入初三，却缓了节奏，弱了强度。刘家拳也在练，大幅缩了时间，权当健体，稳个基本功。在中考面前，艺术和家传都黯然失色。一凡曾问容儿的语文老师："《红楼梦》等四大名著该如何去读？"老师说："有那么多试题要做，哪来时间读名著，看看电视，翻翻娃娃书就可以了。"一凡愣在那，半天说不出话。

初三结束那年，尚品为容儿出了一册画集。收了六十幅作品。每一幅，都附了文字，是容儿自己作的，生动灵透，境界不凡。经二位高人指点，容儿的画又上一个档次。形式上，有所突破。她在亚麻布上涂底胶，融合水彩和丙烯，几乎更新了画种。画册引起了巨大轰动，两个月内，销售六千册，加印一万册，也卖完了。一时间，名声大噪。一凡怕影响高考，反复警示，连连降温。容儿安慰："老爸，别担心，我知道该怎么做，饥则食，困则眠。蛇不吞象，天下太平。"后一句意味深长，一凡安下了心。

由大德操盘，为容儿举办了个人画展。开幕时，本地来了三位头面人物，中央美院的刘长青也来了，他是水彩大师，举世闻名。容儿身着校服，得体迎接八方客，一凡夫妇奔前忙后，二凡四下张罗。刘教授看过画，亲切问小展主："未来有什么打算？"容儿答："考中央美院。"大教授却说："你的基本功厚实，技法不同寻常，已经过了那个关口，有一股神韵我都摸不到源头。而且，有历史厚度。去美院读本科，是浪费时间。对你来说，功夫在诗外，或许还会转身。"

容儿坦诚说:"刘教授,我酷爱历史,一直向往史学。但高考残酷,不知能否够上心仪的大学,所以用美术保个底。"刘教授道:"听内心的,见机行事,顺其自然。"大德插话:"高考容儿没问题的,初升高,她的分数全市第三。江大附中是全国名校,容儿年级排名第八,是上北大清华的料。"

刘教授笑曰:"这些我从面态上就看出来了,只不过,话儿不能说绝,小姑娘心里有数。"容儿趁机求问:"若考到了北京,落入历史专业,我每周去听您一堂课,行吗?"刘教授伸出手:"来,一拍为定!"两人击了手,四下鼓掌。

设展时,大德将容儿六岁在他山作的一幅画也摆了进去。未曾想,这一幅幼时所作的画格外引人注目。几个大老板私谈,执意要买,最高价出到了一百万。大德婉拒了。闭展那天,来了一个白胡子老人,指着六岁的画作说:"这之前,还有一幅,那才是源头,也是家,宝玉含的那块玉会被收走。"大德以为遇到怪客,没有理会。一凡瞅个机会,庄重道谢,大德说:"这个谢字,该我来说,你在小说里多次写他山,帮我做了大广告,你一声不吭,这个恩,我慢慢地感,此刻只透露一句,容儿出生那一年的茅台酒,我帮你存了一百瓶,那是女儿红,容儿结婚时我再拿出来。"

个展结束后,容儿的名气又上一层楼,找她买画的人络绎不绝,小画家却气定神闲,一一谢绝。岁月悠悠,有的话最好让时间来说。刘家拳练到某个阶段,容儿豁然开朗,对得与失别有领悟。她曾与白胡子老人谈了许久。

凡音都有自己的走势,容儿先前送人的画,卖出了十几幅,最少的卖了十万。向丽高度兴奋,模仿老爷子的语句对丈夫说:"容儿长大了,得了力,跷跷的。"容儿平平说:"画儿,先缓一缓,下一步，我全力备考。"向丽自豪地笑了，又皱了一下眉头，仿佛想起某件伤心事。吃晚饭时，向丽提议："爸爸妈妈走了十二年，正好一个生肖轮回，暑假我们回一趟成都，给二老上个坟。容儿出息了，我们也该去报个喜。"一凡说："得令，具体的我安排。"容儿道："我给外公外婆画一幅画。"平时逢祭日，一家三口都要给两位老人烧烧纸，地点在道丰山脚，画个大半圆，缺口对着成都的青城山。但是，一直回避去实地，一凡提过几次，向丽都敷衍过去。

七月上旬，三人乘机抵达成都，下榻绵江宾馆。休整一天，再去备祭品，租车，雇司机。翌日一大早，开向洪潭园，入墓区，很快找到了山海十二圃。容儿搀着母亲，来到一个独立大墓前，当年的存款全用来置了阴地。墓有两米六高，占地八平米，围石栏，背后耸立一座高塔，风水极好。向丽是独女，碑上只留了向丽、刘一凡、刘娴三个名字。二老走时容儿接近五岁，记忆鲜活。外婆是美术教授，外公是文化局局长，八十年代从成都调入兰州。容儿两岁起，外婆便教她画画，底子打得厚，外公则教她背唐诗。

十年生死两茫茫，不量思，自难忘。临墓碑，点点滴滴涌上心头。三人在墓前静坐了片刻，一凡站起身，点燃香烛，烧纸，跪拜。火很旺，母女俩随即磕了三个头。容儿取出一幅水彩画，投入火中，喃喃道："外婆，外公，我的画成功了。论学习，我在年级排名前十，我心里有数，我的潜力比他们大……"说着说着，哽咽起来，哭一会儿，收住了。火在继续燃烧，青烟袅入蓝天，如魂如魄。向丽走近墓碑，轻轻坐下，两手扶碑沿，头低垂，两眼微闭，久久一声不吭。她一张张地投去纸钱，嘴角频频抽动。冷不防，撕心裂肺地哭起来。四野空旷，哭声格外凄厉，惊飞一群鸟，枝头只剩一黄一蓝。容儿欲去搀扶，一凡摇手制止。向丽号啕一阵，渐渐地，弱去哭声，最后停住。一凡蹚过去，扶起妻子，容儿挽着妈妈。向丽久久仰望山峰，控制了心涛，低头看墓碑，平缓说："爸爸、妈妈，容儿很优秀，一凡常常让着我，一家三口很幸福，请宽心，我们回去了，二老安息。"起风了，鸟儿婉婉叫，三人走下山，回头望一眼，坐入黑色奥迪。在回来的路上，向丽轻松许多，再入日常，一反旧态，经常提及父母。一凡大大地松了一口气。

随后去近郊农家乐住了半个月，容儿抓紧复习，向丽走亲访友。一凡最忙，去书店做了三场讲座。最后一场刚完，雅丽的父亲打来电话。此家长已升为大都市市长，官至副部。来电说："大师好，报告一个好消息，托你的高名，女儿破格提了教授，当了博导。当年找工作，也是你一个电话定乾坤，大恩一直记在心里。听说你在成都讲学，我想请你吃个饭，明天去看一看苏东坡的故居。"一凡怕添麻烦，婉言推拒。王市长恳言："孩子毕业五年了，往俗里讲，我们已无利益牵扯，留下的只是恩念和友情，你是我女儿的导师，也是家长，父母之心，九州类同啊！"如此一说，一凡只能应答，市长要派车接，一凡找个借口谢绝了。吃过午饭，用心买了礼品。

提前半小时赶到天府饭店，一凡坐在大堂看会儿书。偶尔抬眼，发现一班人马匆忙列队，老总指手画脚，大伙在一凡面前走来奔去，没有一人顾他一眼。六点差五分，王市长赶到，总头笑脸迎上，众人唱喏："欢迎首长光临！"一凡起身招手，王市长惊呼："刘教授已到，欢迎，欢迎。"总头急速走来，毕恭高嚷："贵客光临，有失远迎，罪过，罪过。"一凡微微一笑，转向承应："你这店真气派，既通透，又儒气，世界罕见啊。"总头盈盈笑，王市长说："这地儿，是我精心选的，樊总也是文人，你喜欢就天人合一了。走，我们进去谈！"

豪包内已来了六人，有文化局的周局长，旅游局的吕局长，川大的林教授，作家白朴、庄欢，外加金牌讲解小李。一凡认识林教授，见过两位作家，陌客由秘书引介，寒暄几句立马亲如一家。上了茶，各自坐下。茶歇和宴饮隔了一道屏风，到处挂着名人字画，都是原迹。一凡兴奋说："王市长，早知是这等雅景，我自己也会够着来。"王市长兴曰："今天是小范围聚会，吃个简餐。还得感谢你，这等机缘我一年难有两次啊。"聊片刻入席，王市长居首，一凡坐其右，林教授居左。接下来是作家和局长，樊总和小李收尾。上的菜个个考究。宴谈环绕三大话题：一凡的书，成都美食，王市长的文养。第一环，一凡应承几句，迅速躲闪，聚谈最怕高光单追一人。

王市长是性情高人，他居中心，如月，由众星拥着。蜜太甜时，会巧妙稀释，分出话头，惠普众生。开席便定了调："今天随意，不劝酒。"大伙还是敬了一巡。秘书奔里忙外，一会儿像管家，一会儿像奴仆。喝了三杯陈年茅台，王市长乘兴挥发："中国有八大菜系，我最欣赏三派：川菜、粤菜、淮扬菜。川菜讲究综合，荔枝、鱼香、麻辣，都是综合味，是川菜的魂，它们的核心是中庸之道；粤菜近海，讲本味，与西餐相通；淮扬菜融通了川粤两系，在糖上多做了手脚，大有学问。"众人高呼精辟，林教授点评："不经书海，难有这番感悟，我和市长是同学，知些根底，上下左右，天地玄黄，首长始终是明白人。做官，也是大学问。"王市长开心一笑，轻语："有时候，真羡慕你们几个大文人，读书，有整块的时间，我只能忙里偷闲，见缝插针。逢大节，才能静心写几行。"

两个局长随口背出市长的诗，樊总追加一首。庄欢欣欣点评，都说好话，却不过分。王市长谦虚着，压着笑，脸上真诚欢欣。一凡恳切点赞，有几段写得的确不同凡响，比如：

> 离休后
> 门前的落叶少了
> 整个夏天
> 只有风来拜访

透过眼前的富丽，一凡想到另一个词：丁忧。古时父母故去，官员必须回原籍守丧三年，也称守制。其间不喝酒，不美容，不婚嫁，不作乐，却可读书，可以码字。王市长若丁忧三年，很可能留下几首传世之作。东坡的许多名作都是丁忧时写的。

雅丽打来电话："刘老师，抱歉了，已订了动车，临时接到通知，要参加一个重要评估，我请不了假，只能由我爸陪您了。"一凡说："你破格晋升教授，我特别高兴。祝贺了，我们后会有期。"转眼到了九点，意犹未尽。王市长看了看表，大家会意，玩笑几句，喝了杯中酒。临走时，市长特意交代："小樊啊，一凡教授忙了一天，让他好好休息，明天还要远行。"樊总会意，朗一声："领旨。"各自散去。那一晚，一凡住总统套间，半夜里，老总没有呈献美女。

第二天，范围又小一圈，只去了吕局长、白朴、小李，外加秘书。一行六人，开了三辆大奔，警车开道压阵，没鸣笛。苏东坡故居是一方圣地，那口井，一凡看了很久。小李讲得出神入化，白朴见机补充，抖出许多灼见：东坡的底蕴来自眉山，涅槃之地在黄州，光点在水上，落点却是生死大场，字里行间饱含宇宙气韵。在所有文豪中，一凡最敬苏东坡，写作之前，常常要读一读东坡的诗文。此刻应景点评："'三言二拍'里专门讲了苏轼聪明反被聪明误的故事，也算是历史的某个回音。东坡恃才傲物，目中无人，冷嘲热讽，得罪许多人，吃了许多苦。话往高处说，没有这缺点，很可能就没有'大江东去'。如同李煜，国主他若当好了，就不会有'问君能有几多愁'。大浪在淘沙，我们只能把酒问青天，任由一江春水向东流。"王市长感慨："这便是生活，这便是世间，这便是中国。"后一句说得尤为深沉，仿佛揽了万里山河，托出了几千年的历史。

出故居，顺道去一座小庙，白朴说："这里的签很准。"悠悠转了两圈，长老慧明，一眼盯上了刘一凡："施主，请抽个签，只维缘分，不取公德。"一凡顿片刻，轻轻抽了一签，上面写道："龙卧蒙顶悄悄过，会当山中月月新。一道丽水向低处，凡间又闪一颗星。"末尾一个单字："丰。"一凡看过心头一惊，且喜，诗里含了他与妻子的名字，还有道丰山，藏头即龙会一凡。小庙位于峨眉山脚，气度非凡。一凡将竹签交与长老，满脸虔诚。长老看过，朗声宣解："此乃上签，不久后，将有大喜，看似亚位，却高出魁首。"看众人一眼，又说："求签者，大多想得上上签，殊不知，上上便到了顶，再往后，只能走下坡路。"一凡神秘一笑，走向功德箱，投入六百元。长老微闭两眼，亲自敲木鱼，然后，高高举起一根指头，却不言语，过一会儿安然离去。秘书欲去求解，市长一把抓住，轻声说："不要多此一举，这是一指禅，具体意蕴靠我们自己参悟。这会儿，我们一心一意陪好大学者，刘教授名字中间横了一个'一'。"大伙欢欢笑，一凡额首感激，白朴说："市长学问渊博，见解高妙，我取下界，讲一个相关的测字故事，对一指禅或许是个注解。"

"很久以前，有位算命先生在成都宽巷子设摊，带了一个弟子。来了四位应考的书生，写'中'字卜第，先生瞅了瞅字，一言不语，高高举起一根指头。书生茫然，明言问故，先生道：'答案，本山已用手比画，汝等若未察觉，便是天机。待诸位考过，再来领判词，补交代口。'书生们离去，先生闭目养神。弟子却坐立不安，小声问：'师父，他们四个人，您伸出一根手指头够用吗？'

"'你倒说说，怎么不够用？'

"'如果考取了两个呢？'

"'一半中举。'

"'四人都取了呢？'

"'一道中举！'

"'要是都考砸了呢？'

"'全军覆没，一人未取。'

"师父微微一笑：'还有吗？'

"弟子不好意思地挠了挠头，敬佩道：'弟子开眼了，这个一，果真包罗万象，奥妙无穷。还望师父多多拨点。'

"故事完毕，请首长指点。"

王市长说："凡中不俗，粗中有细，这个'一'要好好琢磨。"

离开小庙，直达山野，四周林木葱郁，山洞繁多，白塔林立。一凡曾估测红顶蛇去了峨眉山，给市长打个招呼，独自去庙后探查了一圈，没有发现蛇痕，却看到几朵红斑针绒蘑。一凡暗暗一动，大言稀音，在回来的路上，睡了好一阵。分手时，王市长送了一套六卷本《东坡文集》，一凡回赠文房四宝，价格不菲，但对大市长而言，只能算一点小心意。回到住地，一凡拆开包装，打开《东坡文集》，发现六片金色书签。每一签都刻了苏轼的诗词。向丽说："蓉城五彩缤纷，你获得了绚丽一景。"

19

审　度

　　暌隔二三年，方兴国联系上了刘一凡，某厅长的公子要读一凡的博士，他在中间搭个桥，武汉话叫"搭白"。一凡活泛几句，没有确应。原因有二：第一，风起云涌，博士的名额越来越少，眼下只一个。明年的份额已留给一位优秀硕士，该生发表了三篇高档论文。江大出了新规定，答辩前，博士生要发两篇C刊。对此项规定，一凡意见很大，却无能为力，其他大学实施多年，已成国家气候，估计与南北极对调有关。许多同学的论文是用钱买的，一篇要价两三万，贫穷家的子弟哪里承担得起。第二，招博士避不开各路关系，但有一条底线，面试基本满意后，才能往下走。

　　兴国也带博士，知根知底，朗朗说："今天只是挂个号，就你的时间，见个面，审审学生。都在行当中，若不是那回事，我不会引荐。名额请放心，家长找江大要了一个，不占你的指标。"一凡因说："战友多年情义在，你老兄推荐的，我一定尽力。"随即定了时间和地点。

　　结尾处，方兴国透露："我已调到文学院，在做院长。"一凡接："还听说，你有可能往上提一级。"兴国却道："吃一堑长一智，有些事靠运数，走急了，适得其反。我现在的信条是，该做的，不偷懒。谋事在人，成事在天。"一凡说："热烈祝贺，你已得道。"兴国笑了笑，附一句："也许我在帮你。涂厅长的公子挺不错的，楚大主动邀他读博，他却认定了你，九头牛都拉不回。见见就知道了。"

晃眼到了周末，一凡赶到他山时，涂厅长与儿子早已在场。兴国做了介绍，相互聊几句，大致有个底。厅长掌管全省的文化大业，儿子叫涂原，属于应届。本科读华东师大，研究生在南开，属于985生源，是学校大张鼓励的类型；硕士论文写当代小说中的民间叙事，导师张小童乃名家，与一凡比较熟。紧接着，家长热情邀坐，孩儿起身倒茶，司机殷勤递烟。兴国提议："刘兄，你和学生单聊，我们去隔壁，一会儿再过来。"一凡说："这样更好。"

三人离去，一凡径直发问："最近读了哪些书？"

涂原："报告老师，主要在读冯唐，他至今发表的所有作品，我都读了。"

一凡："哪一部你觉得最好？"

涂原："《不二》。"

一凡："理由。"

涂原："这是一部奇书，偶数论佛，奇数谈色，恣意虚构，见象说禅，语言奇诡，比喻新颖，开头那句'你的裙摆拖地了'有宇宙之音。"

一凡："就研究而言，哪一句对你震动最大？"

涂原："是金线说。"

一凡："背得出原句吗？"

涂原开口背来："文学的标准的确很难量化，但是文学的确有一条金线，一部作品达到了就是达到了，没达到就是没达到，对于门外人，若隐若现，对于明眼人，一清二楚，洞若观火。有了那条金线，味道就出来了。"

一凡："简要说，冯唐奇在哪？"

涂原："他将汉语的古典融于鲜活的现代口语，透识人体，暗取西方精神，思维新奇，遣词特别，发出了神采飞扬、轻逸飘捷、机锋闪烁的声音，拓展了中国小说的艺术空间。"

一凡："不足呢？"

涂原："故事这条线，我觉得，还不够紧，结构有点失调，缺乏精雕细琢。他的散文更精彩。"

一凡喝口茶，缓了节奏，涂原拿出纸巾擦擦额头。一凡又问："还读了哪些书？"

涂原："您的两部长篇，一个中短篇小说集，两部专著，二十六篇论文，我一字不漏，全看了，有的读了好几遍。"

一凡心头一暖，面呈镇定问："哪一句印象最深？"

涂原即刻背出："生活的精髓在于一个'过'字，见了沟，跳过；拦了道，绕过；太垒的，放过；揪心的，忘过。灵魂你慢点走，身体我快跟不上了。病态除外，明天一定更美好，多余的字，一个不留……"

学生还想往下背，一凡挥手截住，切入下一个话题，心下却已定夺，这个学生，我收了。

"博士论文，准备做什么？"

涂原答："我想研究冯唐，大致有个选题：寻找那一条金线——论冯唐的小说思维。先前，我发了三篇C刊论文，其中一篇论冯唐比喻的新维度。还发表了十几篇散文随笔，上过《收获》。"

说着拿出厚厚一本资料，双手递上。一凡接过，翻了好一阵，怡然说："很好，很好。"喝口茶，又说："文学是语言的艺术，这是一个基点。在叙述结构上，你有良好储备，往下走，要立足作家的个体表述，小中见大。我举个例子，在《活着活着就老了》里，冯唐写道：'他建了一栋屋，还水池，还玫瑰。'这一句看起来简朴，其实，惊魂动魄。在语法功能上，作者借'还'之力，把名词'水池、玫瑰'推向了半动词。这是汉语组句的一个突破，意义重大。在形而之上，冯唐怀了一座塔，但不够白，教堂的钟声，他没完全听懂，却自以为是，为此他会付出一定的代价。"

涂原兴奋说："听老师一席话，茅塞顿开，能读您的博士，三生有幸。"一凡轻语："我已同意了，否则，不会和你谈论文。下一次见面，我给你开个参考书单，今天就到这里。"

涂原欣然招呼，出了包房，返回时，兴国和厅长都来了。厅长高兴嚷："孩子能拜在您名下，是他的福分，我们安心了，感谢刘教授的厚爱。"一凡说："涂原有灵性，潜力大，我很看好。"兴国拍拍一凡的肩，满怀感激。涂厅长说："很抱歉，临时接到电话，我要赶回去，只能让孩子和司机开车送您了。"一凡说："不用送，我住得近。"厅长解释："给您带了点土特产，体积大，不好拿，也让儿子认个门，感谢的话，以后我慢慢去府上说。"

一晃又半年，方兴国提了副校长，上任不久，派专车把一凡接到楚大的蓝天居，高兴地说："再次感谢仁兄，你的两个高徒撑起了楚大文学院的一片天。前天宣布的，周涛做副院长，语天当系主任，都是学术带头人。"一凡说："也要感谢你老兄的提携啊，周涛昨天来过，送了我两条黄鹤楼。"兴国说："冲你的两个'滚出去'，我早就知道你是个靠得住的实在人。"一凡微微一笑，柔声缓道："校长今天找我，应该有别的话吧？"兴国直坦说："可能是佳音，我直截了当。楚大刚制订了一个人才计划，准备聘请几位知名教授兼职，有三种类型，你可取第二类。每学期来楚大做三场讲座，一年主持两场博士答辩，给我们的学科建设捧捧场，年薪二十万。不知意下如何？"一凡坦诚说："一年出场六次，很诱惑啊！你在'荣幸'我。"兴国说："你能答应，我很高兴，也是在帮我，楚大很看重你的大名，这个模式是我专门为你设计的，趁热打铁，后天签合同。"一凡真诚感谢。

天已麻麻黑，两人点了煲仔饭，说起闲话。

"怎么样，涂原没让你失望吧？"

"考试两门都第一，开书单，居然是他催我，有生以来，还是第一次。原以为是个负担，却是一块奇玉。"

"你我都清楚，招博士通常分为三大类。官大的，钱多的，有真才实学的。对某些人，在招女生时还要加个漂亮的。刚开始我看重前两类，眼下更重真学问，能带出几个人才，是导师的最大荣幸。"

"士别几年，刮目敬佩。"

"也许这才是真正的我。"

"这句话有含量。"

顿一会儿，兴国平缓说："金宇行又跳槽了，去了宁波。和我也闹翻了，还在网上骂了我一通。"

"那是一个坏人。"

"也是我的一面镜子。"

"我敢肯定，宁波他也待不长。"

与方副校长交往，一凡常常想到卢盛。他俩曾是老顾的副手，手心手背都是肉，而且是胸条。只可惜，一山容不下二虎。卢盛坐正后，方兴国悻悻离去，见了面，话都不讲。此间高低良莠，一言难尽。应该说，卢盛是一位优秀的院长，他沉稳，务实，锐进，会协调，有担当，善于处上层。继老顾之后，率文学院屡次获得博士一级授予权，五个专业都设了博士点。全国学科评估，文学院跻身前三，创造了历史辉煌。换上一凡，十有八九达不到这个高度。

也露出一截小尾巴，对老顾的敬，淡薄了些许。那日老顾讲大数据，卢院长跷起二郎腿，两眼频繁他顾。没坐正之前，他总聚精会神，不停记录，择机提个问，再记。此刻老顾讲完，他恭维几句，提出异议，露出杀父情结。彼伏此起，每到正月初三初四，卢院长又会弄几块精美石头，给老院长拜个年，毕恭毕敬，一丝不苟。老顾纵有不快，被人虔一诚，又烟消云散。年近七十，如同睡眠，计较也少了。心里却明白，春蚕总会破茧，"蚕"儿多形体，或硬壳，或飞蛾，或一小点。拆开，却是"一大虫"，那是水浒中的老虎。此乃官场特色景观，是与非，几本书都说不清楚。

却看清一道差异：卢盛的心机比兴国厚。做了副校长后，兴国盛邀老顾去楚大做了三场讲座，酬劳优厚。还说了一句暖心话，体现大师的价值是未来文明的节点。老顾略带歉意地笑了笑，用心打了一个响指。两年后，方兴国去另一所211大学当了校长。

与刘一凡，卢院处得相当融洽。见面拍拍肩，递支烟，称兄道弟，好话常说，好处不时惠一个。平时吃饭，常请一凡坐主位。遇到重大荣誉却要掂量几下。江大百年校庆，各院要推举一个先进，共三十三人，行政十七，合称五十标兵。学校层面另选十大名师。还有一个名额，推举国务院政府特殊津贴专家。卢院长上下翻飞，纵横捭阖，促成一项决议：将一凡选作标兵，由卢盛申报国务院政府特殊津贴。此乃国级荣誉，分量比标兵重百倍。哪曾想，国级佳音在候，小草结出了玫瑰：标兵名单送上去，宏书记大笔一挥，将一凡提为十大名师，在校庆大典上隆重表彰，轰动了江城。奖品只有一束花，一凡却认为这是他至此所获的最高荣誉。

谢峰也榜上有名，关键时刻，他请来两位诺贝尔文学奖得主，一位来自法国，一位来自日本，为江大倡导的学术校庆增加了最重的一个砝码，还为外语学院挣得三十万奖金。愁急之际，学校曾许诺，请到一个诺奖得主，奖励学院十五万，个人得十分之三。

卢院长郁闷了七天，见了一凡，却笑得像牡丹。这是他的过人处，也是一种正能耐。两个月后，却又挨一闷棍：国务院政府特殊津贴卢盛落榜，还雪上加霜：杨副校长告诉他，一凡在西北大学早已获得此项殊荣，那是1998年，与老顾同届，而且待遇有别，1998年及以前的国务院政府特殊津贴纳入工资，每月发五百块，受享终身，后来一次性奖励两万块。卢院长终于持不住，阴冷半个月，见了一凡冷若冰霜。一凡善于将心比心，遭冷脸，不计较，也不屈意迎合。两周后，两人又拍肩搭背，称兄道弟。

若说过分之处，便是招博士的人数。明面上，卢院每年只有一个名额，实际却招两三个，都是追加指标。扩招的博士大多非富即贵，不是厅局长，便是老总。个中利惠，都心知肚明。高官很少到校，课由秘书代上，论文十有八九请人写，对导师却恭恭敬敬，不时聚餐，每次带个大老板，买单送礼，都由他承担，冤大头们兴高采烈，个个出手不凡，绵延不断。商人们来得更直接，台阶却光鲜。比如，送你一幅字画，明言说，真假拿不准，若不喜欢，可以退到某某店。赠件的收藏书做得比人民币还精致，防伪标志一道又一道，验证后，店方明码实价直接给钱，或十万，或二十万，甚至更多，全用现金。这类做法一度盛行于晚清，几年后，爆发辛亥革命。一小道消息说，卢院坐正三年，买了两套房。第四年，都看到，他换了一辆进口宝马。一凡暗暗祈祷：守好点，别过分，蛇不吞象，天下太平。

去楚大兼职半年，雅丽打来电话："恩师吉祥，后天晚上，请您留出来，我们要来找麻烦。"一凡欣然应许。约期到，雅丽与涂原随一辆大奔，把导师接到东湖会，那是武汉最好的餐馆。包厢聚了二十一人，全是一凡的博士弟子。一凡超高兴，一一招呼，由周涛导引，坐入上席。雅丽走过来，给导师戴上生日皇冠，弟子们围圆桌一溜坐下。一凡数了数，今儿来了五个教授，三个副教授，含二博导，外加一总裁，一局长，三处长。西北大学的头汤博士来了五个，这阵势比几年前做五十大寿还隆重。问其故，雅丽说："上个月，我去香港，在道风山遇见一位命途大师，用您的生辰八字，帮您算了一卦。大师说，五十三是您的关口年，您吵过一架，应该在生日前冲个喜。与陈总裁一合计，我们选了今天，周六，离您生日也六天，六六大顺。"一凡笑说："怪我太玄乎，把你们都带迷信了。"陈总裁郑重道："导师握有真谛，世界神诡，该信的必须信，做生意讲究更多，高层出行都要查黄历的。"

上了菜，导师讲几句，喝了头杯酒，随后每人三分钟，说说各自的近况，言食并欢。周涛恳求："针对当下，请老师再给我们一个为人处世的金句。"一凡顿片刻，正色道："给自己留点空间，给别人留条后路。"四围热烈鼓掌。蛋糕吃过，涂原和语天等溜出去，一凡抽了一支烟，陈总高声宣布："最后一环，孝敬导师。"举手拍三响，门打开，涂原和语天抬进一件盖了红绸的礼物，身后陪护四位女博士。一凡揭开红绸，叫起来："啊，是你，是你。"弟子们合伙送了一尊晚清蓝花茶壶，费用总裁担了大头，其余随意，在读的博士每人出两百块，相当于一条烟。壶眉上印了五个字："洞房花烛夜"，正是一凡所寻。十多年前，大德送了他一尊"金榜题名时"，那把壶一直敬在容儿的书桌上。一凡正激动，弟子们齐声祷呼："祝导师充满活力，永葆青春。"

20

西瓜 黑鱼 蒸肉（六合谈之三）

习习秋风起，最美人间秋。第三十场读书会特邀了卢院长，重点论吃。银杏叶已金黄，落下的全是诗。既有当下的欢，也带某个时段的苦。尚品简要导引，大德郑重开场：

"那时，'四人帮'已倒台，阶级斗争的弦还绷得贼紧。我与三条同住一屋，刚安下身，队里就给我们派了个美差：看瓜场。两人各配一根长棍，及手电。还发了一杆三八大盖，带刺刀，没子弹。枪栓却完好无缺，遇事咔咔拉几把，挺有威慑力的。我们的主业是照守西瓜地，附带巡夜，严防阶级敌人搞破坏。瓜地百余亩，茫茫一片，离村子不远。两人往那一镇，没人敢来偷瓜。渐渐地，我们的重心转向抓坏人。

"第五天夜里，我发现一男的，鬼鬼祟祟往村里窜。我们紧随其后，悄无声息。男的跑过一阵，猛然蹲下，啪嗒响一通。我摸近目标，拉响枪栓，大吼一声：'不许动。'男的高举右手，急求：'莫开枪，莫开枪，我家三代贫农，我在拉屎。'三条是老知青，辨出了故友：'是求福啊，拉屎，你跑个哪样？'求福揩了屁股，赧赧答：'屎是肥，要落在自家地里。'随后探问：'拐子哥，你啷个驻扎大湾熊了？'三条拍拍我的肩，复答：'队里来了个插队的，华师附一的高才生，书记让我带一把。有个伴，总比独斗强。'求福欣然叫唤：'好啊，好，别的跟我们沾不上边，你一来，队里的鸡狗安生了。'最后一句，我听不大懂，正纳闷，求福解释道：'三条是偷鸡摸狗的高手，鬼都怕。但是，他讲道义，只偷外村的鸡，不吃窝边草，算个人物。'三条呵呵一笑，转了话题。聊过一阵，三条提议：'装了一肚子西瓜，我们给求福家做点贡献。'我会意，掏出家伙，我们双管齐下，给求福的自留地施了两股水肥。

"又过几日，我瞧见西瓜地里有个活体在蠕动。我以为是野猪，捡起石头，正要投掷，三条拦住我：'莫动，看架势，是自己人。'他打开手电，高叫：'地里的兄弟，报个名。'光柱旁，一位戴眼镜的后生站起来，抱拳怯怯说：'两位大哥好，天不转，地转，冒犯了，我也是知青，才来不久，同屋发烧，帮他求个西瓜，山连水，请兄长放一马。'三条和颜接话：'你文绉绉的，江湖言子拿得还周正，过来坐一会儿吧。'

"我们择一块草地，坐下。三条摸一个西瓜，分成几牙儿，三人吃将起来。眼镜最馋涝，一口气吃了大半个。我和三条瓜吃腻了，象征性啃两口，权当喝茶。同是天涯沦落人，谈起话来，舒坦融洽。到后来，被抓的坏人成了我们的终生朋友。临走，三条送了他两个西瓜。现如今，眼镜成了著名学者，是国家栋梁。

"第七场夜巡最动人心弦。约莫十一点，我们听到响动，蹑脚探向瓜地旁的小丛林。月朦胧，夜虫欢唱。隐约间，我看见两块圆盘在晃动，伴随急促的呻吟。细瞧，草里躺了两个人，一上一下，涌动如浪。那时，我还是童身，有些事，似懂非懂。心却跳得荡烈，口干舌燥。我们一声不吭，暗中监视。最后，草中的两人站起身，一前一后，走向六合村。我轻声问三条：抓不抓？再挨一刻，他们就溜掉了。三条朝我耳语：小点声，那男的是大队书记，女的，是妇女主任，我们只能看，管不了。接下来，我们常往树林跑，却没了艳景。瓜场守了半个月，一个坏人没抓到。两个月后，三条却出了事：他偷看女厕所，被逮住，在县里关了六天。"

卢院长取下眼镜，淡淡一笑，马原赞叹："故事精巧含量大，大德威武。"顺口问一句："那个眼镜挺特色的，你们还有来往吗？"大德速答："常来常往，今天他也来了。"卢院长笑笑说："两个破西瓜，记了一辈子，今儿又来编排我。还添盐加醋，断章取义。那时第一句，我说的是：'天广地阔，知青一家。'几个字，搭了桥，你两个就贴上来了。"大德笑曰："一字不改是人事档案，讲故事，必须真真假假。"顿一会儿又说："只可惜，三条毁了，有个污点，高考没让他报名。七九年大回城，他去了大集体，后来又早早下了岗。前几天在任家路碰到一回，为了糊口，他在踩电动麻木（人力车），鬼鬼祟祟，灰头灰脑。"

尚品高声嚷："这么一扯一连，故事更鲜活了。继续往下走！"

马原开讲：

"十岁左右，我酷爱钓鱼，隔两天搞一碗小参参，明显改善了家中的伙食。隔壁的牛哥高我一筹，除了参子，他还会钓黑鱼，去一次，常常弄个七八斤。黑鱼刺少，口味鲜，是我们贪恋的高贵品种。我要拜他为师，他满口答应，作为附加条件，我花一角二，请他吃了一碗鲜肉抄手。

"初夏的某个周末，我随牛哥去钓黑鱼，各拿一柄长竿，两件套的，竿头系上粗磅线，钩很大，跟耳环差不多。我们没带蚯蚓和蚕豆粉，只拿了一个竹鱼篓。抵达小湖边，牛哥抓几只小青蛙，丢在鱼篓里，说是诱饵，再抓两个挂在钩上。我背着鱼篓，随他绕湖慢慢地走。牛哥眼睛贼亮，尽往水草里寻。走了半小时，还在走。

我窃笑：'为什么不落个点？'

"牛哥说：'钓黑鱼不一样，关键是找窝。'话音刚落，他叫了起来：'找到了，找到了。'我满眼茫然，一脸蒙。牛哥伸出挂了青蛙的长竿，在水面点几下，再点。哗啦一声响，黑鱼冲过来，一口吞了小青蛙。牛哥轻轻一提，钓了一条。我迅速装进篓里，两眼闪金光。

"小青蛙还在钩上，牛哥伸出鱼竿，仍在原处点动，两三分钟过后，又钓一条黑鱼，个头更大。我伸出长竿，也往那儿点，牛哥却说：'一个窝里只有两条，我们再去找新窝。'

"那个下午，我们一共找到两个窝，得鱼四条。问如何找窝，牛哥说：'跟我钓几次就知道了。'临近家门，他分了我一条大的，接近两斤。前前后后，我跟牛哥学了两年，亲手钓了五条。窝咋找，还是不知道。却记住一个令我困惑的特征：黑鱼咬钩很亡命，几近愚蠢。

"牛哥大我五岁，两周后，他将下放农村。我们钓了最后一次黑鱼，他两条，我两条，幸福了两家人。晚饭后，我们坐在门口乘凉。牛哥喝口茶，郑重说：'我告诉你怎样找黑鱼窝。'我欣喜若狂，全神贯注。牛哥从实道来：

"'每年的春末到夏初，黑鱼要产子，那就是窝，黄黄一团，有脸盆大，渐渐变黑，绝大多数落在水草浓密的浅水区。鱼子摊开后，公鱼和母鱼守在一旁，有外敌侵犯，它们不顾一切，凶狠反击。你用青蛙一逗，它们立马上钩，一钓一个。'

"不知为什么，那一刻，我没有兴奋，反而一沉。旋即恶心，想吐。我喝几口茶，压了下去。眼前却久久晃动黑鱼拼命护仔的水景。从此后，我不再吃黑鱼。那副长鱼竿被我烧了。"

正要点评，马原的手机响了，接过一听，脸色顿时暗沉，急速答："好，我马上到。"挂了电话，马原对卢院长说："有个研究生闹情绪，我要赶过去。"卢院长说："一起去吧。"马原阻拦："你是老江湖，这等事只能由我打前哨，必要时，我会请你出马。"卢院长拍拍马原的肩："辛苦了，我等你电话。"马原拱拱手，飞快离去。卢院长喝几口茶，稳了心绪。

尚品说："大学最怕这等事。"卢院长道："干部当了十几年，都磨炼出来了。我能稳住，多亏了马原，处理这些事，他是高手中的高手。"尚品说："小插曲放一边，我们继续往下走。赵普是湖北的名厨，三代密传，毛主席当年吃的武昌鱼，是他爸爸做的。有请！"

赵普娓娓道来：

"那一天，我在刘叔家看小人书，开来一辆伏尔加，停在门口。从车上，匆匆走下一人，那是刘叔的班头。人没进屋，喊了起来：'小刘，快走，有紧急任务！'刘叔为难说：'邻居加班，把小娃托在我这，我走了，咋么办？'班头大手一挥：'带上，一起去！'于是，我上了伏尔加，有生以来，那是我第一次乘轿车，还是外国货。

"很快到达德国专家招待所。中午下了暴雨，招待所淹了，污水齐腰，老外们出不了门。刘叔的任务是排涝，他是行家，只用两小时，把水全抽干了。晚上，所里留我们吃饭。做了四菜一汤，有鱼，有豆腐，有白菜，还有，啊，粉蒸肉，那是我的最爱。在家里，只有过年才吃得一回。主食也丰富，馒头、米饭、面条，样样都有，饭局是接我们的王司机张罗的。

"一上桌，我夹了一块粉蒸肉，往口里一塞，滋溜，吞了下去，连肉味都没尝出来。想夹第二块时，刘叔警觉起来：'赵娃，肉和鱼，可能要收钱，我们吃豆腐、青菜吧。'万般无奈，我只好盯着鱼肉吃素，仿佛在井边受渴。挺过一阵，忍无可忍，我小声提议：'可以蘸一蘸肉碗里的油吧？'刘叔憨憨一笑：'你人小鬼大，蘸！'我们俩用筷子一遍又一遍往肥油里杵，尔后改用馒头，肉碗的油汤让我们蘸得一干二净。

"回来，还是坐伏尔加，刘叔小声问：'王师傅，今天的鱼肉要是吃光了，得交几块钱？'司机答：'不交钱，那是德国专家给你办的招待。'刘叔一听，身板直挺，用手猛拍后脑勺，连声道：'悔！悔！悔！'粉蒸肉，他一块没敢吃。我又提议：'刘叔，我们转回去，再吃一次。'刘叔迟疑片刻，坚毅作答：'丑！德国是马克思的老家，我们不能丢中国人的脸。'"

谢峰简评："大师的故事短小精炼，色香味俱全。从中，我听出了两个弦外之音。第一，'文革'期间日子很苦，回头路不能走；第二，就烹饪而言，最好的厨师是饥饿。"

向丽说："男士们闯世界，关注高大上，家里却离不开柴米油盐，今儿机会难得，大师能不能讲几个烹调的小秘诀？"

赵普说："我先提两个小问题。第一，做菜的第一要素是什么？"

大德举起手，赵普制止："你是行家，只能当听众。"

伊含说："是原材料。"

赵普笑而不语。

黑头说："是火候。"

赵普揭秘："材料和火候都重要，但第一要素是放盐。行道有一句话，好厨师一把盐。"

"第二个呢？"黑头催。

赵普反问："切菜的时候，脚怎么站？"

大伙都一愣，纷纷摆弄自己的两脚。伊含豁然站起，两脚平肩，嘟囔："就这么站呀！"

赵普更正："要站丁字步，这么站好用力，切久了不累人。最后说个家常小秘诀，做豆腐的关键是烹前处理。通常的做法，切成小块，放在水里泡一刻钟，多换几次水。更讲究的，在锅里煮一煮，想吃硬，加点盐。"

向丽窃喜："我一直这么做的。"尚品欣然导引："古话说得好，民以食为天。告子曰，食色，性也。先贤们将吃置于造爱之前，是大智慧。大家瞧，刚才说'肉'含有两个人，那是孔子说的饮食男女，是人类繁衍的缩影。下面集中论吃，最好蘸上文学，往形而之上进一步。"

砖一抛出，立马引出美玉。

卢院长说："大家都知道，我们的许多官位都出自饮食。主席的'席'指宴请时的座位；爵位的'爵'即酒杯；'尊'是酒器，相当于现在的酒瓶，掌瓶的是老大；权力之象征的'鼎'，最早是用来煮肉的。夏初的名臣伊尹开初当厨师，他擅长做汤，从中总结出一套治国大略，叫'熟而不烂，甘而不浓，酸而不醋，辛而不烈'。此乃中庸之道，伊尹是孔子的老师。"

谢峰接："我们的先贤常常以食论道，老子抛出三句名言：'虚其心实其腹，圣人为腹不为目，治大国如烹小鲜。'孔子大谈'食不厌精，脍不厌细'。唠嗑了几天，大嚷'三月不识肉之味'。据说，老人家还休了一个老婆，理由是，她的梨子蒸得不好吃。民国时期，黎元洪能两度当总统得益于一句话：'有饭大家吃。'"

大德道："吃大锅饭，自然不会下全力。公粮重了，大农忙，好多人只能喝稀饭。当时的自留地，每家一小块，平时吃菜都不够，又哪来的空隙种番薯、芋头。到处有荒地，却不让开垦。想当年，我的房东一家八口，吃不饱，在山里偷偷种了几垄红薯，被发现了，硬说长了资本主义的尾巴，在湾里被批斗了十几回，弄得人不像人鬼不像鬼。"

尚品感叹："小小一个吃透现了我们的文化图形，照出了国人特定的生存辛悲。继续。"

伊含另辟蹊径："我们的吃还体现在文字里，查《现代汉语词典》，以口为偏旁的汉字有六百七十多个，且不算更多的带'口'的其他字，笼统算起来，竟占基本汉语词汇的五分之一。这个比例太惊人了。我们吃亏，吃惊，吃力，吃醋，吃喜，吃老本，吃大锅饭，什么都吃。用老子的话说，那是我们的道。'道'中更有说法，正中一'目'，目含三个口，喻指一日三餐。民以食为天，道以口为径。三个口还可象征天地人，看透三才得大道。悟了道，还要三缄其口，知者不言。"

尚品点赞："妙！"

卢院长走向文学："写吃，中国人最热心，着墨最多。古代大作家几乎人人写吃，杜甫留下一千三百多首诗，近四百写吃。袁枚不仅写诗，还写了《随园食单》，论述了四百年间三百余种菜品和饭点。"

赵普道："《红楼梦》里有一款茄子，用了二十九种配料，我依样做过，味道不太理想，探索很久才发现，问题出在水上，大观园用的是前一年的雪，在地下至少要埋三个月，我们用了矿泉水。"

向丽补充："说起四大名著，《西游记》有点特别，看似与吃无关，其实整部小说都以吃为动力：众妖要吃唐僧肉。抽去这个筋，小说就立不起来了。"

尚品推演："这一见解新奇，赞一个。现当代作家也一样，很多热衷写吃，陆文夫的《美食家》轰动一时，周作人、林语堂、梁实秋、汪曾祺都是写吃的高手。李劼人更神奇，他不仅写吃，还身体力行，末了辞去教职，开了个餐馆，叫小雅，亲自掌勺，麻婆豆腐做得最好。只可惜，也丧命于吃，他的死缘于吃了变质牛肉。"

谢峰论述："写吃，西方着墨少得多，在《浮士德》里，只有两小节，一是地下酒店，二是巫厨，那吃写得乌烟瘴气，既邪又恶。但丁的《神曲》，也只有两节涉吃，关键论点可归于一句话：把满满的两大把泥土，向他贪食无厌的咽喉投去，如同吠叫着求乞的狗咬到食物时变得无声。很负面。"

向丽印证："《哈姆雷特》一百二十多页，主题复仇，与吃沾边的只有三句话：你会绝食吗？你喝得下一大缸醋吗？你能吃下一条鳄鱼吗？字面说吃，其实，是不可能的吃，说到底啥也没吃到。"

黑头问："西方作家对写吃为什么不热心？"

卢院长答："我认为源于《圣经》。夏娃经不起蛇的诱惑偷吃了禁果，被赶出伊甸园，从此引发了贪婪、欺骗、凶杀。在这一点上，东西方截然相反，孙悟空偷吃了蟠桃，长生不老；偷吃了仙丹，间接炼就了火眼金睛，为日后识妖除魔打下了基础。"

谢峰补说："卢院高见，还有一点可能，西方做弥撒，要端出红酒和面包，那是耶稣的血与肉，不得随便乱写。但是，法国作家有些例外，拉伯雷大写吃场，胖大官儿那声"要喝"在法兰西文坛引起阵阵回声。普鲁斯特的《追忆逝水年华》，厚厚七卷，是世界名著，最精彩的章节却是一杯茶和一个小糕点。以吃喝为媒介，普氏创造了赫赫有名的意识流。"

正说着，马原推门进来，欣然道："托大家的福，解决了。"卢院长开怀一笑。尚品高叫："马原伟大，你凯旋，也给我们的故事会画了一个句号。"大德却说："有个小细节，不知各位注意没有，故事会，一凡几乎每场都来，还做笔记，却很少发言，不知循的啥套路。"一凡喝口茶，坦诚说："大伙讲的故事，个个精妙，评论很有见地，对我来说是盛大的节日。我在汲取，在消化，顾了心就顾不了口。我写作从故事会里吸取了丰厚营养，衷心感谢各位。"尚品道："一凡的《蛇不吞象》反响格外好，具体到吃，宴席写了三场，他山咖啡写了七次，次次不同，回回精彩。我们几个都在书里，只是改了姓名。我坚信，五百年后这本书还有人热读。书名中的'吞'，拆开是'一大口'，那是形而之上的吃，是欲望的变奏曲。下次读书会，由一凡主讲，我们专题讨论《蛇不吞象》。"

21

落 下

　　杂志筹划正起劲，尚品突然失联了。一凡打了几个电话，全关机。谢峰打，同一结果。联系远在美国的诺娜，没接通。一凡想起时差，发个电子邮件。晚九点，两剑客会聚他山咖啡，大德也来了。拨打三次，终于接通了诺娜。对方平静说："前天我接到一个电话，说我丈夫要出差，协助调查，很重要，一时不能与家人联系。"大德急问："同谁出差，什么单位？"诺娜全然不知。大德是老江湖，要了那个号码，挂断国际长途，沉缓说："机要本在办公室，两位稍等，我去去就来。"两剑客直点头，预感不祥。回来时，已到晚上十点，大德说："果然出事了，尚品办杂志，估计打点了相关头目，那人被双规，供出了他，品头属于行贿嫌疑，关在某宾馆交代问题。"谢峰问："应该问题不大吧？"大德说："说大不大，说小也不小。弄不好，会关三五个月。在里面待久了，人会变形。"一凡说："我们赶紧救人。"谢峰说："我俩一起准备。"

　　四天内，一凡和谢峰见了五六个头目。程序基本一样，地球自转了十五圈，人还没放出来。

　　到第三周，大德终于摸清最管火的人物，姓柳，毕业于江都大学。一凡立刻找老顾，话说几分钟，蓝出一片天。柳主任是老顾最早的硕士，前年他女儿读博士，还是老顾牵的线。打过电话，柳主任当即表态："我先摸摸底，明天向您报告。"老顾说："尚品我了解，这一回，他真心想为国家做点事，是个好人。他的发小，著名作家刘一凡也在我这，很想见见你，有些话当面说更方便。"柳主任顿片刻说："举手之劳，本来不用走动的，许久没见老师，我们聚一聚，如果合适，明晚八点在他山见。"

诺娜觉出了异样，迅速从美国赶回来，知了就里急切说："快快快，帮我请最好的律师，我要见my husband（我丈夫），我与你们一起活动。"谢峰笑责："你在美国待久了，已变得不像中国人。"一凡安慰："今晚要见关键人物，他一句话，可以光明万丽。你在家里等，洋头洋脑，跟着会添乱的。"

出门前，一凡带了个大提包，里面放了个小便袋，装了一本《蛇不吞象》，附加五万元的购物卡。一凡提前到他山。老顾和柳主任同时到。寒暄后，柳主任开门见山："问题已解决，明天过个手续，后天放人。"一凡连声感激，分手时，呈出礼品，淡淡说："我的一部小作，请首长多指点。"主任接过小包，捏了捏，拉开拉链，取出书，将小袋还给一凡，真诚道："恩师召唤，义不容辞，你的大名，我如雷贯耳。这本书，我一定好好拜读，包包你留着。"

地球又自转两圈，月亮添盐加醋。

尚品出来后，三家六口相聚，念叨十多年，终于全家福。尚品没有明显变化，只是眼底多了一抹阴影，说话的语速变慢了。大伙口不由己，总往那个宾馆里钻。尚品喝了压惊酒，轻缓说："逼供，都冠冕堂皇，里面的事，三天两夜说不清。我每天七点起床，晚上十一点就寝，饭菜送到房。从八点起，拿来纸笔，要求写材料，交代送的什么，送了多少，越细越好。头两天，熬了我四十多小时。人坐着，就睡着了。刚合眼，就被弄醒，还亮着三盏大灯。总算挺过来了。《道德经》帮了大忙，我牢记心中。关到第五天，我感出你们在营救。看守们对我突然客气，由着我四仰八叉地写。向一凡学习，我写起了小说，十多天，写了六万多字。"一凡插话："这个书稿你要留好，很可能是传世之作。苏轼关几个月，积累了大江东去，你将黄河奔涌。"尚品苦苦一笑，继续说："最后两天乾坤大逆转，看守们把我供得像大爷，我知道光明了。两位大恩大德，我记在你们后人的账上。"大伙举起茶杯，吼几声，为尚品洗了尘。诺娜透露："我在纽约开了个武馆，招了六十人，分三组，尚品进步最快，当了小组长，希望他青出于蓝而胜于蓝。"

聚谈至尾声，尚品猛地阴沉，拿出纸巾，擦了擦眼，再说话时，底气弱三分。临上车，突然转过身，向道丰山行了个军礼，喃喃道："刀风剑雨，我要闭关一阵，两位多保重。"从此杳无音讯。

一个月后，汤总也放出来了，在牢里，他待了四年。入狱不久进食堂，又立两次功，没吃什么苦。汤总当副院长时管过机要，嘴紧，凡事到我止，从不乱咬人。副手刘伟却是孬种，为了从宽，四处乱咬，不惜捕风捉影，屈副校长和两个处头都是他牵进去的。末了关在一个单间，门上开个小口，每见楼道有人走动，他便伸出手，高声呼喊："干部，干部，我还要说。"没人理会。那小子最后判了二十年，几近无期。

大德与汤总铁交，出狱那日，他派出两辆奥迪A8，接来了汤总的老母，汤妻早已离去。天已热，大伙站在树下，铁门打开，汤总走出来，向母亲和大德招了招手，却猛然停住，站在太阳下，仰起头，眼微闭，一动不动。汤母嗫嚅："我儿被关苕了。"大德安慰："老人家莫担心，高墙的朋友，我接了好几个，在他们眼里，阳光最珍贵，让他好好晒一晒。"

四五分钟过后，汤总低正头，疾步走来，抱住母亲连声道："孩儿不孝，让您担惊受怕了。"母亲说："出来就好，出来就好，过去的，都过去了。"又与大德拥抱。大德道："我们又可以随意喝酒了。"汤总已热泪，对母亲说："老娘，中午我和大德待一会儿，晚上家里再聚。"母亲连连点头。大德交代司机："把老人送回家，下午回来接汤总。"

助手拉开车门，三人直奔奥斯丁，那是武昌最豪华的饭店之一，位于江边，号称七星级。大德定了一个豪华套间，内设饭桌。刚进门，大德便说："汤总，走行规，你先要洗个澡，换个行头。"助手立马递上一个小箱，里面装了白袜、短裤、衬衣、皮鞋、皮带、西服，还有一个鼓鼓的黑钱包。汤总泡了半小时，出来焕然一新。若不是寸头，与风光时一模一样，旧衣物全部丢进垃圾桶。

三人轻松入座，打个电话，酒菜很快端来，助手辞去服务生，亲自服务。三人频频敬酒，第一杯喝得最庄重。吃过几轮，大德轻声问："未来有什么打算？"汤总答："在号子里，我认识了一个特级大厨，拜了兄弟，下星期大厨刑满，我想开个小餐馆，两人合作，自食其力。"大德沉吟片刻，抬手往南一指，平缓说："离这三百来米，有个大场咖啡，带简餐，是他山的分店，位置好，有停车场。还空了五个包房，可以开发新项目。楼上带两个小套间，住不愁。你若有意，可去这家店当总领。积累了经验，再自立门户。"汤总急说："对我来说，做分店最好，只怕乱了你的阵形。"大德道："原来的经理要调往北京，正缺人。咱们亲兄弟明算账，头半年，月薪两万，加业绩奖。第二年，出包分成，比例再定，如何？"汤总道："大恩不言谢，我争取为他山系列做点贡献。"

一周后，汤总走马上任。大厨出狱后，立刻入伙，添加了秘传私房菜，设三个包间，每日限六桌，最低消费三千元。大厨身怀绝技，两个月后，私房菜轰动江城，供不应求，常常要添桌。干到年底，汤总又得二十万奖金。第二年全承包，利润五五分成，汤总的年收入达八十万。大德获利最多，具体数目汤总闭口不说，却很兴奋，终于能用纯洁的勤劳报答好友的肝胆侠义。

做出品牌后，来挖墙脚的一个又一个，都以高薪诱惑。大厨平平说："一年五六十万，我心满意足，奔六的人更看重好主子，图个安稳。"做管理，汤总是高手，上层人脉广，皆是高消费。想挖他的人更多，都被婉言谢绝了。不过汤总也有短板，遇到江大来的人，汤总一律回避。夜深人静时，他常常独自开车，去道丰山上转几圈，久久停在文学院的背后。

姑妈又来工人村，九十进二，行动自如。一凡三口赶回时，二凡和德德已到。姑妈欣欣嚷："几年不见，两个小的都冲成了大人，有模有样，又气派，我的兄弟后望好。"容儿回应了姑太，问及爷爷。奶奶答："去西头帮人掏下水道了。"老二说："这把年纪还闲不住。"凡母道："他热心快肠，有些窍门，出了名，附近有点事，都来找他。"正说着，老爷子笑眯眯地回来了，进门高声嚷："专业人员都不中，我一去，下水道就通了。"姑妈急说："你一大把年纪，少去逞能。"老爷子辩解："我只动口不动手。请狠了，才出门。"

歇了半小时，老爷子又说："地里还有一点活，我去去就回。"找出一把短锯，直去菜园。约莫一刻钟，传来呼叫："德德，快拿梯子来！"声音有点危急，德德立马跑出，两个凡紧跟，但见老爷子爬上了大榆树，坐在六七米高的树杈上，紧抱树干一动不动。老人说："我的头有点昏。"德德已搬来长梯，架好，守在树下。容儿也赶来，伸出手，以防老人落下。二凡急呼："老爸先莫动，我找个安全索。"便跑回屋，一会儿取来一条长绳和一副安全带，都是家里的常备物。老二顺梯爬上去，给父亲系上皮带，结好绳，长头抛过粗枝，另一头丢到地下，顺手取下短锯。一凡拾起绳子，老爷子下一步，放一段绳索。落地后，老人满脸苍白，口中喃喃："高血压犯了，过一会儿就没事了。"德德和容儿扶着老人回屋，向丽泡了糖茶。一凡说："去医院看看吧！"老人说："不用，自己的毛病，心里有数，靠一下就好了。"大伙便把老爷子安置在沙发上，斜靠着，喝了糖水，又吃降压药，过一会儿，老人家的脸色恢复正常。

姑妈高声嚷："耶，耶，都八十九了，还像个细孩，爬那么高的树，命都不要了。"老爷子解释："树荫太厚，把地都遮了，不长菜。"一凡说："那块地，莫太认真，能动，动一下，动不了丢一边。生活都好了，不缺那几个钱。"老爷子辩解："不关钱，我的菜都不卖了，只供你们几个，再送几把给老伙计，大家都说好，我摸一摸，是个乐趣。"向丽说："干脆这样，我们花点钱，给你雇个帮手，你只动口，不动手。"众人齐声说好。德德说："对门的牛鞋匠活不多，经常帮助爷爷，我们一月给一千，他高兴得很。"老爷子欲辩，一凡打断："伢们小时候听你的，你老了听伢们的，就这样定了。"向丽说："工钱还可以加几个，做得好，再给个奖励，就算定点扶个贫。"母亲说："牛鞋匠一家四口，两个读书，生活蛮困难，帮他一把，行个善，为后人积个德，蛮好！"老爷子道："列样一说，我举双手赞成，牛鞋匠人憨厚，是个好把式。"向丽说:"这个钱让一凡出,他评了二级教授,又当了道丰英杰,全校才三个,收入只比院士少一点。"

谈到高校的钱,大伙起了兴,一时忽略了鞋匠。凡母问:"二级教授再评就是一级吧?"一凡解释:"文科没有一级教授,二级到了顶。理科也没有,往上是院士。文科再评是资深教授,等同于院士。"姑妈问:"你么时候可以评资深教授?"一凡答:"评资深的条件蛮多,第一条,教龄要三十年,我只有二十三年,最起码,要等七年。"老爷子问:"拿到厂里,院士相当于木工八级,对不?"老二笑说:"级别一样,钱差一大截。我店里经常来教授,对各个大学的待遇知道一些。江大院士的年薪是八十万。"老爷子说:"哦嚯,那不止差一截,我八三年退休,一个月拿一百二十六块,比工程师还高。现在,八级木工拿得八九千,只有院士的六七分之一。形势变了,还是读书好,书里有黄金。"

为了不让老爷子再爬树,一凡立刻去对面,找见牛鞋匠,说了事由,按向丽的暗示,把工钱加到两千,许诺两个半年奖,金额待定。鞋匠握住一凡的手,激动说:"我给人补鞋,起早贪黑,一个月才三千来块,你一伙给了两千。请放心,我过去是种菜的,都熟。屋里的其他重活,也交给我,门对门,蛮方便,我一定把两个老人照顾好,伢们都大了,也可以搭个手。"

晚饭前,老三也回了,几个一合计,商定一件大事:开了年给老爷子办九十大寿。二凡说:"老大的孝心有目共睹,也该让我两个露露脸。老头的寿宴,我们承担。"一凡说:"九十大寿是福分,吃不得独食,你俩扛大头,我沾个边。"姑妈暖暖笑,老爷子庄严宣布:"容儿,下个星期你回一趟,我教你内拳十二式,这是刘家拳的看家本领。"

22

凡 乐

千禧过后十来年，股票高涨，基金连绵兴旺。向丽买了几只股，小发了一笔，想扩大战果，再买些基金。一凡想了想，严肃说："可以拿出积蓄的五分之一，思想上要有个准备，若亏，坦坦认了。没这个心态，就敬而远之。"向丽爽朗说："认赌服输，我早有准备。"于是，买了两百万。又去大家庭里动员，二凡三凡也买了一部分。老爷子不为所动，坦实说："网上的东西我搞不来，钱存银行更实在。股票这玩意儿，新中国成立前我见了些场面，发财的少，破产的多。"向丽不再劝，心里微微忐忑，也只能，一江春水向东流。

哪曾想，才半年，基金涨一倍还拐了个弯。向丽小声透露，她还替师母买了二十万。一凡急忙警告："这等事，以后万万做不得，即便亲兄弟也不能替人操盘。赢了好说，亏了就扯不清了，很容易伤和气，谁都不怪，人性如此。"向丽立马承诺："下不为例，一定。"

接下来，一凡开始关注股市，经常上网看看，每次都祖国山河一片红，红了又红，一连牛了三周。一凡惊叹："基金本该有起有落，最近为何只涨不降呢？"看看大榕树，掠过一道影。"这等兴旺不是吉象。"便郑重地对向丽说："爱爱，听我的，赶快脱手。"向丽顿了顿，坚毅说："大事随夫。"便和范师母通个气，把基金全部卖了。扣去税，净赚三百万，还为师母挣了三十六万。

再过半个月，基金连续下跌，又半年全线崩盘。方圆三十里，有两人跳楼，三人服毒药，十四人倾家荡产。二凡不听劝，一守再守，最后亏了三十万，用手直拍头，苦苦说："俺小本生意，今年白干了。"

晚上去露台闲聊，向丽柔声问："凡头，你可长了预眼，或有奇异功能？"一凡坦诚答："我凡夫一个，看不到未来，但我坚信一点，天上不会掉馅饼。还有一说，盛极必衰。人心不足蛇吞象，世人吃亏，往往吃在一个'贪'字上。"

应大潮，江大又建一片商品房，临吉安湖，望道丰山，质量上佳。向丽和家人一合计，当机立断，买了一套二百六十平米的大套间，六室二厅，带露台，有两证，花了一百三十六万。那是江都大学最后的福利。小区建了八栋楼，每栋二十层，一凡排名在前，选了3-192。"3"稳健，"19"谐音要久，是正位。"18"看似要发，落入文化寓意，却容易和十八层地狱相混淆。

拿到钥匙的当天，三人立马去新居，进门睁大六只眼，夫妻俩频频蠕动嘴皮，到头只"啊"了一声。容儿更灵动，率先欢叫："人往高处走，又见一重天。"向丽缓过气，颤颤说："当年想报考江大，我最敬的是长江。没想到，滚荡二十几年，大江流到窗口来了。"随口吟起杜甫的诗："无边落木萧萧下，不尽长江滚滚来。"容儿说："诗太模糊，来点科学的，我带了二叔的军用望远镜，可以测距离。"便一一报来："道丰山距此八百九十米，吉安湖二百三十米，长江六百八十米，工人村九千六百米。申明一句，都是直线距离。"一凡默然无语，在沙湖边，他看到了尚品的别墅。

　　一如既往，装修交给老三，包括家具，向丽做了个一百六十万的大预算。她有底气，培训班扩到三十人，随行涨了价，年收入达三十五六万。喝水不忘挖井人，谢峰过五十岁生日，她与一凡封了一个五万块的大红包。新居简朴别致，浓了书香，又接近自然。露台三十平米，开了一块地，四围种花，中间种菜，顶架爬丝瓜，还设了一个露天茶吧。向丽兴奋说："这套房是基金送的，包括家具。"搬迁后，几家人又聚一次。二凡送一尊宋代镇宅小神兽，置于玄关，凸显了安详。老爷子欣欣嚷："这个屋，比过去资本家住的都好，红木家具越放越值钱。"走到露台上，老人高声叫："这块地方最金贵，赶紧种几棵软姜叶，吃了又长，下面做汤最方便。"

　　书房有两个，占地五十平米。面对两个孙儿，奶奶说："大伯能有今天，就是因为有这些书。"耗子和德德都过了一米八五，上唇黑，喉结鼓，相貌颇英俊；耗子马上读大二，在华农学兽医；德德已高考完，在等成绩，预测在211一档；容儿过了一米七，早已出落成美少女。两个孙儿异口同声："我们向大伯学习，多读书。"向丽顺势提议："校园里的旧屋离这儿二三里路，条件比工人村好，两老干脆搬过来。"老爷子连连摆手："地里离不开人，邻居熟了舍不得。你们的情，我们领了。"小梅赞道："大嫂宽厚明朗，为大家庭的和气，起了重要作用。"向丽口头谦和，乐在心头。

　　喜悦却伴烦恼，附加种种困扰。

　　买了车后，向丽逐步丰润，先前九十五斤，一年后，体重突破一百，近几年，达到一百一十八。于是她开始疯狂瘦身，一会儿麦吉儿，一会儿骑行，一会儿水疗，把家里的秤也藏起来了。最后选择暴走，每两天问一句："凡儿，我瘦了吗？"一凡不能速答，说快了，欠诚意，短了可信度。顿了好一会儿才说："瘦了，比较明显。"向丽嘴角直往上翘，仿佛退回十八岁。一凡自有审美观："女孩嘟一点，挺润的，既养眼又熨体。弄得像僵尸，硌硌碰碰，伤天害理。"晚间暴走回来，向丽两眼炯炯，喋喋不休："刚才遇到了师母，见面就说我瘦了。"一凡随机插话："这么明显，谁都看得出。"妻子加倍兴奋，自转半圈，又转喜为忧："瘦得这么快，不会有什么病吧？"一凡扫一眼，没瞧出急虑，反倒看出窃喜。心下明白：这是一个假问题，但不能说破。便劝慰："莫大意，抽时间去做个体检。"向丽认真点头。

或许看了不该看的东西，秋冬交界，一凡的左眼长了个包，俗称麦粒肿，亮亮的，像一个黄樱桃。敷化一周，还没消，只好去医院，向丽殷切陪随。一凡怕打针，更怕动刀，一路畏畏缩缩，唠唠叨叨。向丽兴奋说："平时你虎虎生风，也有虚脱时，该我看戏了。"一凡傻傻地笑。等候十来分钟，坐上了刑椅，医生瞧一眼，草草发令："去隔壁交钱，回来做手术。"向丽急忙去付款，一凡窃声问："俺的包熟透了吗？"医生道："这大个儿，能不熟？"见病人太紧张，又安慰："是个小手术，像蚊子叮一口，不疼，不用打麻药。"钱交过，一凡躺上手术床，划开那一刀，竟大义凛然，淡定如刮骨的关羽。医生却惋惜："哎呀，包没熟透，是个九眼的，你得忍一忍。"便一眼眼地清除脓头，耗时一刻钟。一凡一没吼，二不叫。疼到极致，沉沉"嗯"一声，一共"嗯"了十七声。天已寒，手术完毕，一凡的衬衣全湿透了。向丽肃然起敬，一凡说："给你透个底，当年打架，我动过刀；关键时刻，我敢动枪。"向丽连连说："你狠。我信，我信。"

迁入新宅后，一家三口常去露台观景闲聊。那日能见度好，一凡看到一座教堂两个庙，便双手合十，念阿弥陀佛，又在胸前画了个十字。容儿便问："老爸，你到底信谁，是耶稣，还是释迦牟尼？"这一问托有深厚的背景，跨越十多年。为了开眼界，一凡夫妇带女儿游历了上百个景点，去了十二个国家，看得最多的是宗教圣所。每到一处，一凡都要虔诚跪拜，真诚解囊，无论庙宇，清真，还是教堂。某日见到一棵千年古树，他二话不说，跑过去，跪下来，一连磕了三个头，再买三条红绸带，挂在树枝上。妻女冷眼旁观，偷偷地笑。

一凡却说："我坚守一神论，宇宙间有一个神，贯通六合，法力无边。西方叫三位一体，东方称万法归宗，也叫道。我捐款不提俗要求。"容儿笑说："刚才看了易中天的一篇文章，大意说，中国人缺乏终极向往，刚拜了佛，又去教堂做弥撒。回到家，久久仰望孔子，还要拜一拜老一辈的无产阶级革命家。或求升官，或求发财，或求得子，五花八门。怕口说无凭，还要塞些钱。老爸与他们不完全一样。"

周末天气好，一家三口去蛇山转了一大圈，实地拜谒一座教堂两个庙，末了参观胭脂路暗洞。地质学家已探明，此洞与道丰山相通，勾连长江，最深处达六十八米。辛亥革命的第一枪在洞旁七十米处打响，洞内陈列八箱晚清的火药，盖的朝廷大印，一旁展览十杆革命军用过的汉阳造，都是原物。容儿热衷历史，看得尤为认真。一凡被某个当代困惑触动，觉出一丝戾气。返回时，容儿一路采野花，远远走在前头。至中段，发现一个中年人，提着气枪，鬼鬼祟祟在打鸟。容儿大喝一声："住手！"那人猛一愣，转过身，见是个姑娘，轻蔑说："狗拿耗子多管闲事，一边玩去。"容儿毅然去卸枪，中年人猛一推，容儿借势一拖，扫一腿，对方仰倒在地，气枪丢到三米开外。横男又起，凶巴巴扑来，容儿侧身闪过，回手一击，那人摔了个狗啃屎。隔一会儿爬起来，捡块石头欲行凶。容儿侧身一脚，踢掉了石头，厉声道："再撒野，姑奶奶我动狠了。"中年人龇牙咧嘴，怯怯拍打衣摆。一凡和向丽赶来，横男更怯，站在那儿不知所措。一凡掏出校园卡，晃了晃，喝道："我是蛇山护林员，你跟我走一趟。"见他腰间挂了三只死鸟，又唬一句："事情闹大了，你打了一只国家二级保护动物，要判刑的。"那人听了，顾不上枪，择小道飞颠而去。

向丽赞佩女儿："刚才那几招真威武。"一凡说："美中也有不足，以后遇到歹徒，要一招定局，不能留余地，该狠的时候不能手软。打不过的，迅速逃跑，兵书叫走为上计。"容儿说："记住了，老爸。"又一蹦一跳向家奔去。

下一部书，一凡想平中出奇，以微知著。因此返璞向俗，热衷市井，进一步融入凡常。出江大西门，延出一条长街，满眼老字号，距家几百米。那里有婆婆妈妈，有家长里短，也有人间温暖。那日外出过早，一凡找了一家老店，内间只剩一个空位，外端坐着两个老太太。一个六十多，一个近九十，脸上的皱纹比核桃还深。两位吃完了，就着绿豆汤闲聊。一凡头次来，不识就里，随意买了一碗水饺，客气问："老人家，里面可以坐吗？"老人热忱回答："可以，可以，当然可以。"

从侧就位的当儿，一凡补一句："祝您家长命八百岁。"老人愣一下，脸一闪，开怀大笑，艳如牡丹，把皱纹都笑没了。随后站起，欣欣说："我们吃完了，马上走，你坐外头，舒展一些。"年轻一点的太太也起身，伸手去搀老人，口里说："老娘慢一点，今儿是观音的生日，我们去烧个香，顺便买点菜。"老人行动稍缓，步履却稳，还在笑，走几步回头说："小伙子，明天换个花样，这是蔡林记，热干面配糊酒最好吃。我孙儿在主事，是第五代，明天七点半来，我叫他为你掌勺。"一凡朗朗应承："谢谢老人家，明早我准时到，还要带家小。"随后认识了蔡林记的传人，六度走访，八回闲谈，挖掘了许多精彩故事。一凡常说，不了解热干面，写不出生动的大武汉。

见学生，也约在闹市小茶馆，一凡提前一小时到，专注听闲谈，记下特别的脸谱和语句。一度也苦了学生，与老师约茶，同学们守一规矩，必须提前到。那日提前半小时，还是来晚了。一凡欢欢一笑，说明原委，随后整改，在乙店观市井，在甲店见学生。没有茶约的日子，一周也去一两次。常常丢掉笔墨，忘记小说，全心全意与人聊天，看人下棋。一凡认为，所谓体验生活，只是隔着靴子挠痒，欲出大作，必须深入其中，浑然一体。

在西街南端一家古玩店里，一凡发现了"他乡遇故知"晚清蓝花茶壶，标价十五万。一凡欣喜若狂，却拿不准真假，打电话叫来大德。大德看过小声说："是真品。"老板泡上大红袍，三人聚头时，大德挑起茶壶的瑕疵，说得头头是道。老板坦诚说："没这点毛病，价格会翻三倍。瑕疵也是哲学，无论洞房，还是友谊，都不可能十全十美，容不了朋友的缺点，难以成为知交。"大德微微笑，老板调整价格："我再降三万，十二万，正好一个生肖循环，双双吉祥。"一凡当即定夺："成交。"还差"久旱逢甘霖"，一凡并不急，古玩如人生，许多时候要靠机运。从某种角度说，欠缺更诱惑。这甘霖，或许就是他的下一部作品。分手时，一凡感激说："一箭双雕，今天来了两知己。"

快到西门，又遇到一位测字老人，长长的白须吸引了一凡。小摊设在常去的茶馆里，老人目视前方，似看非看，似听非听。一凡点茶落座，茶客小声说："这个老头有点怪，每天只测六个字，不定价，愿给多少给多少，一毛不拔，他还朝你笑一笑。过了六，给再多钱，也不测。今天测了五个，后头的，一律不接，反复说，江城念故知，我是姜子牙，在等一条平凡小鱼。"一凡微微一震，喝几口茶，走向测字摊，作揖道："您家安康，在下求测一字。"老人含笑挥挥手，一凡坐入藤椅，拿起中性粗笔，用力写了个"一"。老人看过朗声道："一中乾坤大，我先布大局，再入沟渠。老子曰，道生一，一生二，二生三，三生万物，天下茫茫源于一。《易经》说太极生两仪，两仪化四象，这太极便是一，此乃《易经》之根，包含万物之理。明朝大学者陈继儒说得更生动：一言之微而千古如新，一字之义而百事如见。故风雨雷电，天之灵；山川民物，地之灵；语言文字，人之灵。画一横，天网恢恢。立一指，可指点江山，尽说人世微幽。"

一凡敬赞："老人家学问大，在下受益匪浅。就这个'一'，能否赐教我的笔墨前程。老人拿出毛笔，边写边解："'天'的第一笔是'一'，'土'的最后一笔是'一'，这个'一'顶天立地，具体的，就无须赘述了。"一凡继续求索："再请说说家景。"老人散开皱纹，朗朗一笑："天玄合地黄，老夫直白了。'一'乃《易经》中的阳爻，可指阳具，那是男人之本，天地之根。你的'一'写得粗壮劲道，拖了一尾，该硬硬得起，欲久持得长，一柱擎天，妻和万事兴。"围观群众笑起来，老人一板一眼说："竹林含大道，房事通常理，一笔立，天下平。九百多年前，米芾来明普茶舍，给店主留下一个字，也是一，两头粗，中间细，再画两款太湖瘦石，那是另一番讲究。这个'一'，客官且留好，我再添加三个字。"老人取出宣纸，写下"凡一泰安"。一凡又一震：那个"凡"用的颜体，与腰形玉石上的字几乎一模一样，从老人的眼里，他看到一道红光。一凡打开背包，取出所剩的三千元现金，虔诚递过去。老人却道："今日天光好，我不沾钱，告明一个秘密，青埂峰下的那一片小石块是仓颉写出来的。"

23

约等号

　　一大奇迹：文学院同时获批两个国家二级重点学科：一是顾长吉领衔的中国古代文学，二乃刘一凡带头的现当代文学。闻得喜讯时，两位领头人正在院里开大会。卢院长激动万分，恭请两位说几句，李书记下位诚邀。老顾和一凡只好起身，从两边走向主席台。交会时，不约而同，伸右手，像孩子一样，在空中击了一掌，拍出一响景象，如临济喝、德山棒。老顾揖手道："的确该高兴，我们全线接通了道丰山的文脉。感谢各位，我只挂了个名，是你们创造了江大的辉煌。"一凡抱拳说："重点学科是大家齐心努力的结果，生活在这里，我很荣幸。欠妥之处，请各位多多包涵。"

　　大伙热烈鼓掌，继续开会。这一回，讲以人为本，附带科学发展观。主讲人是中央党校的著名教授，说话很实在，常有真知灼见。平时政治学习，一凡经常开溜，此刻却留下了，而且，听得很认真。猛然之间，他觉得，"以人为本"是新中国成立以来提出的最好的政治口号之一，包含真文明，科学发展观破虚向实，为国家的未来指出了一条康庄大道。老顾听得更认真，还做了笔记。

　　周六下午，两人约聚他山咖啡。出门时，一凡脑中一闪，随手带上了腰形凡玉。许久没来，他山变了样。左翼扩出一个耳楼，分上下两层，顶上又带露台，远远看去，像一件超凡的艺术品。两人都念旧，选了老店的南角，落地窗外，不时飘落几片银杏叶，仿佛苏东坡的词句。老顾一反常态，带了一个公文包，像宝贝似的，拽在手边。一如既往，两人点了拿铁。

老顾悠悠感叹："会当凌绝顶，一览众山小。获得了重点学科，委实兴奋，论学科建设，这是最高点。睡几觉，许多事却轻淡了，如烟如云，还带一点滑稽。银杏葱葱在，几度夕阳红。"

一凡："我看到了苏东坡。"

老顾："又有新发现，《东坡文集》出了增改版，添了六则新笔记，其一写道：'出道丰寺东行两里，抵明普茶舍，长老随，品丰谷隐。亭下水连空，说短论长。'诗文确证，九百七十一年前，苏轼来这里喝过茶。"

一凡："首长又为江大做了一大贡献。那个碑在就完美了。小时我第一次来，见过那宝贝。当时很兴奋，因为'明普茶舍'四个字我都认得。第二次来，碑不见了。"

老顾："说来都是泪，'文革'第二年被红卫兵毁了，道丰寺被烧了个精光。程颢在庙后留下一方碑，也被砸了，我看到了几十块碎片。"

一凡："苏东坡是哪一年来的？"

老顾："确切时间是公元一〇八三年春末，走的水路。武昌主簿吴亮派的船，西山寺的长老继连随行。"

一凡："你这么一说，都对上了。北宋时期，吉安湖连长尾河，通梁子湖，接西山寺，水路九十多里，风顺，大半天就到了。沿途都是好景观。"

老顾："东坡来道丰山待了五天，住在庙里。那时的吉安湖是个中转站，就在明普茶舍脚下，北连沙湖，离长江最近处才一里地，湖的四围建了三十七家客栈。明普茶舍闹中取静，是文人的聚集地，朱熹、米芾、辛弃疾都来过。东坡爱热闹，他来道丰山时，茶舍老板叫来几十个读书人，都是备考的后生。第一顿茶，东坡讲了一个时辰，再互动一炷香，轰动了整个武昌城。几年后，这批后生里考取三个进士，其中之一是姜逸文的三十九代高祖。"

一凡："经你一点拨，江大更神圣了。"

老顾："最了解江大的是姜逸文，我的老师，他爷爷是江大的第一任校长，从明普茶舍里得到大量原始材料，其中有苏轼的三页手稿，我见过。史料几代相传，到姜老师手里时却遇上'文化大革命'，红卫兵抄家，都烧了，老师一周瘦了三圈。随后搞武斗，姜师中了流弹，我赶到医院，他话没说完就走了。"

一凡回追："我还听说，在烧毁的文献中，有一样最珍贵，是个花名册。"

老顾戚语："那是一份讲学记录，附了名单和茶舍概况，我一字一句读过。南宋后五十年，明普茶舍升为了书院，与岳麓齐名。鼎盛时期，驻院学士多达一百人，朱熹来此讲过三次学。南宋末年，书院被元军烧毁，以后只作茶馆。那个册子若在，我们可以理直气壮地说，江都大学是全世界最古老的高校。"

一凡安慰："生生灭灭都是命，文脉通了，不在乎那个虚名。"

老顾深深叹一口气，两人点上烟，悠悠抽几口，落足当下。一凡说："为江大文学院，你做了巨大贡献，在道丰山上立了两方碑。这会儿，我想提个凡问：你当了几届院长，最得意的是什么？"

老顾想了想，轻答："第一，抓大放小，充分发挥副手们的作用，在全校三十个院长中，我干得最轻松，没有之一；第二，上任前，我给自己只提出一个要求，每月至少看两本书，这个指标我超额完成了；第三，该糊涂时莫精明，恍兮惚兮，日子更愉快。"

一凡："第三项可否说细一点。"

老顾："我举一件小事。刚做院长那阵，有人来讨乖巧，要给我当耳目，密报谍情。我谢绝了。人这个物种既善又恶，具兽性，包括我自己，我们常常趋权附利，当面好话连连，背地说三道四，甚至咬牙切齿。这些闲言碎语不听也罢，知了会自寻烦恼，多些事端。往常理上说，家人之间都磕磕碰碰，何况同事。心中有个数，糊一涂，你愉快，别人也欢欣，某些芥蒂可悄然化解，甚至阴地变光明。"

一凡："这是大智慧，我想起了曹操。官渡之战，你更清楚，曹操在袁绍处发现了手下大量的通敌信，他没有拆看，当着手下的面，一把火全烧了。那以后，手下死心塌地为他卖命，这气魄千古一绝，你与曹操有一比，都是枭雄。"

老顾："你也不简单，善于在夹缝里生存。外部风刀霜剑，你面带笑，举重若轻，左右逢源。"

一凡："知我者，老顾也。人与文相通，有人说我写恶太腼腆，笑脸多，泪眼少，毒招寥若晨星。如实讲，这是我的追求。生活充满暴力和谎言，已很残酷。具体的恶，我经历了很多。我不想在文字里继续血腥。这是善良的抽象，也是浪漫的无奈。"

老顾说："你既是鸵鸟，也是高僧。"

一凡道："也有许多困惑，比如说，楚大有位要好的同事，见了我，满口好话，几近天花乱坠。背后又把我说得形同垃圾。再见面，依旧满口繁花。我毛病多多，背后骂我，顺理成章。当我的面，你总该冷个脸，横个眉吧，最起码别笑脸恭维呀。"

老顾笑笑说："这便是生活，但真诚的好话跑不了，你歪打正着立了大功，几年过去，文学院还在念记你。"

又牵出一件趣事。期末开联欢会，一凡率领几位老师演了一折《智取威虎山》片段。剧本是马原改写的，取材"打虎上山"，添了些笑料。老顾客串座山雕，杨副校长扮少建波，杨子荣由一凡扮演，借土匪的切口，他高声宣布："天王盖地虎，宝塔镇河妖，大伙辛苦了，山爷定大盘，参谋长暗助，卢院长发了话，今年文学院的奖金，比去年翻一番，大鱼大肉在眼前，还有百鸡宴。"话毕，一个老鹰亮翅，款步下场。

全场热烈鼓掌，卢院长开怀大笑，席间来敬酒，朗声责道："一凡兄，你将了我一军，要是今年没那么多钱发，我可要挖你的横向经费了。"一凡抿嘴一笑，高声回敬："江大的事，哪有你搞不定的。"院长笑得像一朵映山红。年终分配，文学院的奖金果然翻了一倍，人均多发两万七。事后马原说："一凡兄，还是你能量大，一句台词，说得卢院长上蹿下跳，随后他找了校长，缠了书记，多闹得近百万，还动了院里的老底，几乎清了仓。开年后，学校财务改革，各个院的积存都被收走了，没发的，全吃哑巴亏。"

一凡笑说："这贡献里也有你的一份，你若不选《智取威虎山》，我就没那个机遇。当众激将最见效，换在平时，你苦口婆心，当头的未见听得进。"马原感叹："世界变幻莫测，也是混沌学，吼一嗓，钞票落满道丰山。"

吹过一阵风，添了凉意，老顾喝口咖啡，笑一阵，度入家常："过几天，我要去美国了，待一年，看看女儿，写点东西，七十多了，该全心做点自己热衷的事儿。"

一凡："听师母说兰兰工作安稳，已在美国定居，这是上佳选择。退休后，鸣山去香港当研究员，也是为了儿子。大江东去，水往下流，骨子里，我们都很家常。"

老顾问："容儿的未来，你们有何规划？"

一凡答："也想去美国，我们为她在加州买了一套房。"

老顾笑道："老子曰，难易相成，长短相形，高下相倾，前后相随。说到底，还是家常最崇高，那里有我们的上位理想。"

一凡说："提起崇高，我想起一件事。前几年开故事会，你设了一个悬念，故事发表后，我细读全文，找到了那个词，原句是，实现妖的崇高理想。'崇高'很容易看成'祟高'。'祟'指鬼怪或害人行为，如此搭配实在妙，仿佛在说，我们张扬的某些崇高其实是鬼话，有可能祸国殃民。两个词却有一个共同点：上端是个小山。于你而言，石头最重要。"

老顾连连点头，打开手提包，拿出那块含"吉"的白玉，喃喃道："这个奇物，没忘吧？它成了我的镇宅之宝，如同圣敬，总觉得里面有点什么，一时又说不出个所以然。"一凡不语，从公文包里取出"凡"玉，摆在桌上，合为"吉凡"。老顾看一会儿，两眼闪亮，兴奋说："这两个字有意味，它告诉我，顾某欲大'吉'，需向'凡'中取。一蓑烟雨任平生，山头斜照却相迎。到了美国，我会降到零点，安心写一本普及读物。普及就是具体的凡。有句话，你说得好，我们不仅要看眼下，更要敬历史，争取写一本几百年后还有人读的书。"

一凡轻轻移动两块玉石，深情说："这两个字也指明了我的职守。'吉'，上士下口，士指知识分子。一'凡'我以口立身，首先要教好书。而后做个真士，不昧良心，坚守正义。万般无奈，保持沉默。'吉'的最后几笔是'一口'，这个'一'，是减号，意味少说一句。知者不言，大音希声。"老顾高叹："我们之间的这等默契应该感天动地。"

天色渐渐暗去，透过银杏叶，残阳落下来，景色更柔丽。大德着工装端来一个托盘，摆好餐具，口中喃喃："两位坐了仨小时，把太阳都坐下去了，晚上吃个便餐。顾老师即将赴美，一凡出了大作，我亲自为两位服务。还有一个好消息，待会儿讲。"离去几分钟，端来了面包、奶酪、沙拉、西式煎蛋，外加酸奶和羊角面包。看似简单，暗中讲究。三人吃起来，两人赞不绝口。

大德润润嗓子，庄严宣告："那个石碑，我找到了。"老顾急问："在哪？"大德答："这会儿藏在储藏间，高两米，两尺宽，不太厚。"老顾催："说说过程。"大德道："学校批了我一亩地，分两块，左边五百八十平米建了耳楼，右边八十平米，我想搭个廊亭。上周挖土，民工发现一块长石，幸好我在场，懂点考古，平安挖出了长碑。"

老顾提议，先去看看。二人随大德下到底层，打开钢门，进入储藏间。石碑躺在地上，安然伟大。大德揭开护膜，显出四个大字："明普茶舍"。正是当年的圣物。下端一米三的地方刻了落款。确切时间是宋代淳化庚寅，即公元九九〇年。立碑人叫姜师和。老顾惊叫："姜师和是姜逸文的祖先呢！老师提过几回，他进士及第，见过李煜，当过武昌的主管，致仕后，归隐田园。原来是以茶会友，交的墨客。"一凡回顾："八岁我来此处，碑石出土的部分不到一米，只露出四个大字。"老顾道："我也没看到落款，天长日久，埋到地里去了。"大德说："那个碑埋得蹊跷，是被人推倒的，上面盖了一层石头，又压几层土，踩得结结实实的。"

老顾激滟闪烁，急切说："这个人十有八九是姜老师。临走时，他紧紧抓住我的手，说：'有个秘密，我弄清了具体年份，在明普……'话没说完，眼睛一翻，断了气。"大德道："也是天缘，文学院刚获两个重点学科，石碑就现身了，明普茶舍变成了文学院，这是祖先在用力，姜师公可以瞑目了。"老顾开心一笑，看看道丰山，庄严说："我们终于找到江大的根，大德功德无量。"

刘老爷的九十大寿宴庆如期举行，号九十，实八十九，此乃中国特色，也是文字结的彩，九谐音久，象征天长地久。俗称虚庆，却有实撑，胎儿在娘肚里要待三百天，也是一段岁月。寿宴设在秦园酒店，包了太乙、格物两个厅，合二为一，中堂加倍开阔。邀请的主体为内亲，姑妈一家来了十一人，五个徒弟齐聚，外加谢峰、伊含、大德和牛鞋匠，三十来人，两大桌。老爷子着崭新中山装，凡母换上仿古装，双双抖擞。来宾进门献礼，全是红包。老爷子连连道谢，喜形于色。章龙高呼一声"给舅爹拜寿"，姑妈的后人，整十个，唰一声，全跪下，一连磕了三个头，牛鞋匠也掺入其中，老爷子两眼眯成一条缝，久久说不出话。

容儿给爷爷画了一幅肖像，老爷子接过，端详许久，连连说："画得像，蛮像，把下巴的小痣都画出来了。"二凡欣然嚷："这幅画老爸留好，起码值一百万。"老爷子欣然曰："后人有出息，我们老的睡着了都笑醒了。两个孙儿也有板眼，耗子读华农，德德考上了中南财大，都是幺幺大学。"耗子更正："爷爷，是211。"老爷子续："对，是儿幺幺，前途远大。"

时辰到，一凡正言招呼："各位就座，寿宴马上开始。"三凡一家并向丽、容儿去了另一桌，陪姑妈一家。其余的坐了主桌，老爷子又邀来章龙。一凡庄严开场："儿孙满堂，高朋闪烁，九十年合成一句话，福如东海，寿比南山，首先请寿星致辞！"

场内立刻静下来。老爷子喝口水，朗朗道："冇想到，一家伙，活了九十年，吃了蛮多苦，老了享大福。这辈子，我有三个儿子，三家旺，孙子个个成气候，五个徒儿板眼大，来的朋友都是高人，用书上的话说，叫八仙过海，各显神通。我和老伴，还有老姐高兴得合不拢嘴。往后的路还长，大家要相互帮助，勤扒苦做，再红他一火。"

众人热烈鼓掌，姑妈欣欣然："冇想到，我的兄弟蛮会说话。"凡母笑道："老头子昨天念叨了一夜。"寿星辩解："大领导讲话，都要叫秘书写个稿子，我百姓一个，哪能不念个经。"众人欢笑。一凡起身："我提议为老人的长寿干了这一杯。"两桌齐响应，一口饮，正要开吃，容儿站起，高声宣："动筷之前，请允许我和两个哥哥表演一套刘家拳，以拳祝寿。"话毕，走到大堂中央。耗子、德德跟上，站一排。老爷子顿时严肃，疾令："容儿往前站两步，领个头。我已将刘家的高密传给了孙女刘娴，她是刘家拳的第十六代传人。"一凡也站到大堂中央，二凡三凡跟上，五个徒弟挪过去，谢峰也凑上，共计十二人。容儿宣令："二十六式，开拳！"大伙一招一式打起来，临时凑合，却出奇地整齐，刚柔并济，气势磅礴。至最后一式，众人高喊："三分天下，一统山河。"收拳后，成群的鸟儿叫起来。

老寿星高高举起筷子，动了第一口，大伙跃跃开吃。谢峰感叹："老人家，羡慕啊，这几十年，我们都看在眼里，您这一家人，一直和和气气，乐融融的。您老的舵把得好啊！"老爷子说："人吃五谷，难免疙疙瘩瘩。活人，要抓大放小，两清一糊涂。该和稀泥的，莫用混凝土。该忘的，莫记它。"大德赞评："刘老伯，您是大哲学家呢！"老爷子笑说："夸一句，蛮中听。照实说，除了老人家，别的家，我都当不了。屋里的钱，老伴在管。"三个孙儿凑过来，耗子举杯高喊："爷爷，我们祝您长命千岁。"老爷子满脸笑："刘家的二十七代，以后靠你们了，一千年太远，我们尽量活。"说着，邀了老伴和老姐，欣然喝了一口酒，急补两个肉丸。

宴终人散，家里人又去一凡家。向丽上了茶，众人大谈高考。老三说："离这二十几公里有个蒙顶山，山头有个神龙庙，知道的人不多，那里的文殊菩萨蛮灵，耗子和德德考前都去拜了的。"

向丽急问："具体在哪？"

老二详解："在道丰山以东，大湾熊以西，走武青高速，半小时就到，盘山路要爬一刻钟，开到顶，往东走一段。"

凡母补充："山下那条河，接红塔水库，经过大湾熊，叫安堰，下通长江，老人们都说，河里有条黄金龙。"

一凡"哦"了一声，不再言语。

家人离去，一凡送下楼，随脚去东山，来到大溶洞，那儿芳草萋萋，满目荒野。一凡在洞前细察，没有发现被重物压倒的小草，自言自语，大蛇走了很久。过一会儿，却发现了十几朵红斑针绒蘑，盖上的红斑呈三角形，箭头统一指向东方。朝东看，有一座高山，蒙在薄雾中。一凡低语："那该是蒙顶山了，说来也怪，住了十几年居然没注意到。"回到家，向丽急切说："一凡，明儿周日，我们带着容儿，去拜一拜神龙庙！"一凡庄重点头，又忽发奇想，去麦德龙买了一箱依云矿泉水，附加几听可乐。在"忽发"二字里，裹了一层潜意识，四十几年前，在大湾熊的石桥上，红中龙曾喷了一凡一身水。

周日一大早，湖面如镜。向丽打开导航，只用半小时就抵达蒙顶山脚，再开一会儿，登上顶。容儿轻声说："刚才我猛地一热，添了一股气，很纯。"步行一刻钟，但见一座气态宁和的古庙，三座大殿依山排开，背后耸立一棵大榕树。与道丰山的几乎一样，只是大几倍，形同父子，像一把天伞。

先去大雄宝殿，高堂内，仅三五香客。两个和尚一长一幼，一个念经，一个敲木鱼。一凡走向功德箱，奉献三千元。长者看在眼里，专心察视，瞧见三张虔诚的脸，便换下幼者，亲自敲起木鱼，同时念经。一凡跪下，给佛祖磕了三个长头，向丽下随。容儿最后跪拜，三叩之间，停顿更长。起身后，再向佛祖鞠一躬。长者踱过来，和蔼问："三位施主可是第一回来？"一凡答："正是。"长者曰："我是本寺的住持，法名元济，诚迎三位高客。"一凡躬身致谢，说明来意。长老道："文殊菩萨在第二殿，出后门走一截即是，我引三位前往。"

到了后殿，三人长拜，一凡又敬三千功德。向丽问女儿："刚才你许了愿吗？"容儿答："我啥也没说，只一心拜佛。"长老欣然曰："善哉，小施主有缘，定成大器。"聊谈一刻钟，长老告辞："三位随喜，我回前殿了，阿弥陀佛。"

在殿内虔诚转了三圈，再去惠明殿，拜了庙主，一凡又敬了一千元。向丽急问："为啥少两千？"一凡敏于数，释曰："再献三千，便是九千，那是阳极数，造极不利于进步。奉两千，为八千，看似光鲜，实乃挖了一个坑，常言道七上八下。高考在即，需些讲究。"

向丽笑曰："你的说头最多，我们暂且听你的。"

随后去看大榕树。三人拾级而上，爬了五十来米。大树立于山巅，围一圈需上十人，上千条气根支起一圆大叶盖，荫护七八亩。主干上现出一个大洞，直径一米多。一凡站在树盖下，取出望远镜，往东看，瞧见了大湾熊，安堰从那流过来，绕蒙顶山，淌向江都大学，由吉安湖弯向工人村，注入长江。入江处叫河汉口，老爷子常在那钓鱼。一凡自语："我终于看清了大地图，蒙顶山串联大湾熊、江大和工人村。上善若水，福乐绵延。"刚刚放下望远镜，刮起大风，榕树洞里响起来，冒一股青烟，哗啦啦，爬出一条十来米长的大蟒，头亮一顶红。向丽和容儿直往后躲，一凡急说："别怕，别怕，它就是红顶蛇。"

大蟒在空中画个圈，拿头往中间一伸。一凡说："蛇在给我们行礼。"三人躬了身。大蟒开腔："又见到恩人了，还有家属。"一凡问："这些年，你去哪了？"蛇答："远在天边，近在眼前。告诉你一个小秘密，溺爱不是人类的专利。该来的要来，该走时要走。"向丽连声道谢。那蛇绕树爬一周，回来时，又变小，只剩一扁担长。容儿惊叫："果然是你，红顶蛇！"大蛇蠕动身段，抬头高喊："渴！渴！"容儿拿出一听可乐，蛇儿眼里一沉，伸出的头矮下一截。一凡说："收起可乐，我带了依云。"容儿接过矿泉水，拧开盖。蛇儿爬过来，张大口。容儿倒了整整一瓶，蛇喝了，舔了舔容儿的左手，又舔右手。容儿脸上闪现一道红光，两眼奕奕。红顶蛇高声叫："人间有奇缘，恩上加恩。喝了依云，又升一界，我可以云游五维。"随后说："恩人，我要现一现形。"只一瞬，那蛇猛然变大，体如大桶，身长二十多米。"咕咕咕"连叫三声，又变小，拉出十来米，背上亮出一个红"中"。一凡惊叫："红中龙也是你！"大蟒点点头。震惊过后，一凡笑问："秃鹰和你是一伙的吗？"大蟒神色一瞬暗沉下来，仿佛被戳到痛处，又带小小兴奋，一凡觉出，蛇与鹰之间有故事，但没细问，惚兮恍兮，其中有道。大蟒看看天，爬向树洞，柔声说："我要走了，小容儿，送你一句话：临顶向后退半步，有得也有失，前景更光明；该走的要走，该回的会回，反者道之用。"容儿震惊："画展结束那天，一位白胡子老人也说了这番话，一模一样。"

紧接着，巨风又起，大蛇直起头，打个滚，入洞时突然停住，定眼看一凡，爬回去，拿头蹭蹭恩主的手。一凡抱住蟒头，用面颊紧贴红圆顶，流下两行热泪。放手后，大蟒径直往回爬，消失于树洞。一时间，大雾弥漫，雷声滚滚。过了好一阵，太阳才露出脸。向丽揉揉眼道："刚才，我做了个梦，看见了蟒。"一凡两眼湿润，良久不语，转念间，想起峨眉山脚抽的签：龙卧蒙顶悄悄过，会当山中月月新，一道丽水向低处，凡间又闪一颗星。签底的"丰"可拆成"二十"，诗中月重月，屈指一算，求签距今正好二十个月。下山时，庙里念起了金刚经："以佛智慧，悉知是人，悉见是人，皆得成就无量，无边功德……"

如愿以偿，容儿考取了北大历史系，总分721，是省里的榜眼，状元只比她多一分。确认排名那一刻，容儿仿红顶蛇，拿头在空中画个圈，一拱，跳三跳，坦坦一笑，轻声说："老爸，那个状元是我让的，你信吗？"一凡坚毅回答："我信！"容儿详细释解："文综，我超有把握，主动错了两分。"一凡问："为什么？"容儿答："那一瞬，我看到了红顶蛇。"一凡安然一笑。容儿反问："爸爸，这些年，我做的哪件事，你最满意？"一凡答："你在浴室漱完口，自觉把牙膏放回了原处。"

一家三口又去还了愿，寻许久，没有找到红顶蛇，却看见两只鸟，黄的是黄鹂，蓝鸟一直叫不出名。十年间，两只鸟隔天来一次，给姥姥姥爷上了坟后，鸟儿不再来，没想到在蒙顶山上又遇见。是否同一对，说不准，容儿倍感亲切，向丽再度拜佛。

却有一丝遗憾，考上北大后，容儿作画的那股神灵不见了。小画家很淡定，清理了过去的画，一共找出一百零七幅，安然自语："这些是天赐，要加倍珍惜。我的笔力还在，换个招式或许柳暗花明，明不了，也无所谓，神仙还有瘸腿的呢！"随后选出三幅佳作，题了词，分别送与尚品、谢峰和大德。最后记下一句话："蛇不吞象，天下太平。"

　　还有几道阴影，小梅查出了癌症，手术颇成功，二凡周全照料，耗子经常回家。做过两次化疗，小梅不再折腾。人太渺小，急困时，顺其自然最好。尚品辟谷一年，依旧遁隐，不知他的伤要疗养到哪一年。

　　八月中旬，谢峰和伊含来一凡家小聚，蝌蚪也来了，五岁刚过，已成小大人，见了容儿高声嚷："姐姐，知道我为什么叫蝌蚪吗？"容儿直摇头，蝌蚪严肃说："有个大青蛙跳到井里，扑通一响，把整个日本都惊动了，那个青蛙是蝌蚪变的。爸爸说，写这个故事的老爷爷叫芭蕉，背了唐诗才会写俳句的。"容儿读过芭蕉的俳句，打笑道："哪天你去吉安湖跳一下，整个亚洲都会被你惊动。"蝌蚪说："一会儿就去，我会游泳。"随后全神贯注，玩起变形金刚，拆了装，装了拆，变出许多花样，聪明如他爹，娴静如他娘，头发比他爹还卷。

　　容儿进入会谈厅，四位大人在谈儿童教育，如歌如泣，如火如荼。说到当代科举，伊含认真问容儿："高考期间，父母的言行，哪一点最打动你？"容儿说："妈妈的无微不至定了主调，不可或缺。最后两个月，爸爸只字不提高考，还设了一个慈父日，买一部电动车，每周五送接我上下学。早上一起过早，晚上去餐馆，说笑话，讲故事。每一讲都精心准备，数据日期拿得很准。最后一天居然用科幻小说的形式讲解了科学发展观。考文综，我发现爸爸起码押到了十几题。事后妈妈告诉我，那几个月爸爸一直围绕高考转，研究了几十套文综旧题。"

　　谢峰感动说："我要向你学习，于细微之中，为孩子多费些时间。"一凡笑着更正："这个'费'字没有用好，教孩子，对于家长也是学习，而且更扎实。那半年，我记住了几百个基本数据，比如安史之乱是哪几年，莎士比亚哪年生，法国有几个共和国，等等，这些都是我们上课或做学问的基本功。"谢峰眼睛雪亮，仿佛又通了一次灵。

容儿去北大读书，得风顺水，家里却冷清下来。开初两周，向丽茫然无措，电话不断，视频绵绵。熬过两月，逐渐适应，且有佳音。向丽评了特级教师，在中学已佼佼。接近五十五，一凡从生活中提炼出三句话：人生在世必须努力，却不过度操劳；谋事在人，成事在天；有了挫折，总结经验，吸取教训，把每一天当作一个新起点。有这三句支撑，尽管七拱八翘，一凡活得比较轻松，基本上按住了心中的大毛怪。近半年，他的创作已归零，却怀了一个大景观：静心读书，原生态过几年，寂寞足了再动笔，争取在六十岁之前写一部几百年后还有人读的大作。已有一个心谱："雨果写完《悲惨世界》，五十九岁，此作百余万字，我量体裁衣，只写三十万。山不在高，有仙则灵。《老人与海》才五万多字，却享誉世界，经久不衰。做人要有理想，能否达到是另外一回事。"

到了学年末，闲出一段时间，向丽提议："好久没去了，我们游一游道丰山吧？"丈夫欢呼，一拍即合，还定了一个主题，野探。向丽装了饮料，带上望远镜。临出门，又去换个大包，塞了个什么。两人沿门前大路散一会儿步，像来时一样，从西脚上山，经过院士楼时，停了下来。老顾家的窗户全关了，半年前他与师母去了美国。来信说，那本书已写了七成。突然间，路边的灌木晃起来，嗖一声，跃出一只红尾狐，跑几步，蹲在树下眺望老顾的窗口。一凡挥挥手，红狐摆摆尾，面态宁和，若有所思。过片刻，却向山上跑去，这时林间走来一位白衣妙龄少女，脸上有点蓝。

一凡举手在空中画个圈，合掌，单手向前一指，此乃老顾传授的手语。红狐和少女一瞬定住，转过身，向西头走去，如同蘑菇陪伴一朵花。向丽微微一愣，嗫嚅道："我觉得老顾讲的故事确有其事，而且，含藏丰厚。"随后却警告："现在母狐狸多，都成了精，以后见了，给我离远一点。"一凡微微一笑，添盐加醋吟诵起王维的诗："木末芙蓉花，纷纷开且落，眼下的我，最恋家。"向丽笑一笑，诵起蒙顶山长老的赠语："身是菩提树，还要勤拂拭，真悟之后才会本来无一物。"

爬上中腰平台，正是下午三点半。向丽柔声说："还记得吗？我俩第一次来江大，停这里，看到的几乎是同样的景观。"一凡喟叹："山还是那个山，时间却流去十二年，风飘旗动心也跳，各有作为。"向丽更正："过了十三年。"一凡辩解："还有一年在身边，我们正抓着它的尾巴呢！"向丽笑曰："你数学不好，摆杂还多，不服真不行。"

透过茂林具体说，道丰山发生了较大变化，在小庙的遗址上，建了三栋楼，都不高，主体叫"得一阁"，取自《道德经》，门楣刻有老子的名句：

天得一以清，地得一以宁。
神得一以灵，谷得一以盈。

一就是道，吻合了山名。楼与楼之间连了回廊，那是读书的好地方。背后立起两座白塔，用原来的碎片拼成的，内空填的原址土，有两位宋代高僧的遗骨。留言墙上写了五个字：山得塔以魂。此楼群是张穆校长离任前定夺的，两年后竣工，揭幕时，老校长着对襟装，站在阁前，手脚并拢，恭恭敬敬摆个"1"，三鞠躬，再说三句话，实打实的三句。话音刚落，群鸟叫起来，比掌声还响烈。

寒风习习，天空由蓝转灰，一凡取出望远镜，看一圈，定于一点，兴奋说："瞧见我们老屋的阳台了。"向丽接过镜端望："我看到了容儿的画，最早画蛇的那幅。挺奇怪，那条蛇好像在动。"一凡心中一抖，不响。向丽接着说："那条蟒，我明明见了，又像做梦。容儿也说，小蛇她看得真切，大蟒却虚幻。"一凡说："也许你们更见真，那条蛇只是一景理想，是心愿。心诚时，是一道佛光。但是，它激活了想象，开发了潜能。也可以说，只要努力，到处都有红顶蛇。"一凡心潮澎湃，却闭了口，他心下还有两个困惑：蛇与老鹰是什么关系？红顶蛇离开时为什么要打个滚？寻觅许久，没找到答案。见度好时，一凡会想起刘伯温最新被发现的画像，色调已变，那几条线仿佛串通了经纬，构合三体。临走前，刘伯温藏好用一生心血写成的兵书，世界继续神秘。

昆德拉曾说："人类一思考，上帝就发笑。"一凡认为，这是二十世纪的第一名句。人类常常自以为是，以为懂点科学，凭个主义，就可唯我独尊，为所欲为，而且各自为政。学政治的，说政治顶天立地；弄经济的，说金钱决定一切；搞军事的认为枪杆可以撬动地球。殊不知，局限多多。很多时候，一个意外事件可以改变世界，另造历史。宇宙无际，混沌是一门大学问。别的不说，这道丰山就有许多未知数。

思着想着，来到拐弯处，左边岔出一条斜径，两人听从野兴，探了两百多米，抵达山石崖。一凡拾一根木棍，拨开荒草，挑出一个黑洞，解释道："在道丰山，这是我探出的第七个暗口，此处比较平稳，却可以通幽。"向丽说："我们进去瞧瞧。"一凡异议：

"没带手电，啥也看不到。"向丽打开随身包："没想到吧，我带了光明。"随手取出两个高光手电筒，那曾是一凡探幽的工具。一凡拿了重的，打亮，走进山洞，连连叮嘱："前三十米，比较平坦，但几年没来，不知有什么新怪象，你紧跟着我，慢点走。"

临近大石块，两人停下脚步，前方是溶洞的肚膛，直径一百五十多米，顶上透入一束光，下端深邃，漆黑一片，听得流水声。一凡释说："亮光处是大蟒的入口，右下方还有个洞，正对谢峰的办公室，路很陡。"向丽说："这么深的洞，你也敢下去，你看起来斯文，暗里胆大包天，背着我，不知干了些什么，幸亏我锁了器具镇住了你。"一凡耸耸肩，咧嘴一笑，露出一排白牙。

两束光在洞中晃动，绕几圈，照见一个大圆柱。一凡镇定说："你看，这就是道丰山的'1'，也是江大的脊梁，我的理想。"向丽认真看，石柱上小下大，直径十来米，圆润剔透，如幻如梦。一凡说："我用仪器量过，这根柱顶天立地，高达三百一十米，下端踏一条河，南北向，西北通长江。水流凶险，声音恐怖，我在入口停住了。"

左方扑腾一响，两人照过去，在二十米开外，照见一个小暗洞，一米多高，里面歇了几只黑鸟。一凡详解："那儿有个小平台，像包厢，洞内三十多平米，铺了树干，围了火塘，住过人。"向丽惊呼："好浪漫，有点像陶渊明说的世外桃源。"一凡更正："离浪漫可能有点远，在洞的左边，我找见了一堆尸骨，一个人的，七零八散，没有头，估计遇到了怪物，或遭暗算。再要么，是道丰寺最后一个老和尚的遗骨。"话音刚落，底端传来沉闷的响声，向丽推大光亮照下去，瞧见一漂活物，比河马还大，两眼熠熠发光。一凡看去，却归于平静，啥也没有。向丽紧紧抓住一凡的手臂。

出了洞，两人舒一口气，喝几口水，继续东行。山风越来越大，湖浪喧嚣。向丽喟叹："原以为我很了解道丰山，却只是外表，没想到在葱绿之下还有这等苦难和凶杀，附加不知名的怪物。"一凡道："我写微笑时，常怀一个窟窿，我看到了更大的黑洞，自身也有阴暗面，千言对万语，一柱擎天最伟大。"向丽看看山，又看丈夫，嘴角往上一翘，仿佛在两者之间画了一个约等号。

2018年5月16日 初稿

2018年11月29日 修改

2020年12月15日定稿于珞珈山

后 记

　　我数学不好，却算了一笔巧账：一生中，一个作家要写十几部书，多的几十本。我以教书为业，长期敬奉文字，只写一部长篇，应该说，有得一拼。弄好了，或许有惊喜。我两眼高抬，扬起了长篇小说的美梦。都在梦里，我不能太落伍。构思阶段，万马奔腾，鞭没扬起，已腾云驾雾。后力却跟不上，想了两三年，还没个眉目，眼界里徒然挂着"杰作"二字。

　　不经意间却做了一件实在的事儿，在网上，我写了十几篇小小说，点赞多多。我抗不过虚荣，隔三岔五地写，两年后，出了一部微型小说集，练了笔，贮备了许多有趣的瞬间。

　　眼高手低又一年，开了花，仍不结果，却瞄准了几个榜样，比如美国的卡福，他简洁柔婉，琐得滋润，为长篇提供了新视野。芥川龙之介巧妙糅合东西，节奏绮丽，语句耐读。拉美的魔幻现实主义比较神奇，加缪的零度写作不同凡响，里面有我谋篇的筋骨。《红楼梦》是永恒的高峰，太虚映实，妙于日常，语句独绝，那是人间罕见的高超能耐。在写作之前，我常读它一章，热热手，润一润节奏。再读张万新《马口鱼的诱惑》。在语言的突奇度上，我欣赏冯唐，其不恭或许有点过，却比道貌岸然的好。

　　我曾读得一句话，谁说的记不清了，大意是作家先要会走，再贴着经历飞，离地两三米是最佳高度。我添补两句，遇山高高飘，逢水恣意柔。那日去珞珈山漫步，我抓住了千禧前来武大的一刻，往后拖出十二年。心头豁然一亮，基本结构出来了。至2019年12月27日，我来武汉大学整整二十年。

珞珈山藏龙卧虎，有狼，有野猪，还有狐狸。二十年来，我经历了很多，感受不凡。十二是一个生肖轮回，每个动物背后站了一堆人，每个人有一堆故事。十二里有两个六，六六大顺，也是一个说口。投实而言，那是中国历史上的一个辉煌时段。

主要说大学里的事，也写家庭，写友谊，写情侣，写黑白道。外加一座山，一条蛇。蛇称小龙，弯曲之间浮动一个民族的身影。我知其恶，守己善，为天下溪。远离聒噪，安然在阳光下散步，聊天，喝茶，授课，做饭，行事。我的故事比较温馨，因为生活充满暴戾和谎言，我不想在文字里继续血腥。这是善良的抽象，也是浪漫的无奈。

一部小说能吸人，离不开以下五要素：经历独特，故事精彩，语言卓越，知识取胜，文体新颖。我的取舍以此为标准，多余的字一个不留。重点讲好故事，努力为汉语做一点贡献。

二十余万字，写了两年，沉淀数月，又改二十八个月。去年遭遇大病毒，再度修改。新冠白了肺，透亮人生，洗练了我的篇章。前后加起来，我用了整整十年。行文时，我压根不想出版二字，却有一个奢念：向时间求青睐，祈望几百年后我的文字还有人读。这个要求很高，我只能脚踏实地，尽力而为。

杜青钢，2020年12月15日，于珞珈山